De huizenruil

www.boekerij.nl

Rebecca Fleet

DE HUIZENRUIL

Bij de meeste mensen gaat het goed…

BOEKERIJ

ISBN 978-90-225-8566-5
ISBN 978-94-023-1210-2 (e-book)
NUR 330

Oorspronkelijke titel: *The House Swap*
Vertaling: Anne Jongeling en Carla Hazewindus
Omslagontwerp: Baqup
Omslagbeeld: Sarah Whittaker / TW
Zetwerk: Mat-Zet bv, Soest

De huizenruil

Soepel glijdt de sleutel in het slot. Toen ik de afgelopen nacht vanuit mijn bed de schaduwen van takken langs het raam zag strijken en aan dit moment dacht, verwachtte ik dat het veel lastiger zou zijn. Knarsend metaal, stroefheid, verzet. Na alles wat me hier heeft gebracht, zou het voor mijn gevoel meer moeite moeten kosten. Maar het is een fluitje van een cent, en daardoor zelfs een soort anticlimax.

De deur zwaait open en ik zie een gang met grenenhouten planken, glanzend, schoon. Even voorbij de deur staat een gedecoreerde vaas met stijve, groene takken waaraan felgekleurde plastic besjes zitten. In de spiegel zie ik een rij ingelijste foto's aan de tegenoverliggende muur hangen. Ik stap naar binnen en doe de deur zachtjes achter me dicht. Met mijn rug naar de muur met foto's loop ik snel de gang door. Ik wil er nu nog niet naar kijken. Dat komt later.

Je zou niet direct een boerenkeuken verwachten in een appartement op driehoog, midden in de stad. Ik laat mijn blik gaan over de lichtgroen geverfde muren, sfeervol behangen met steelpannetjes en bosjes gedroogde kruiden. Op de eikenhouten tafel ligt een velletje papier met de in donkere inkt geschreven tekst: Welkom! Gebruiksaanwijzingen voor de apparatuur zitten in de groene map in de keuken. Brood, melk enz. in de koelkast – maak er gebruik van. Bel gerust als je iets nodig hebt. Geniet van je verblijf en doe alsof je thuis bent! Caroline. *Ik kijk naar haar naam. De zelfverzekerde haal van de C, het vlekje van het puntje van de i dat op het papier is uitgelopen. Ik raak het vlekje met de muis van mijn hand aan, min of meer in de verwachting dat het zal afgeven, maar natuurlijk is de inkt allang droog.*

Ik besluit een kop koffie te zetten en gehoor te geven aan Carolines advies om te doen alsof ik thuis ben. Ik ga aan de tafel zitten, drink koffie en denk aan de kamers die ik nog moet doorzoeken. De geheimen die ze misschien zullen bevatten, netjes opgeborgen tussen haar spullen en klaar om te worden onthuld. Vanmorgen zag ik onder het rijden een vos die langs de kant van de weg in een ondefinieerbaar kadaver stond te wroeten naar iets van zijn gading en dat zijn nagels een bloederige zilverglans hadden. Zo zal dit nu ook gaan. Smerig, naar. Zo moet het ook. Dat wil ik. Alleen op die manier kan ik onder de huid kruipen.

Weg

Caroline, mei 2015

Als we de straat in rijden valt me als eerste op dat alle huizen er hetzelfde uitzien. Keurige, witgekalkte schoenendozen met kleine ramen en schuine daken. Op de begane grond hebben ze ook vrijwel allemaal bloembakken voor de ramen, waarin overal dezelfde wit met paarse viooltjes staan, alsof het om een of ander kledingvoorschrift gaat. Het zullen ongeveer dertig van dit soort huizen zijn, stuk voor stuk netjes afgeleverd door de lopende band.

'Welkom in suburbia,' zegt Francis. Met toegeknepen ogen tegen de ondergaande zon die door de voorruit schijnt, rijdt hij door de straat. 'Ik hoop dat je nu je zin hebt,' gromt hij gekscherend.

'Het valt best mee,' zeg ik verdedigend, zonder erbij na te denken of ik het wel meen. De afgelopen dagen is dit verbale gepingpong tussen ons schering en inslag. Het is niet vals of vijandig, meer als twee kinderen die zitten te kibbelen op de speelplaats. Francis werpt me een zijdelingse blik toe en trekt een gezicht.

Ik kijk weer uit het raam naar de huizen terwijl we verder rijden door de smalle straat. Nu valt het me toch op dat sommige bewoners hier en daar een poging hebben gedaan om een persoonlijke noot aan te brengen. Een opzichtig geverfde garagedeur hier, een fraai goudkleurig huisnummerplaatje daar. Het huis op nummer 14 is iets minder keurig dan de rest, de muren zijn wat smoezelig, het gras in de tuin is iets langer, overwoekerd en vol onkruid.

'Die laten de boel de boel,' zeg ik en ik wijs uit het raam. 'Zo krijgen ze de buurtwacht op hun dak.' Francis glimlacht flauwtjes. Hij luistert niet echt.

'Nummer eenentwintig toch?' zegt hij en hij draait de auto de inrit op. Ik kijk of ik iets bijzonders aan het huis kan ontdekken, maar ik zie niets. Het grasveldje is netjes gemaaid, en achter de ramen hangen brandschone witte gordijntjes. Binnen brandt geen licht en in het schijnsel van de koplampen zie ik de auto weerkaatst in het raam van de benedenverdieping, onze schaduwen tekenen zich donker af naast elkaar. Om een of andere reden bezorgt dit beeld me een rilling – een licht gevoel van onbehagen, dat ook weer onmiddellijk verdwijnt.

'Ziet er goed uit,' zeg ik. Ik wurm me uit mijn gordel en doe het portier open. Buiten is het kouder dan ik had gedacht en door de wind gaan de haartjes in mijn nek overeind staan. Francis komt achter het stuur vandaan, en strekt met veel misbaar zijn benen. We hebben iets meer dan vier uur over de rit van Leeds naar hier gedaan, geen wereldreis, maar lang genoeg om dat typische lamlendige gevoel te krijgen wanneer je een hele tijd zonder je te bewegen in een kleine ruimte hebt gezeten. Vroeger zouden we elkaar hebben afgewisseld tijdens het rijden, maar op een gegeven moment zijn we daarmee opgehouden. Ik bood het niet meer aan en hij vroeg het niet meer aan me.

'Ja, het kan ermee door. Als we nog een paar uurtjes door hadden gereden, waren we in Parijs geweest,' zegt Francis met een grijns. 'Romantisch slenteren over de Champs-Élysées. Een lekkere café au lait en een croissant zouden er bij mij nu wel in gaan.'

'Je hebt gelijk,' zeg ik. 'Maar ik vond het gewoon een beetje te ingewikkeld, en ook te ver weg, wat Eddie betreft. Beschouw dit maar als een oefening, om te kijken hoe het ons bevalt. Misschien dan volgend jaar.'

Dit onderwerp is al eerder de revue gepasseerd. Van meet af aan had Francis iets spannenders voor ogen dan ik als het op een weekje ertussenuit aankwam. Toch was hij onmiddellijk enthousiast toen ik voorzichtig het idee van huizenruil opperde. Binnen een paar seconden veranderde zijn gelaten houding in een soort manisch enthousiasme. Hij vond het zo fijn dat ik dit initiatief had genomen, dat ik hem niet durfde te zeggen hoe het in zijn werk was gegaan. Maanden geleden had ik uit verveling een site bezocht waar huizenruil werd aangeboden. Ik had me ingeschreven en er daarna nooit meer aan gedacht. Maar toen ik op een keer door mijn mapje met spam ging omdat ik op zoek was naar een mailtje van een vriendin dat waarschijnlijk verkeerd terecht was gekomen, zag ik toevallig het bericht: *Iemand wil van huis met je ruilen!* Ik vond het wel intrigerend en ik ging door. Ik klikte op de link en er verscheen een keurig, neutraal berichtje van ene S. Kennedy die interesse had in ons appartement in het centrum van Leeds en zelf een huis in Chiswick in de aanbieding had.

Ik had door de foto's gebladerd van Everdene Avenue 21 – een weinig opvallende inrichting, kille, lichte muren, een keurig tuintje – maar eerlijk gezegd had ik er niet veel aandacht aan besteed. Het enige wat voor mij telde was de kans om van omgeving te veranderen, met zo min mogelijk kosten, een weekje weg met ons tweetjes, als mijn moeder tenminste op Eddie kon passen. In de buurt van Londen zodat we stedentripjes konden maken, en tegelijk ver genoeg van het centrum om het gevoel te hebben niet in de stad te zitten. Maanden geleden hadden we even gespeeld met het idee om naar Spanje op vakantie te gaan, maar dat viel af. Te duur en te veel rompslomp. Dat zeiden we tenminste tegen elkaar. Misschien zag Francis ook wel stiekem op tegen de mogelijke consequenties van een exotisch warme hotelkamer en avondjes met kaarslicht op een naar mimosa geurend terras.

Francis rommelt onder de plantenpotten opzij van het huis om de sleutel te zoeken. 'Zet je maar schrap,' zegt hij als hij hem heeft gevonden en ermee zwaait. 'Zo meteen komen we tot de ontdekking dat ze een hele stapel rottende lijken in de keuken hebben achtergelaten.'

Ik draai met mijn ogen, maar voel toch duidelijk een rilling over mijn rug lopen. Hoewel het natuurlijk flauwekul is wat hij zegt, geeft het me een raar gevoel om het huis van een wildvreemd iemand binnen te dringen. Ik herinner me een programma dat ik een paar maanden geleden heb gezien, over een of andere mallotige helderziende die door een zogenaamd spookhuis liep en het had over de tragedies die zich in de muren hadden genesteld. Ik had er toen grapjes over gemaakt, maar 's nachts droomde ik dat ik door stille kamers en kille, donkere gangen liep, en een smerige, verpestende stank inademde.

Francis doet de deur open en we blijven even zonder iets te zeggen op de drempel staan. 'Nou, we hebben ons voor niets zorgen gemaakt. Zo te zien is de politie hier al geweest om de boel te ontruimen.'

Ik glimlach een beetje en loop verder door het huis. Ik heb nog nooit zo'n kale bedoening gezien. Er hangt niets aan de muren, zelfs geen spiegel. Overal lichte, grenenhouten vloeren en strakke witte deuren met daarachter vrijwel lege kamers. Een zitkamer met een zwartleren bank, streng en kolossaal, een boekenkast met slechts een stuk of twee boeken. Aan het eind van de gang is de keuken met een grenenhouten tafel zonder iets erop en een glimmend fornuis dat eruitziet alsof het net is geplaatst.

'Is dit... normaal?' vraagt Francis, die behoedzaam door de gang loopt, een blik in alle kamers werpt en dan achter mij aan de trap op loopt. 'Ik bedoel, het is niet erg...'

'Gezellig,' maak ik zijn zin af. Ik doe de deur van de slaapkamer open. Het lijkt wel iets dat thuishoort in een tentoonstelling van moderne kunst. Het tweepersoonsbed is keurig opgemaakt met een chocoladebruin dekbed en twee kussens, ernaast staat een nachtkastje en in een hoek zie ik een garderobekast. Net als in de andere kamers is hier nergens een persoonlijke toets te ontdekken.

Op een van de kussens ligt een briefje. Ik loop ernaartoe en vouw het open. De tekst is getikt in een klein lettertype en gecentreerd. *Beste Caroline*, staat er. *Ik hoop dat je het naar je zin zult hebben. Verdere informatie in de map in de keuken. Maak gebruik van alles wat je tegenkomt. S.*

Ik lees het briefje voor aan Francis, die nog voordat ik goed en wel met de laatste zin klaar ben, in lachen uitbarst. 'Wat is er?' vraag ik. 'Waarom moet je zo lachen?'

Francis heeft even nodig om op adem te komen. 'Wat zal ik zeggen?' zegt hij. 'Het is alleen aan jou gericht, alsof ik niet meetel. En je mag dus goddomme gebruikmaken van helemaal niks, voor zover ik het kan bekijken. En zoals dat briefje op het kussen is gelegd lijkt het wel een liefdesbrief, alleen is dit wel de minst romantische brief ooit. Het is allemaal...'

'Ja hoor.' Ik maak een propje van het papier en gooi het naar zijn hoofd. Ik moet ook lachen. 'Het is vast goed bedoeld. Je hebt gelijk, het is wel een beetje minimalistisch ingericht, maar we hoeven hier toch niet de hele week binnen te zitten? We kunnen tripjes naar Londen maken, uit eten gaan. Dat was toch ook de bedoeling?'

Francis haalt zijn schouders op. 'Jawel. Onder andere.'

Van het ene op het andere moment is de sfeer veranderd, en onze lach lost op in de ruimte tussen ons in. De stilte duurt net iets te lang om te kunnen negeren, en ik doe ook geen moeite om die te doorbreken. Ik leun tegen de muur en kijk naar de kille helderheid van het zonlicht dat door het dakraam valt. Ik hoef Francis niet aan te kijken om te weten wat voor uitdrukking zijn gezicht heeft: verloren en leeg, een eigenaardige mengeling van verzet en spijt.

'Oké,' zeg ik om maar iets te zeggen. En meteen word ik overvallen door een gevoel van paniek. Ik mis Eddie nu al, de brug die hij tussen ons vormt, de gemeenschappelijke liefde en aandacht die we op hem kunnen richten. Nu is er alleen de plotselinge, beklemmende angst om vast te zitten in dit onbekende huis, samen met mijn man, zeven dagen lang, waarvan elk uur voelt als een potentiële landmijn waar we op onze tenen omheen moeten lopen, en om alles te moeten vermijden wat kan leiden tot het ineenstorten van de nog steeds fragiele wapenstilstand die we gedurende de afgelopen twee jaar hebben weten te handhaven. Vreemd genoeg is het wel toepasselijk dat dit huis zo leeg is, ontdaan van alles waar je je achter kunt verschuilen. En daar ging het natuurlijk om. We hebben er allebei genoeg van om ons te verstoppen. Op een gegeven moment moeten we toch weer tevoorschijn komen en bekijken wat we nog hebben en of dat wel voldoende is om verder te gaan. Ik strijk over mijn gezicht en voel dat mijn hand klam is.

'Zo, en nu gaan we de boel uitpakken!' roept Francis monter. Hij legt onze koffer op het bed en ritst hem open, haalt de kleren eruit en schudt de kreukels eruit. 'Laten we alles maar even opbergen.' Hij glimlacht en hij heeft een warme blik in zijn ogen, maar ik denk dat ik de boodschap achter die glimlach wel begrijp. Tijd om in beweging te komen en wat er net gebeurd is te vergeten.

'Ik ga naar de badkamer,' zeg ik, 'daarna kom ik je helpen.' Ik moet heel even tot mezelf komen. Met bonzend hart loop ik door de gang. Mijn voetstappen klinken onverwacht luid op de glanzende planken, en ik merk dat ik mijn pas versnel. Ik moet denken aan de tijd dat ik als kind door de gang van mijn slaapkamer naar die van mijn ouders rende, en het vage, bovennatuurlijke gevoel had dat ik niet alleen was.

Ik schud dat beeld van me af en doe de deur van de badkamer open. Dit is de zoveelste glanzende, smetteloze ruimte, hier alleen maar marmer en chroom. Het raam staat een centimeter of vijf open. Een tochtvlaag komt door de spleet en de kraag van mijn blouse beweegt.

En dan blijf ik als aan de grond genageld in de deuropening staan. Op de vensterbank staat een vaas met een bos lichtroze rozen, net uit de knop. Ik wil de gedachten tegenhouden maar ze zijn me voor. Een gevoel van wanhoop neemt bezit van me, die flits van onontkoombaarheid voordat de herinnering toeslaat en explodeert. Te prominent aanwezig om te kunnen negeren. Na al die maanden van zorgvuldig verdringen en ontkennen, blijkt dat er alleen maar rozenblaadjes voor nodig zijn om jou weer mijn gedachten te laten beheersen.

Thuis

Caroline, december 2012

Ik word weer alleen wakker. In mijn slaap heb ik me helemaal uitgestrekt over Francis' kant van het bed. De lakens zijn glad en koud. Ik weet niet meer of we samen in slaap zijn gevallen of niet.

Op het klokje naast mijn bed staat dat het kwart voor zeven is en door de gordijnen valt een grauw grijs licht de kamer binnen. Ik blijf nog een minuut of vijf, tien liggen en luister of ik iets van een geluid hoor. Niets. Langzaam sta ik op en trek mijn ochtendjas aan. Ik heb koppijn en ik wil het glas water pakken dat op ons nachtkastje staat, maar het is leeg. Ik ga toch maar op zoek naar de pijnstillers. Ik neem er twee in en voel de onaangename kalkachtige substantie in mijn keel. In de spiegel die naast de deur hangt, vang ik heel even een glimp van mijn gezicht op. Bleke huid, uitgelopen mascara rond mijn ogen. Ik haal bijna nooit meer de make-up van mijn gezicht voor ik naar bed ga. Net als zoveel andere dingen lijkt het een zinloze bezigheid, opgeslokt door de zwaarte van het bestaan.

Op mijn tenen loop ik de gang door. Nu hoor ik geluid uit de woonkamer komen: dramatisch aanzwellende muziek, het staccato gemompel van stemmen. Ik doe de deur open en kijk naar binnen. Het is pikdonker, het enige licht komt van het computerscherm. Daar zit hij, zijn hand onder zijn kin en zijn elleboog steunend op de leuning van de bank. Hij staart naar het scherm. Een of andere Scandinavische politieserie: crème en beige meubels en slonzige mannen in uniform die een vreemde taal spreken, in afgebeten zinnetjes op sombere toon.

'Francis,' zeg ik, maar hij reageert niet.

Ik ril en ga op de rand van de bank zitten. 'Je bent niet naar bed gegaan,' zeg ik. Daar ben ik niet zeker van, maar hij ontkent het niet en haalt alleen vrijwel onmerkbaar zijn schouders op.

'Ik ben hier in slaap gevallen,' zegt hij uiteindelijk. 'En toen werd ik wakker.' Zijn ogen staan dof en glazig. Hij blijft naar het scherm kijken. De laatste tijd doet hij niet veel anders dan slapen, maar als ik hem zo zie moet ik meteen denken aan de zwart-witfoto's van mensen die gemarteld worden door ze dagen achtereen wakker te houden.

'Vervelend,' zeg ik. Mocht hij in het holst van de nacht wakker zijn geworden van iets, dan heb ik geen idee wat het kan zijn. Zijn hoofd is niet langer een open boek voor me, zoals vroeger. Ik kon altijd zonder enige moeite zijn gedachten lezen, alsof het mijn eigen gedachten waren. Maar nu is zijn hoofd een ondoordringbaar fort. En ik ben in het donker op zoek naar de sleutel, die er niet is.

De aflevering is afgelopen. De aftiteling komt voorbij, kleine lettertjes tegen een grijze achtergrond, begeleid door het soort sinistere, indringende muziek waar ik het benauwd van krijg. Ik heb het warm. Even heb ik het idee dat ik ga flauwvallen. Ik knipper met mijn ogen en druk mijn vingernagels in mijn handpalm. 'Moet je vandaag werken?' vraag ik. 'Heb je afspraken?' Terwijl ik het vraag, bedenk ik dat ik me niet meer kan herinneren wanneer hij voor het laatst naar de kliniek ging. Ik probeer de man die naast me zit voor me te zien als therapeut die in zijn stoel luistert naar zijn patiënten. Het lukt me bijna niet.

Francis kijkt een beetje verontrust, alsof ik hem aan iets akeligs heb herinnerd. 'Nee.'

'Oké.' Ik weet dat ik niet door moet gaan. Te laat. De woorden tuimelen als vanzelf uit mijn mond. 'Wat ga je dan doen? Heb je al plannen?'

Hij klapt zijn laptop dicht en daarmee verdwijnt ook het kleine beetje licht in de kamer, waardoor we nu in het donker zitten. 'Nee,' zegt hij weer. Ik kijk naar zijn profiel en wil dat hij zijn hoofd naar me toe draait en me aankijkt, maar hij beweegt zich niet. Uiteindelijk sta ik maar op en ga weg.

In de badkamer verwijder ik de make-up van de vorige dag en maak me opnieuw op. Ik concentreer me op de afzonderlijke segmenten van mijn gezicht, en zorgvuldig restaureer ik het ene plekje na het andere. Ik breng een dikke laag foundation op, gevolgd door een vleugje ogenschaduw en trek dan een streepje eyeliner boven mijn wimpers. Als laatste breng ik roze lipstick aan en wrijf mijn lippen over elkaar om de lipstick gelijkmatig te verdelen. Ik doe een stap achteruit en kijk in de spiegel. Ik zie er goed uit. Beter dan ik had verwacht. Maar toch wil ik mezelf niet in de ogen kijken. Ik ben bang dat ik dan iets zal zien wat ik niet wil uitstralen: teleurstelling misschien, of treurigheid. Wat dan ook.

'Mammie, mammie.' Eddies stem klinkt door de gang, lief maar ook dwingend. Ik kijk op mijn horloge. Het is al half acht en ik heb nog net een uurtje om alles te regelen voor we de deur uit kunnen. Daarna snel naar de opvang en vervolgens met de bus naar de stad en kantoor, waar ik acht uur achter mijn bureau zal zitten en aan Francis denk die in zijn eentje thuiszit en ik weet niet wat aan het doen is. Alleen al bij de gedachte daaraan word ik doodmoe.

Ik kan natuurlijk ook weer naar bed gaan. Als ik daaraan denk, lijkt het wel alsof ik onder een warme douche sta. Me ziek melden, de dekens over mijn hoofd trekken en nog een uur of acht, negen slapen. Maar dat ga ik niet doen.

Ik loop de gang door en ga Eddies kamer binnen. 'Goeiemorgen!' zing ik en ik trek de gordijnen open. Ik loop naar zijn bed en trek hem overeind om hem een knuffel te geven. Ik voel zijn warme vingertjes zich om mijn nek sluiten.

Ik werk het dagelijkse ritueel af. Aankleden, ontbijten, tandenpoetsen. Eerst het ene, dan het andere. Zo kom je het leven door. Zo hoort het.

'Vandaag gaan we naar de peuterspeelzaal,' zeg ik. 'Weet je al wat je daar gaat doen?'

Hij houdt zijn hoofdje schuin, en doet alsof hij hard moet nadenken. 'Weet ik niet,' zegt hij aarzelend. 'Spelen, denk ik.'

'Ik denk dat je gelijk hebt.' Ik lach en hij kijkt me stralend aan, omdat hij merkt dat hij op een of andere manier iets grappigs heeft gezegd. 'Nou, je zult vast wel plezier hebben,' voeg ik eraan toe.

Half negen. Ik borstel zorgvuldig zijn blonde haar. Twintig slagen, tel ik inwendig af. Hij praat zachtjes tegen twee plastic beestjes die hij over zijn schoot beweegt, een of ander ingewikkeld spelletje. 'Wat doen ze?' vraag ik, maar hij geeft geen antwoord. Eddie kijkt me met zijn grijze ogen een beetje wantrouwend en geamuseerd aan. Ik vind dat hij af en toe zo'n volwassen uitdrukking heeft, eigenlijk veel te ouwelijk voor een jongetje van tweeënhalf.

Ik ben klaar met borstelen en trek zijn T-shirt recht. 'Ga papa maar gedag zeggen,' zeg ik. Als een speer rent hij naar de woonkamer. Ik hoor dat Francis hem een complimentje geeft over zijn uiterlijk en hem een fijne dag wenst. Francis klinkt hartelijk, zelfs heel liefdevol. Volkomen normaal. Ik word er blij van en ik loop snel door de gang naar de woonkamer, net op tijd om te zien dat Francis met een glimlach Eddie over zijn hoofdje strijkt.

'We moeten gaan,' zeg ik. Eddie dribbelt langs me heen. Hij weet wat het programma is en gaat naar de voordeur om op mij te wachten. Zodra hij is verdwenen, verandert de sfeer. Francis gaat weer zitten, doet de laptop open en kijkt geconcentreerd naar het scherm.

'Goed,' zegt hij.

'Vergeet je niet om Eddie op te halen? Ik heb vanavond een bedrijfsfeestje,' zeg ik.

Hij kijkt op, duidelijk geërgerd. 'Dat weet ik toch. Dat heb je me al drie of vier keer verteld.'

Ik slik een reactie in. Ik zou namelijk kunnen zeggen dat er de afgelopen tijd geen peil op valt te trekken hoe zijn geheugen werkt. Het is net alsof alle informatie gefilterd wordt door een of ander onzichtbaar systeem waardoor elke sneer of achteloze opmerking van jaren geleden is blijven hangen, maar tijden en afspraken moeiteloos overal doorheen glippen. 'Goed dan,' zeg ik en ik ben me ervan bewust dat ik scherp en onvriendelijk klink. 'Hé, voor mij hoef je niet op te blijven.' Dit treurige cliché blijft tussen ons in de lucht hangen.

Francis leunt naar achteren in zijn stoel en zucht, alsof hij het maar opgeeft, waardoor bij mij de haren rechtovereind gaan staan. 'Tot later,' zegt hij vlak. Opeens vraag ik me af of er niet iets zou veranderen als ik naar hem toe ging, voor hem zou knielen, zijn hoofd vast zou pakken en hem zou kussen. Ik vind het eigenlijk wel een aanlokkelijk idee, toch verroer ik me niet. Ik zeg hem gedag en probeer nog iets anders te verzinnen om te zeggen. Maar er komt niks.

Het is donker en warm in de bar en aan de muren flakkeren kerstboomlichtjes. Ik kijk op mijn horloge en zie dat het al bijna tien uur is. Ik heb al dagen tegen dit feestje opgezien, en kon me niet voorstellen dat ik in een feestelijke stemming zou komen, maar nu ik hier eenmaal ben, voel ik me reuze opgelucht. Het is net of ik de afgelopen tijd als een rat in een loopmolen heb gependeld tussen mijn huis en kantoor, met als enige verzetje zo nu en dan een min of meer verplicht etentje met een vriendin, vol leugentjes en oppervlakkigheden tot een uur of negen. Het is al een hele poos geleden dat ik uit ben geweest met een groep mensen, en het korte glitterjurkje heb gedragen dat ik mee naar kantoor heb genomen om me daar te verkleden.

Ik kijk omlaag, strijk over mijn dijen en kijk naar de glinstering van de lovertjes. Ik moet zomaar om niks giechelen. Plotseling merk ik dat ik al een beetje dronken ben. Ik voel me lekker wazig, een beetje verdoofd. Aan de overkant van de tafel verheft Steven zijn stem in een poging autoriteit uit te stralen en hij brengt een toost uit. 'We hebben allemaal hard gewerkt…' vang ik op. 'En dat moeten we vieren en ons verheugen op het komende jaar met…'

Waar we ons op moeten verheugen gaat verloren in een koor van bijval en geklink van glazen. Het doet er trouwens niet toe wat het is, want in de wereld van de advertentieverkoop kan het niet beter. Ik pak mijn glas en breng ook een toost uit zonder me erom te bekommeren dat de helft van de inhoud over mijn hand gutst. Ik drink de rest op, en voel de alcohol branden. De laatste tijd drink ik niet meer zo vaak en daardoor komt het nu wat harder aan. Ik besluit even naar de wc te gaan. Ik stoot Julie die naast me zit aan omdat ik erlangs wil en ze schuift opzij op de bank, waardoor ze half op de schoot van een jonge verkoper belandt, die dat duidelijk helemaal niet erg vindt. 'Je mag gerust wel even wegblijven,' zegt ze en ze geeft me een knipoog. Ik rol met mijn ogen, maar toch voel ik een steekje van jaloezie.

Ik loop door de bar. Hoewel de muziek behoorlijk hard staat, hoor ik het geklik van mijn naaldhakken op de glanzende vloer doortrillen in mijn hoofd. Het licht van de spotjes aan het plafond weerkaatst op de glanzende metalen bar. Als ik dichterbij kom, zie ik Carl daar in de rij staan. Hij heeft zijn telefoon in zijn hand en kijkt met gebogen hoofd en toegeknepen ogen naar het verlichte schermpje.

'Zo kom je nooit aan de beurt,' zeg ik wanneer ik op gehoorafstand ben. Hij kijkt op en lacht. De telefoon verdwijnt in zijn zak en hij werpt een blik op de bar.

'Je hebt gelijk,' zegt hij. 'Ik sta hier al zo lang, ik raakte afgeleid. Ik weet niet eens meer wat ik voor iedereen moet halen.'

'Haal maar wat fris.' Ik grijns.

'Goed idee,' zegt hij. 'Ze zijn allemaal al zo bezopen dat ze het toch niet in de gaten zullen hebben.'

'Maar jij niet,' zeg ik.

'En jij ook niet. Wij zijn tenminste verstandig.'

'Zeker weten.' Dit soort slap geouwehoer met Carl gaat me net zo makkelijk af als ademhalen. We lopen nu al anderhalf jaar vijf dagen per week op hetzelfde stukje vloerbedekking. Tussen ons is een vriendschap ontstaan die ik erg ben gaan waarderen. Hij is jonger dan ik, maar we kijken allebei op dezelfde manier tegen ons werk aan. We hebben dezelfde irritaties, en frustraties ten opzichte van onze collega's, en zijn allebei, zij het af en toe, enthousiast en betrokken wat ons werk betreft.

'Heb je het een beetje naar je zin?' vraagt hij. Hij stapt weg van de bar en doet geen moeite meer de aandacht van de barkeeper te trekken.

'Ja hoor, geweldig,' zeg ik. Om te benadrukken dat ik het echt meen, leun ik een beetje naar voren, maar als ik dat doe knikt de hak van mijn schoen opzij en val ik half tegen hem aan. De mouw van zijn jasje strijkt langs mijn blote arm.

'Hé, staan blijven.' Hij zet me rechtop en kijkt me aan met een geamuseerde blik terwijl in zijn donkere ogen de lichtjes boven de bar worden weerspiegeld.

'Sorry.' Ik glimlach. 'Het was niet, eh, ik wilde je niet bespringen.' Ik bedoel het als een grap, zo'n onschuldige flirterige opmerking waar we op kantoor ook altijd mee strooien, maar in deze omgeving – deze donkere bar, de met parfum doordrenkte atmosfeer, de rode spotjes en de mensenmenigte om ons heen – klinkt het anders. Beladen. Ik verstar en betrap mezelf erop dat ik hem aan sta te staren. Heel even registreer ik dat er iets vreemds is aan deze wederzijdse stilte, en dan haalt hij zijn schouders op en lacht.

'Geeft niks,' zegt hij. 'Komt vast door al die frisdrank.' Hij draait zich plotseling om en loopt naar de barkeeper en bestelt een hele rits drankjes, zo te horen willekeurig. Ik haal een paar keer diep adem en roep mezelf tot de orde. 'Ziezo,' zegt hij als hij klaar is. 'Hoe gaat het met je?'

'Eh. Wel goed.' De vraag is te vaag om er diep op in te gaan. 'Ik sta op het punt van instorten,' zeg ik luchtig. 'Grapje,' voeg ik eraan toe, al is dat niet waar.

Met zijn armen over elkaar geslagen leunt Carl tegen de bar. 'Nog steeds gedoe thuis?' vraagt hij.

Ik haal mijn schouders op. Ik vind het vervelend dat hij het min of meer met een omweg over Francis heeft. Ik besef dat ik de hele avond nauwelijks aan hem heb gedacht. Ik zie voor me hoe hij apathisch op de bank ligt, slapend of suffend, de lamp die brandt in een hoek van de kille, grijze kamer. En dan is het beeld weer verdwenen. 'Nee, niet zo best,' beken ik. Ik zou hier nog wel iets aan toe willen voegen, maar ik weet niet hoe ik het onder woorden moet brengen. Carl weet meer van de situatie dan de meeste mensen die ik ken, maar we zijn er steeds in geslaagd om een soort evenwicht te vinden tussen vriendschappelijke intimiteit en respectvolle afstand. Al weet ik vanavond niet zeker of ik dat evenwicht wel kan bewaren. Ik heb het vage en verontrustende gevoel dat als ik eenmaal begin te praten ik niet meer kan stoppen.

Hij kijkt me doordringend aan, maar hij slaat toch een luchtige toon aan. 'Hé, als je een schouder nodig hebt om op uit te huilen, dan weet je me te vinden.'

Ik knik. Ik weet dat ik nu iets moet zeggen, maar mijn hoofd is ineens helemaal leeg. 'Ik moet even naar de wc,' zeg ik en ik draai me abrupt om. Ik sta te trillen op mijn benen.

In de wc spetter ik koud water op mijn gezicht en ik kijk naar mezelf in de spiegel terwijl de druppels over mijn wangen lopen. Mijn ogen zijn groot en hebben een intense blik, het gedempte rode licht tovert er schittertjes in. Ik draai mijn hoofd een beetje om mezelf vanuit diverse hoeken en profil te kunnen bekijken. Plotseling is het alsof de vloer van de wc omhoogkomt. Ik knipper even met mijn ogen en wacht tot alles weer gewoon wordt. Nog één drankje en dan ga ik naar huis.

Het eerstvolgende uur zit ik in het kleine kringetje met mijn collega's en hoor de gesprekken om me heen, zonder er met mijn hoofd bij te zijn. Als ik opsta en afscheid neem, komt Carl naar me toe om me een fijne kerst te wensen.

'Ik zie je in het nieuwe jaar,' zegt hij. 'Veel plezier.' Hij omhelst me op een hartelijke, bijna innige manier. Zijn omhelzing duurt maar twee seconden, lang genoeg om een onbestemd gevoel in me los te maken, maar te kort om het te kunnen duiden.

'Jij ook,' zeg ik. 'Dag hoor,' en dan schiet ik de bar uit. Mijn hart klopt weer in mijn keel en ik ril over mijn hele lijf als ik in mijn dunne jasje de vrieskou in stap.

Op weg naar huis gaan steeds die paar minuten in de bar door me heen. Ik laat mijn hoofd tegen de beslagen ruit van de bus rusten. Ik heb nog nooit op deze manier aan Carl gedacht, in ieder geval niet echt, maar nu kan ik aan niks anders denken. Een onschuldig fantasietje, houd ik mezelf voor. Niemand kan me dat kwalijk nemen. En plotseling is het hek van de dam en vraag ik me af hoe het zou zijn om hem te kussen, wie dan ook te kussen, na al die tijd. Het is een vreemde en woeste gedachte. Ik druk mijn vingertoppen tegen mijn voorhoofd. Ik heb pijn in mijn kop. Ik ben morgen echt niet in staat om voor de perfecte echtgenote en moeder te spelen.

Als ik thuiskom, doe ik de deur zachtjes open, en zodra ik binnen ben, hoor ik Francis snurken. Op mijn tenen loop ik naar de half openstaande deur van de zitkamer en zie hem languit op de bank liggen, met zijn kleren nog aan en compleet van de wereld. Ik draai me zachtjes om, ga naar de slaapkamer en doe de deur achter me dicht. Ik trek mijn korte, zilveren jurkje uit en voel de lovertjes over mijn huid schuren. Dan doe ik mijn ondergoed uit en ga naakt voor het raam staan. De gordijnen zijn open, en ik aarzel heel even voordat ik ze dichtdoe vanwege een gedachte die plotseling in me opkomt: het intense verlangen om bekeken te worden, om te worden gezien.

Voordat ik op bed plof, pak ik mijn handtas en haal er mijn telefoon uit. Ik zie meteen dat er een berichtje binnenkomt. Ik raak opgewonden omdat ik intuïtief weet wie het is, en ja hoor, daar verschijnt Carls naam op het scherm.

Was fijn om je te zien, staat er. *Je vindt het vast prettig om te weten dat ik vlak na jou naar huis ben gegaan. We moeten toch verstandig zijn?*

Ik probeer iets te verzinnen om te antwoorden, maar mijn gedachten gaan alle kanten op en ik weet niet wat ik moet zeggen. Ik gooi de telefoon op het nachtkastje, rol op mijn zij om de lamp uit te doen, en ga dan op mijn rug liggen, met mijn ogen dicht. Mijn hoofd tolt. Het komt wel vaker voor dat we elkaar een berichtje sturen, maar vrijwel nooit op zo'n laat tijdstip. In samenhang met de fantasietjes die ik onderweg naar huis had, lijkt het iets te betekenen. Maar dat is natuurlijk onzin. Het zal niets veranderen. Maar terwijl ik daar in het donker lig en aan hem denk, doe ik toch iets wat ik al heel, heel lang niet heb gedaan, en wanneer ik uren later wakker word uit een droom die ik me nauwelijks kan herinneren, maar waardoor ik wel opgewonden, gefrustreerd en verward ben geraakt, doe ik het weer.

Pas na anderhalve dag bekijk ik de foto's in de gang. Ze zijn precies wat ik had verwacht: stralende getuigen van echtelijk geluk en gezinsvreugde. Een lachende Caroline die Eddie vasthoudt, tegen een achtergrond van glinsterende sneeuw. Allebei met een wollen muts op en dito handschoenen aan; Caroline en Francis die hand in hand over een zandstrand lopen en naar de zonsondergang kijken (de foto is waarschijnlijk gemaakt door een voorbijganger die ze hiervoor hadden gestrikt) met z'n drietjes te midden van de chaos op kerstochtend, omringd door snippers kleurig pakpapier en lintjes. Elf foto's. Allemaal genomen op verschillende momenten en met verschillende achtergronden, maar ze hebben één ding gemeen: zo te zien zijn ze allemaal het afgelopen jaar genomen. Er is geen vooruitgang, geen verleden. Alles wat hiervoor kwam, is afwezig.

Ik besteed niet zo lang aandacht aan de foto's als ik had gedacht. Als puntje bij paaltje komt, zijn het gewoon maar foto's. En ik vind het ook niet zo pijnlijk om te zien als ik had verwacht. Het geluk dat ervan afstraalt voelt onecht, en wie zegt dat de camera nooit liegt, heeft duidelijk nooit een voet in dit huis gezet.

Ik loop de trap op naar haar slaapkamer en kijk naar de puin-

hoop die ik heb veroorzaakt. Iedereen die hier binnen zou komen, zou denken dat er was ingebroken – spullen kriskras op de vloer gekwakt, laden en kasten opengerukt en de inhoud eruit gegooid. Ik heb niet de moeite genomen om alles op te ruimen, maar ik ben wel heel grondig te werk gegaan. Iedere domoor weet dat als een vrouw iets wil verbergen, ze dat in haar slaapkamer verstopt. Tot dusver heb ik niet veel gevonden, maar ik weet dat daar verandering in gaat komen. Ik voel op mijn klompen aan dat Caroline niet iemand is die het verleden uit wil wissen, ondanks het beeld dat ze van zichzelf probeert te geven. Ze is niet het type dat kiest tussen het een of het ander. Ze wil het allebei.

Je kunt niet alles hebben. Dat is zo waar als wat. Je kunt niet iets willen bewaren en het tegelijkertijd kapotmaken. Je kunt niet je herinneringen willen bewaren en tegelijkertijd willen dat je op een ochtend wakker wordt en ontdekt dat ze uit je geheugen zijn gewist. Je kunt niet koesteren wat je hebt en tegelijkertijd de lont in het kruitvat steken en toekijken hoe de boel ontploft. Ja. Dat geldt zowel voor Caroline als voor mij.

Weg

Caroline, mei 2015

Ik sta vroeg op en maak ontbijt in de glanzende showkeuken. Gek genoeg vind ik het wel rustgevend dat er zo weinig in staat. Thuis kan ik nauwelijks mijn kont keren vanwege alle rommeltjes. Af en toe fantaseer ik wel eens over wat ik soms in tijdschriften lees, dat je alles weg moet gooien en met een schone lei opnieuw beginnen. De mensen die vertellen hoe bevrijdend dit voor hen was, hebben vrijwel altijd iets hysterisch – een maniakale glimlach, grote ogen met een hemelse blik. Maar als het erop aankomt, kan ik me niet voorstellen dat ik dat zou doen. Francis is een echte verzamelaar en ik zou niet eens weten waar ik moest beginnen.

In de koelkast staan eieren en melk, verder niks, en een snelle inspectie van de kleine keukenkastjes levert een pak meel op, dus maak ik pannenkoekenbeslag en zet een koekenpan op het fornuis. Ik ben lekker bezig, maar terwijl ik sta te roeren moet ik toch denken aan de bloemen op de vensterbank in de badkamer. Dat beeld is op mijn netvlies gebrand.

Dit soort dingen gebeurde in het begin heel vaak. Waar ik ook ging of stond, werd ik wel getroffen door een liedje in een winkel of een willekeurige zinswending van een wildvreemde. Alles deed me aan jou denken, en het was zo makkelijk om tussen alles verbanden te leggen, want je was de hele tijd in mijn gedachten. Toen Francis en ik pas verloofd waren, had ik iets vergelijkbaars: overal waar ik was, zag ik pas verloofde vrouwen. Ze waren gemakkelijk te herkennen omdat ze maar één ring aan die vinger hadden en de ring was vaak ook nog ietsje te klein of te groot waardoor ze eraan frunnikten. Dat was net zoiets, alleen gaf dat me geen slecht gevoel.

Ik dacht dat ik daar wel overheen was. Het kwam denk ik omdat het zo onverwacht gebeurde. Terwijl ik prik in de pannenkoek in de pan en het beslag zie bubbelen en stollen, denk ik aan die middag op de markt, toen je rozen bij een stalletje kocht en zei dat ze voor mij waren, ook al kon ik ze niet meenemen. Ik weet nog hoe de bloemblaadjes aan mijn vingers voelden. Koel en zacht. Dat de geur op mijn huid achterbleef, nog lang nadat ik ze op het perron van het station had achtergelaten en in de trein naar huis was gestapt.

Ik sta nog steeds naar de koekenpan te kijken, en denk aan het verleden als ik me opeens bewust word van een soort kriebel in mijn nek, als een waarschuwingssignaal. Ik kijk om me heen, en zie alleen maar de schone, onschuldige oppervlakken en de spotjes aan de muur. Er is niets waarvan ik van streek zou moeten raken, maar toch kan ik me niet aan het gevoel onttrekken dat ik word bekeken. Het is een sterk en intuïtief gevoel, zoals wanneer je het ook zou merken als er een onbekende in je huis is, zelfs als je je ogen dicht hebt.

Buiten. Ik draai me om naar het raam, en ongeveer een halve seconde zie ik een schim, nauwelijks waarneembaar, en dan is het weer verdwenen. Het kan iets met het licht zijn geweest, maar het is voldoende. Ik tuur naar buiten en kijk of ik iets of iemand zie. Het kleine grasveldje is verlaten, maar toch meen ik het geritsel van bladeren te horen aan de andere kant, het soort geluid dat je hoort wanneer iemand daar net langs of onderdoor is gegaan.

'Dat zou ik toch doen?' Ik schrik me rot van Francis' stem. Hij staat plotseling achter me, slaat zijn armen om mijn middel en geeft me een kusje in mijn hals. 'Ik wil niet dat je de hele week boven het fornuis staat te sloven.'

'Weet ik,' zeg ik. 'Maak je geen zorgen. Ik werd wakker en kon niet meer slapen, daarom ben ik maar ontbijt gaan maken.'

'Zit je iets dwars?' Hij kijkt verontrust, bezorgd. 'Het lijkt wel of je een beetje van streek bent.'

Mijn blik gaat weer naar het keukenraam. In de tuin is niets te zien en de blaadjes ritselen ook niet meer. Ik schud mijn hoofd. 'Nee hoor. Niks aan de hand.'

'Mooi,' zegt hij. 'Zeker weten? Oké dan. Zullen we na het ontbijt naar Londen gaan? Ik had gedacht eerst even een museum of zoiets binnenlopen en dan lunchen. Daarna kunnen we ook nog iets anders doen, maar ik weet niet wat. Heb je een voorkeur?'

'Ik weet niet... Ik zal er even over nadenken.' Zelfs nu het al een jaar geleden is, vind ik het nog vreemd om hem plannen te horen maken, suggesties te doen. Het heeft de rare uitwerking op mij dat ik alle verantwoordelijkheid aan hem wil overdragen en me wil laten meeslepen door zijn enthousiasme. Inmiddels is het niet meer nodig dat ik de regie heb over wat er dagelijks gebeurt. Ik wil niet bepalen wat we gaan doen of waar.

We ontbijten met pannenkoeken aan de houten ontbijttabel, en maken grapjes over Eddie, die ze allemaal wel zou willen opeten als hij hier was. Ik mis het geluid van zijn stem en ik neem me voor mijn moeder te bellen om te kijken of alles in orde is. Ik zal het vanmiddag doen, hij is nu trouwens op school en ik word geacht me te ontspannen en te vermaken.

'Ik mis hem ook,' zegt Francis, die blijkbaar geraden heeft waar ik aan denk. 'Maar hij heeft het natuurlijk heerlijk. Tegen de tijd dat we weer naar huis gaan, wil hij vast bij je ouders blijven wonen.'

'Ik denk het ook,' zeg ik en ik buig me naar hem over voor een kus. Die duurt langer dan mijn bedoeling was en ik vraag me af of we niet weer naar bed zullen gaan. Omdat ik moe was van de reis en in de war door de bloemen had ik gisteravond geen zin in seks, maar nu lijkt het me wel wat. Ik aarzel iets te lang en dan is het weer over. Francis ruimt de borden af en zet ze in de afwasmachine. Hij vertelt dat er een tentoonstelling is over licht en geluid waar ik volgens hem wel naartoe zou willen. Het klinkt wel leuk, dit is het soort dingen waar ik in mijn eentje naartoe ging toen ik begin twintig was, gekleed in de meest artistieke outfit die ik kon bedenken omdat ik erbij wilde horen. Het klinkt ook als iets wat in Francis' wereld volkomen zinloos en nutteloos is.

'We kunnen ook iets gaan doen wat jij leuk vindt,' opper ik.

Hij moet lachen. 'Ik vind het prima om te doen wat jij wilt,' zegt hij. 'Dát wil ik...'

Ik wacht even voor het geval hij er nog iets aan wil toevoegen, maar hij kijkt me alleen maar verwachtingsvol aan. 'Oké dan,' zeg ik uiteindelijk. 'Prima.' Ik word een beetje misselijk, het gevoel dat er een barstje in het vernis komt. Wie is deze Perfecte Man, die zich bezighoudt met opruimen en afwassen en kletst over tentoonstellingen waar hij me mee naartoe wil nemen? In ieder geval niet mijn man, of de man van wie ik dacht dat hij mijn echtgenoot was.

Ik haal even diep adem en wacht tot de golf van misselijkheid voorbij is. 'Weet je wat, ik ga even naar de kiosk die we onderweg zagen,' zeg ik. 'Als ik de krant haal en nog wat dingetjes, ga jij dan douchen?'

'Ja hoor,' zegt hij tot mijn opluchting. Ik moet echt een paar minuten de deur uit om mijn zinnen te verzetten. Ik wil van deze week genieten, en om dat te kunnen moet ik de juiste instelling hebben. Dat zal niet makkelijk gaan. Niet vanzelf. Ik weet ook niet of dat ooit zal gebeuren.

Na mijn bezoek aan de kiosk wandel ik op mijn gemak terug omdat ik weet dat Francis nog bezig zal zijn zich aan te kleden. Als ik Everdene Avenue in loop, kijk ik in het voorbijgaan naar de huizen. Het zijn vierkante, vrijstaande huizen, in rijtjes van drie op gelijke afstand langs de straat. Hier en daar zie ik de schaduwen van de bewoners achter de ramen langs strijken, als vissen in een diffuus verlicht aquarium. Als ik een stukje van het trottoir af zou gaan, zou ik in de woonkamers kunnen kijken. In de hoge, smalle torenflat waarin we wonen, hangen we zo'n beetje in de lucht. Als we niet af en toe muziek en lawaai hoorden via het plafond en de vloer, zouden we het gevoel hebben dat we de enigen in het gebouw waren. Het geeft best een eigenaardig gevoel dat mensen zo dichtbij wonen dat je ze bijna kunt aanraken.

Als ik bij nummer 14 kom, vertraag ik mijn pas nog iets meer. Dit was het huis dat me gisteren opviel, vanwege de slecht onderhouden voortuin en de smoezelige vegen op de muren. Als ik dichterbij kom, zie ik een zilverkleurige windvanger bij de voordeur hangen die zachtjes tinkelt in de lichte bries; het klinkt zacht en helder, bijna onheilspellend. Heel even doet het me aan iets denken, iets onprettigs, maar het is zo vluchtig dat het meteen weer voorbij is.

De voordeur gaat open en er stapt een vrouw naar buiten. Ze is halverwege de twintig en ze heeft een donkere linnen jurk aan. Haar lange en warrige blonde haar valt over haar veel te grote zwarte vest. 'Ben jij Heather?' roept ze.

'Ik... nee.' Ik glimlach een beetje ongemakkelijk en schud mijn hoofd, ik voel dat ik bloos. 'Sorry.'

De vrouw lacht, slaat haar armen over elkaar en leunt tegen de deurpost. 'Nou, daar kun jij ook niks aan doen,' zegt ze. 'Ik wacht op iemand van St. Mary's die zou langskomen voor de fondsenwerving. Ik dacht dat jij het misschien was.'

'Geeft niet,' zeg ik en ik loop door. 'Maakt niet uit.'

'Zeg,' zegt de vrouw terwijl ik me al heb omgedraaid, en ik blijf weer staan. 'Volgens mij zag ik je hier gisteren aankomen. Je ging toch op nummer eenentwintig naar binnen?' Intussen is ze bij de deur weggelopen en staat nu op blote voeten halverwege haar voortuin. Ze heeft een open en eerlijk gezicht maar toch zie ik iets van een sluwe, samenzweerderige blik in haar grote groene ogen. Alsof ze duidelijk wil maken dat zij en ik allebei weten dat de vraag die ze stelde een smoes was om een praatje te beginnen.

Typisch suburbia, denk ik en ik kijk de straat door. Ze lijkt me een beetje te jong voor iemand die achter de gordijnen zit te loeren. Maar misschien ga je dat in dit soort omgevingen al doen voordat je oud bent. Ik stel me voor dat er een telefoonlijn met gecodeerde signalen door de straat loopt en de huizen stuk voor stuk de melding krijgen: een nieuw iemand! Ik moet glimlachen. 'Klopt,' zeg ik. 'Ik blijf maar een weekje. Huizenoppas.' Een raar soort voorzichtigheid weerhoudt me ervan om 'ruil' in plaats van 'oppas' te zeggen. Ik weet echt helemaal niets over de eigenaars van het huis waarin we zitten, en weet ook niet of diegenen wel willen dat alles wat ze doen bij de buren bekend wordt.

De vrouw gaat op de rand van het lage muurtje om haar tuin zitten en ze rommelt in de zak van haar vest. Door deze beweging komen haar borsten een beetje vooruit en drukken tegen de stof van haar jurk. Als ze haar hoofd buigt, zie ik haar lange wimpers en de contouren van haar jukbeenderen. Ze is buitengewoon knap.

Ze haalt een sigaret uit een pakje en biedt er mij ook een aan, met haar wenkbrauwen vragend opgetrokken. Ik lach, ongemakkelijk. 'Nee, dank je.' Het lijkt haar niets te kunnen schelen. Ze steekt de sigaret tussen haar lippen en buigt haar hoofd om hem aan te steken.

Dit lijkt me wel een geschikt moment om een eind te maken aan onze ontmoeting en ik wil weer doorlopen, maar dan kijkt ze op. 'Zeg, mocht je van de week een keer niets te doen hebben, ik heb ook niks omhanden,' zegt ze. 'Als je zin hebt in een kop koffie? Twee eenzame vrouwen, je weet wel.'

Ze zegt het een beetje spottend, en heel even heb ik het idiote idee dat ze met me zit te flirten. Haar voorstel geeft me een ongemakkelijk gevoel, het komt door de directheid. Zoals ze daar op dat muurtje zit met haar knieën opgetrokken en ze haar hoofd nieuwsgierig schuin houdt, doet ze me aan iets of iemand denken. Ik kan mijn vinger er niet op leggen, maar toch lijkt het een gevoel van betekenis op te roepen. Het is hetzelfde gevoel van déjà vu dat ik had toen ik naar haar voordeur keek, en dat bevalt me niks.

'Ik ben hier met mijn man, hoor,' zeg ik een beetje kortaf, hoewel dat niet mijn bedoeling was. 'En ik moet er weer vandoor.'

De vrouw glimlacht flauwtjes. Ze staat op van het muurtje en strijkt haar jurk glad. Dan draait ze zich abrupt om en loopt zonder nog iets te zeggen of achterom te kijken terug naar haar huis en doet de deur achter zich dicht. Ik voel me schuldig dat ik zo bot tegen haar heb gedaan, ze wilde alleen maar aardig zijn. Al was het een beetje raar, ook al omdat we elkaar helemaal niet kennen. Even krijg ik de aanvechting om een briefje met een verontschuldiging onder de deur te schuiven, met het voorstel iets af te spreken, maar dan zeg ik tegen mezelf dat ik niet zo stom moet doen. Francis en ik zijn hier maar een week, en we zijn hier om dingen met elkaar te doen, niet om vrienden te maken.

Terwijl ik hierover nadenk, merk ik dat ik al voor onze deur sta en dat ik de sleutel in het slot heb gestopt, met dezelfde vanzelfsprekendheid alsof het mijn eigen huis is. Zodra ik de deur opendoe, besef ik dat er iets aan de hand is. Zonder dat ik de eerste noot heb gehoord verstijf ik. Boven klinkt muziek. Pas na een paar maten weet ik welk liedje het is, maar mijn lichaam herkende het al eerder want mijn hart slaat een slag over en mijn knieën knikken.

Ik heb dit liedje niet meer gehoord sinds de laatste keer dat ik je zag. Maar ik herinner me nog de propvolle bar waar ik het voor het eerst hoorde, samen met jou. Het magische gevoel dat alles met elkaar in verband stond, dat het de perfecte muziek was voor wat er in die kleine ruimte gebeurde. We stonden vlak bij elkaar, ik voelde je handen om mijn middel en je trok me tegen je aan.

Francis verschijnt boven aan de trap en wrijft zijn haar droog met een handdoek. 'Wat is er?' vraagt hij meteen.

'Niks,' weet ik met moeite uit te brengen. 'Waarom heb je die muziek opgezet?'

'Die muziek?' Hij kijkt achter zich. 'Ik vond gewoon een paar cd's in de slaapkamer. Achter de stereo-installatie, en deze lag bovenop. Ik heb hem maar opgezet omdat ik toch bezig was me aan te kleden. Ik ging echt uit mijn dak, weet je. Spulletjes! Als we nog even blijven zoeken, vinden we misschien wel een paar boeken.'

'O zo.' Ik ben niet in de stemming voor geintjes. Ik loop snel de trap op en ga de slaapkamer binnen. Het liedje is halverwege en ik schrik ervan dat ik er moeite mee heb om de cd-speler uit te zetten. En zodra ik dat heb gedaan, voel ik een enorm gemis.

Francis staat achter me en hij kijkt bezorgd en gealarmeerd. 'Wat is er nou?' vraagt hij. 'Heb ik iets verkeerds gedaan? Was het...' Hij gaat niet verder, maar ik weet wat hij denkt.

'Nee,' zeg ik. Maar terwijl ik het zeg, weet ik bijna zeker dat Francis denkt dat dit een beladen liedje voor me is. Ik weet zeker dat ik het er wel eens over heb gehad tijdens onze lange, uitputtende gesprekken in al die maanden, toen ik behoefte had alles op te biechten en Francis' verlangen naar zelfkwelling net zo groot was als mijn wanhopige verlangen om deze dingen uit mijn hoofd te krijgen. Zou hij het zijn vergeten? 'Het was alleen...' Ik kijk hem aan terwijl hij staat te wachten tot ik verderga.

'Het is niks,' zeg ik uiteindelijk. We blijven daar nog even zwijgend staan en dan sla ik mijn armen om zijn nek en houd hem vast, ik druk mijn gezicht tegen zijn borst en hoor zijn hartslag. Als ik hem loslaat merk ik dat mijn ogen vochtig zijn, maar ik knipper niet en even later voel ik dat mijn tranen zich hebben teruggetrokken.

'Ik moet nog even in de badkamer zijn,' zeg ik. 'En dan gaan we naar buiten hè? We pakken de trein en gaan naar die tentoonstelling.' Ik zie dat zijn gezicht ontspant en hij glimlacht. Ik probeer daar een soort troost uit te putten. Kleine dingen kunnen klein blijven. Ze hoeven niet te worden opgeblazen tot ze alles verstikken.

Ik voel me iets sterker en geef hem nog een kneepje in zijn arm. Dan ga ik naar de badkamer. De bloemen heb ik vanmorgen weggegooid, omdat ik mezelf wijsmaakte dat ze al bruin begonnen te worden en de blaadjes verdorden, dus de vensterbank is helemaal leeg. Ik loop naar het raam en zet het open. Ik leun naar buiten en kijk naar de straat, met allemaal dezelfde huizen. Ik vang een geluid op en zie iets bewegen – een deur of raam dat dichtklapt – en dan kijk ik automatisch naar nummer 14, maar zodra ik daar mijn blik op heb gevestigd, is alles weer roerloos en stil.

Thuis

Caroline, februari 2013

Tijdens het wandelen langs de rivier slaan er vochtige windvlagen in mijn gezicht, die mijn haar in natte slierten tegen mijn schedel plakken. Met verstijfde vingers en witte knokkels om de handvatten duw ik de kinderwagen voort. Eddie beweegt zich onrustig onder de regenkap en ik kan de donkere omtrekken van zijn gezichtje zien als hij opkijkt door het plastic, waar het water in straaltjes overheen gutst. Francis loopt naast ons alsof hij amper bij zijn positieven is. Nors kijkt hij voor zich uit. Zijn handen heeft hij diep in zijn zakken gestoken en de flappen van zijn overhemd wapperen driftig heen en weer in de koude wind.

'Heb je het niet koud?' vraag ik voor de tweede of derde keer. Hij wilde geen jas aan toen we van huis gingen en mompelde vaag dat het nergens voor nodig was. Ik ging ertegen in, met als gevolg dat hij zijn hakken nog dieper in het zand zette. De sfeer was al gespannen toen we vanmorgen naar de bushalte liepen en we vermeden elkaars blik. Voor we de hoek van de straat hadden bereikt, wist ik dat dit uitstapje een vergissing was.

'Nee, ik heb het niet koud,' zegt hij en hij kijkt me wantrouwig aan, alsof mijn bezorgdheid een dubbele bodem zou hebben. 'Hou er nou maar over op.'

'Wat ben je weer aardig,' snauw ik en ik versnel mijn pas, wetende dat hij geen moeite zal doen om me bij te houden. Ik probeer mijn geploeter langs het water voldoende waardigheid mee te geven om me van binnenuit te verwarmen. Het lukt niet. Ondanks mijn lange mantel ril ik van de kou, de regen sijpelt tussen de stiknaden door en vormt een ijzig koud vlies op mijn huid. Toen ik dit plannetje gisteravond opperde, dacht ik aan een stevige wandeling in de heldere winterse zonneschijn, een kans om de lucht tussen ons te klaren. Ik onderneem om de week zo'n strategische poging. Soms pakt het goed uit, maar over het algemeen heb ik het gevoel dat ik aan een dood paard zit te trekken.

Na een poosje realiseer ik me dat Francis niet eens meer met ons meewandelt. Ik kijk over mijn schouder en zie hem over de ijzeren balustrade gebogen staan, turend in de kolkende rivier. Voor een onheilspellend, kortstondig moment lijkt hij wel een vreemde voor me, met die warrige haren, slobberende kleren en afstandelijke uitdrukking op zijn gezicht. Ik loop snel met de kinderwagen naar hem toe en leg mijn hand op zijn doordrenkte hemdsmouw.

'Wat is er?' vraag ik. Ik wilde bezorgd overkomen, maar mijn stem klinkt bars en beschuldigend.

Hij haalt zijn schouders op en blijft naar het grijze, woeste water staren dat door de wind wordt opgestuwd en meegevoerd. 'Ik denk dat ik naar huis ga,' zegt hij. 'Ik ben bekaf. En dit is niet echt een succes, hè?'

Alhoewel ik hem moeilijk kan tegenspreken, voel ik woede in me oplaaien dat mijn poging in het water is gevallen. Ik staar hem aan, heen en weer geslingerd tussen boosheid en paniek, maar bijna afgestompt door vermoeidheid. Het komt allemaal bij elkaar: de slapeloze nachten, de irritaties, de afstandelijkheid als hij naar me kijkt, de leegte. We hebben een paar goede weken gehad, maar langzaamaan begint het steeds duidelijker te worden dat er eigenlijk niets is veranderd.

Hij is weer aan de pillen. Het besef komt aan als een stomp in mijn maag. Ik heb geprobeerd om de barsten in het vernis toe te dekken, maar ze laten zich niet langer negeren. Het is weer het oude liedje van zinloze ontkenningen en onvoorspelbare buien. Vertikken toe te geven dat dit nog steeds gaande is. Mijn tranen, mijn aantijgingen, mijn smeekbedes die allemaal geen zin hebben, want in discussie gaan met een verslaafde is als het getij met je hand willen keren.

'Misschien moet je weer naar de dokter,' zeg ik. 'Wie weet kan hij je... helpen.' Ik hoor de ironie van mijn eigen woorden. Zo begon het drie jaar geleden ook – met mijn welgemeende voorstel dat hij beter met een arts kon praten, dat die misschien iets voor hem had om hem door de eerste paar moeilijke weken op zijn werk te slepen. Ik zie nog voor me hoe hij de volgende dag thuiskwam, wapperend met een receptje. *Gelukspillen, hoera!* Ik kies mijn woorden zorgvuldig. 'Ik bedoel dus een soort hulptraject,' zeg ik. 'Geen snelle oplossing.'

Francis werpt me een norse blik toe. 'Flikker op,' zegt hij afgemat.

Mijn mond zakt open van schrik. Het zijn niet de woorden zelf, maar het gemak waarmee hij me ze toebeet, waarmee hij me wegduwde. 'Flikker op?' herhaal ik. 'Ik weet niet of je het weet, Francis, maar ik probeer je te helpen.'

'Je bent nogal dol op die term, hè?' zegt hij. 'Helpen. Godsamme. Ik heb jouw hulp niet nodig, snap je?'

'Juist wel.' Ik sla terug en probeer mijn zelfbeheersing te bewaren. 'Juist wel. Ik heb er genoeg van dat je het meest van de tijd rondloopt als een zombie. Ik ben het spuugzat om net te doen alsof ik niet doorheb...' Ik hou op als ik een stel van middelbare leeftijd op ons af zie komen.

Francis volgt mijn blik en zijn lippen plooien zich in een akelig gekunstelde glimlach. 'Let vooral niet op ons,' zegt hij luid en hij staart de twee aan. 'We kunnen nog harder praten als jullie ons zo nodig willen horen.'

'Francis,' bijt ik hem sissend toe. 'Hou je kop.' Ik schaam me dood. Mijn wangen kleuren rood en mijn vochtige kleren kleven prikkend aan mijn huid.

'Waar bemoeien ze zich mee,' moppert Francis. Hij kijkt me met opgetrokken wenkbrauwen aan en met een lichte schok realiseer ik me dat hij meent dat ik met die twee mensen onder één hoedje speel. Hij begrijpt er echt niets van.

'Ik heb er genoeg van,' zeg ik. 'Ik heb genoeg van je nukken en ook van deze manier van leven. Wat zou je doen als je in mijn schoenen stond, Francis? Ik meen het. Wat...' Mijn stem is halverwege de zin een octaaf omhooggeschoten en ik schreeuw in de steeds groter wordende afstand tussen ons. Ik zie hem met gebogen hoofd weglopen. Hij heeft geen zin in deze discussie en baant zich een weg tussen de andere voetgangers door, op weg naar Joost mag het weten. De tranen lopen over mijn wangen en vermengen zich met de regen terwijl mijn rechterhand automatisch de kinderwagen wiegt. Ik kijk naar beneden en zie Eddie, die zich van geen kwaad bewust is en met zijn vuistje tegen zijn mond gedrukt slaperig voor zich uit kijkt.

Het duurt nog bijna een uur voor we thuis zijn en door mijn negen onbeantwoorde oproepen naar zijn mobiel weet ik al dat

Francis er niet is. Zoals verwacht is het donker en koud op de gang en ik neem niet eens de moeite Francis' naam te roepen. Ik zie dat Eddie inmiddels in slaap is gevallen. Hij ligt met zijn knieën opgekruld tegen zijn borst en zijn hoofd is opzij gevallen, zijn blonde krullen zijn tegen de zijkant van de kinderwagen gedrukt. Als hij slaapt, lijkt hij zo veel op Francis dat ik een verwarrende pijnscheut van zowel liefde en verlangen als verdriet en verlies voel.

Ik zet de kinderwagen in de gang, draai de thermostaat op en pel mijn natte kleren van mijn huid. Ik trek een donzige kamerjas aan, steek een paar kaarsen aan om de sfeer wat gezelliger te maken en maak hete chocolademelk. Als ik die opgekruld op de bank onder een deken opdrink, teugje voor teugje, voel ik me langzaam vanbinnen warm worden.

Als ik mijn hoofd op het kussen laat rusten, valt mijn blik ergens op: op een langwerpige, witte envelop die boven het mandje naast de bank uitsteekt. Er is iets door de manier waarop hij daar verborgen lijkt dat ik overeind kom en hem eruit haal. De envelop is dikker dan ik dacht en als ik erin kijk, zie ik een paar glimmende strips met elk tien blauwe pillen. Geen receptstrips, geen apothekersverpakking. Afkomst onbekend.

Ik weeg de envelop in mijn hand. Ik ben niet eens geschokt. Een golf van misselijkheid blijft branderig in mijn keel steken. Nee, o nee. Ik weet het al weken, ik verwachtte niet anders, maar toch doet het pijn nu ik met de werkelijkheid om de oren word geslagen.

Ik overweeg de pillen weg te gooien, misschien moet ik op een confrontatie aansturen, maar na een poosje stop ik de envelop gewoon weer terug. Ik weet al dat weggooien geen zin heeft; hij zal altijd wel ergens anders nieuwe vandaan weten te halen. Bovendien kan ik de boel beter in de gaten houden als hij niet weet dat ik ervan op de hoogte ben. Ik kan bijhouden hoe snel ze opgaan.

Als ik mezelf wil dwingen ergens anders aan te denken, zie ik dat ik een nieuw berichtje op mijn mobiel heb. Eerst denk ik aan een sms'je van Francis en gespannen pak ik het toestel op. Het is een WhatsApp van Carl. *Hallo, heb je een goed weekend? Zin in morgen? X*

Ik tuur een poosje naar de woorden. Ik vraag me af waarom ik me eraan stoor, en dan zie ik het: de kus aan het eind. Ik bekijk de andere berichten van onze uitwisseling, wat alleen maar bevestigt wat ik al weet. Het is voor het eerst dat een van ons tweeën op die manier een bericht afsluit. Hoe belachelijk ook, ik krijg opeens een wee gevoel in mijn maag, als een bakvis met kalverliefde. Ik weet dat dit soort emoties niet oké zijn. Ze doen me denken aan de beginperiode met Francis, toen ik altijd met ingehouden adem leek te wachten tot hij zich weer meldde. Ik weet nog hoe het was en de herinnering is bitterzoet, doorschoten met schuldgevoel en wroeging.

Langzaam typ ik een bericht terug. *Snertweekend, eigenlijk. Ruzie met F en voel me klote. Maar wel zin in morgen. Wordt leuk.* Grant, onze collega, speelt met zijn band in de plaatselijke pub en Carl en ik hebben beloofd naar zijn optreden te komen. Ik aarzel even en voeg er dan een *X* aan toe. Mijn vinger hangt weifelend boven de verzendknop terwijl ik naar de kus kijk. Moet ik dit wel doen? Ik weet niet zeker welke signalen ik hiermee afgeef. Net als ik het bericht wil wissen, hoor ik de sleutel in het slot en de voordeur opengaan, en in mijn paniek druk ik op 'verzenden'. Ik laat de telefoon in de zak van mijn kamerjas glijden en sta op.

Ik haal diep adem, zet me schrap en sta vrijwel roerloos midden in de kamer om te zien in welke bui Francis zal zijn. Hij verschijnt op de drempel en ik zie de schaamte in zijn blik. 'Sorry,' mompelt hij verontschuldigend.

'Het is al goed,' hoor ik mezelf zeggen. Het is een onbeholpen poging, maar het is in elk geval iets. Genoeg om me een schuldgevoel te bezorgen over het berichtje dat ik net heb gestuurd, genoeg om vandaag wanhopig graag weer tot een gewone dag te willen maken. Ik loop naar hem toe, leg mijn hand in de zijne, en zo begint het.

De volgende dag is Grant één bonk zenuwen, die almaar doorratelt of zijn nieuwe muziek wel in goede aarde zal vallen. Hij vraagt herhaaldelijk of Carl en ik toch wel echt komen en we verzekeren hem dat we er zullen zijn. Ik kijk ondanks alles naar de avond uit, vooral omdat Eddie bij mijn ouders logeert. Ik hoef me om niets of niemand zorgen te maken vandaag. Het is een verleidelijk licht en bevrijdend gevoel.

Ik kan mijn aandacht niet bij mijn werk houden en als het twaalf uur is, besluit ik alvast de deur uit te gaan om ergens een broodje te halen. Niemand ziet me weggaan en ik haast me door de straten, mijn jas dicht om me heen om warm te blijven en mijn schouders gekromd tegen de eerste regenspettertjes. Ik sta rillend voor het rode stoplicht te wachten als ik een paar handen om mijn middel voel en een lichte druk voor hij weer loslaat. 'Boe.'

Ik draai me op mijn hakken om en zie Carl grinnikend achter me staan. 'Rotzak,' zeg ik. 'Ik schrok me wild,' maar ik kan mijn lachen niet inhouden.

'Sorry,' zegt hij, al klinkt het niet alsof hij het meent. 'Ik zag je naar buiten glippen en ben achter je aan gelopen. Misschien kunnen we ergens samen lunchen.'

'Ja, goed idee.' We lopen naast elkaar naar de dichtstbijzijnde broodjeswinkel. Ik kan nog steeds zijn handen om mijn middel voelen, de elektrische schok die ik ervan kreeg. In de afgelopen weken, sinds die ene avond in de kroeg, voelt het alsof er iets is losgekomen. We raken elkaar vaker aan, kort, plagerig contact dat ik bij ieder ander gewoon amicaal zou vinden. Ik zeg tegen mezelf dat ik dom bezig ben. Ik ben getrouwd, ik heb een kind, ik ben acht jaar ouder dan hij – niet echt zijn fantasievrouw. Bovendien is het niet voor het eerst dat ik een vlam heb en Carl past precies in het profiel: mijn eigen man is acht jaar ouder dan ik, dus waarschijnlijk is het niet raar dat ik een zwak heb voor de aantrekkingskracht van jongere, minder gecompliceerde mannen. Zo'n vlam brandt nooit lang. Er is geen reden om aan te nemen dat dit gevaarlijker is dan anders.

We gaan de zaak in, bestellen de broodjes en kiezen een tafel bij het raam, waar we kunnen zien hoe het buiten is gaan hozen. 'Lekker weertje,' zegt Carl. 'Daar wordt een mens vrolijk van.'

'Zeg dat wel,' beaam ik. 'Ik zou nergens liever willen zijn dan hier.' We wisselen vaker dit soort sarcastische opmerkingen uit, maar nu ik hier in deze knusse cocon zit met iemand die zo makkelijk in de omgang is, krijgen mijn woorden een zweem van waarheid.

Carl zet zijn tanden in zijn broodje en zegt dan: 'Ik maak me zorgen over vanavond. Ik weet niet of je Grant ooit hebt horen spelen, maar het is niet wat mensen hier zullen verwachten.'

'Je bedoelt dat het snertmuziek is.'

'Welnee,' zegt hij quasiverontwaardigd. 'Natuurlijk niet. Het is gewoon wat... alternatief.' Hij vangt mijn blik en we schieten allebei onbedaarlijk in de lach en liggen dubbel gebogen over de tafel. Ik krijg pijn in mijn zij.

'Lieve help,' zeg ik na een poosje en ik veeg de tranen uit mijn ogen. 'Ik weet niet of ik me vanavond goed kan houden. Kom, eet je broodje op, we moeten terug.'

We slenteren weer naar het kantoor en vlak voor de deur zeg ik dat ik even naar het toilet moet, zodat hij alleen naar binnen kan gaan. Ik wil het niet zo expliciet uitspreken, maar ik heb liever dat ze ons niet samen zien binnenkomen. In de toiletruimte kijk ik in de spiegel en ik spreek mezelf bestraffend toe. Doe normaal. Niemand zal iets vermoeden, als ze al weten dat Carl en ik samen een broodje hebben gegeten. We zijn vrienden. Gewoon vrienden.

De rest van de middag lijkt de klok stil te staan. Ik doe mijn werk op de automatische piloot, mijn gedachten zijn elders – ik ben de dingen aan het zeven, aan het rationaliseren. Als het bijna vier uur is, sta ik op en loop naar zijn werkplek aan de andere kant van het kantoor. Hij ziet me al aankomen en als mijn blik de zijne kruist, blijft hij me recht aankijken. Hij lacht niet.

Grant zet twee flinke pullen bier en een glas witte wijn op tafel en laat zich op de stoel tegenover me ploffen. Kennelijk heeft het optreden hem behoorlijk uitgeput en het zweet parelt op zijn voorhoofd. 'Weet je?' zegt hij. 'Dat was een goeie vanavond. Volgens mij ging de hele tent uit zijn dak.'

'Daar kun je wel eens gelijk in hebben,' zeg ik. Ik voel de knie van Carl onder de tafel tegen de mijne aandrukken en als ik hem aankijk, zie ik dat hij zijn grijns verbloemt door een slok bier te nemen. Tien minuten geleden zaten we nog te ginnegappen over de verbijsterde gezichten van het publiek, dat versteld stond van het tafereel dat zich voor hun ogen afspeelde. Zoals Carl al had gewaarschuwd is Grants band mijlenver verwijderd van de gemoedelijke folklore die je in dit soort bars in de regel hoort; veel woordloze kreten, veel incoherent geram op de gitaar onderbroken door prompte drumsessies. 'Wij ook,' voeg ik eraan toe.

'Reken maar.' Carl valt me bij. 'Wanneer spelen jullie weer? Ik wil bijtijds kaartjes regelen.'

'O, je hoeft niet te reserveren,' zegt Grant bescheiden. 'Loop maar gewoon naar binnen. Ik geloof dat we volgende week vrijdag in Kentish Town spelen. En daarna...'

Hij somt de agenda op en vinkt data en locaties op zijn vingers af, vergezeld van een samenvatting wat we elke avond zoal kunnen verwachten en achtergrondinformatie over de andere bands op het programma. Ik probeer mijn aandacht erbij te houden, maar ik ben afgeleid door de plotselinge lichaamswarmte bij mijn linkerhand, die ik op de bank onder de tafel laat rusten. Carls hand bevindt zich vlak naast de mijne, slechts enkele millimeters bij me vandaan en opeens, ik weet niet wie begint, raken onze vingers elkaar licht.

Het contact stuurt een elektrisch schokje door mijn lichaam. Dit is niet zoals de andere keren. Ik kijk hem opnieuw aan. Hij krabt zogenaamd aan zijn wang met zijn vrije hand en woelt door zijn donkere haar. Schijnbaar heeft Grant zijn volledige aandacht; hij knikt en maakt af en toe een grapje tussendoor. Zijn woorden zoeven langs me heen. Het enige waaraan ik kan denken is die kleine ronde warme plek waar zijn huid de mijne raakt en opeens dringt het tot me door, met een verbluffende helderheid, dat het echt kan gebeuren. Vanavond zelfs.

Ik probeer mijn gevoelens te peilen. Ik probeer aan Francis te denken en aan het huis waar we samen in wonen. Maar het genoeglijke plaatje dat ik erbij wil verzinnen, lijkt te ver weg; ik kan alleen maar denken aan het gevoel van beklemming als ik naar binnen loop, het gehannes tussen ons waarvoor we geen van beiden de energie kunnen opbrengen om die op te lossen, onze getergde zenuwen die met elkaar in aanvaring komen als we een paar minuten in dezelfde ruimte verkeren, de pillen die als een muur tussen ons in staan.

Ik had altijd gedacht dat ik in dit soort situaties, zoals met Carl, gemakkelijk bakzeil zou kunnen halen. Geen centje pijn. Maar nu ik er middenin zit, ontdek ik dat het moeilijk is. Ik vang Carls blik en hij kijkt me zo intens aan dat ik naar adem moet happen. Ik voel het naderende onheil en het komt in golven op me af, overspoelt me en sleurt me mee, hier is onmogelijk weerstand aan te bieden.

Grant zoekt zijn spullen bij elkaar en pakt zijn jas. 'Enfin, sorry,' zegt hij. 'Ik blijf maar beuzelen over mijn muziek. Jullie zullen je wel vervelen. Ik ben weg. Morgen wordt het een drukke dag. Gaan jullie mee?'

Ik aarzel. 'Ik moet eigenlijk ook vertrekken,' zeg ik. 'Wat vind jij, Carl?'

Carl haalt zijn schouders op en drinkt zijn glas leeg. 'Ja, dat kan,' zegt hij. 'Of we nemen er nog één, als je wilt.'

Ik merk dat ik vrijwel automatisch knik. 'Tuurlijk.'

'Goed. Nou, ik ga ervandoor,' zegt Grant. Hij knoopt zijn jas dicht en schuift de gitaarkist over zijn schouder. 'Leuk dat jullie er waren, mensen. Ik zie jullie morgen op kantoor.' En dan is hij weg.

We blijven zwijgend naast elkaar zitten. Ondanks Carls voorstel lopen we geen van beiden naar de bar. Ik voel mijn hartslag licht versneld en dwingend in mijn pols kloppen. Zijn hand ligt nu helemaal over de mijne en onze vingers zijn verstrengeld. Het is een uiterst onschuldig contact, maar toch is het schokkend, bijna vuig. Ik kan me niet herinneren me ooit zo bewust te zijn geweest van iemands aanraking, van de naaktheid van mijn huid.

Carl verbreekt als eerste de stilte. 'Interessant is dit.'

Ik knik en kijk stug naar het tafelblad. Ik zie zijn reflectie in het vlekkerige glas, de lijn van zijn schouders en zijn gezicht en profil, dat naar mij is gewend. 'Interessant, zeg dat wel,' beaam ik. 'Maar verstandig is anders, hè?'

'We kunnen het hierbij laten als je dat liever hebt.'

'Wil jij dat?' pareer ik.

Hij laat met een zucht zijn hoofd tegen de rug van de bank leunen. 'O, Caro,' zegt hij. 'Wat denk jij? Ik weet dat ik...' Hij maakt expres zijn zin niet af en laat de echo van zijn woorden nagalmen. Maar hij hoeft het ook niet letterlijk te zeggen, want ik weet het al. Ik lieg mezelf al weken voor. Zijn achteloze toon wordt gelogenstraft door zijn vochtige hand in de mijne, de onzekere glinstering in zijn ogen als hij mijn reactie probeert te peilen. Hij weet niet zeker wat er nu gebeurt of hoe dit gaat aflopen, dat merk ik aan hem.

'Ik weet het nog niet,' fluister ik en ik meen het, hoe sneu het ook klinkt.

'Nee, ik ook niet,' antwoordt hij. Zijn stem is zacht en mild, bij het droevige af, en ik besef dat dit voor hem ook moeilijk moet zijn. In de afgelopen weken, als ik over ons nadacht, zag ik hem steeds als een jeugdig, op seks belust roofdier dat gewoon de zoveelste scalp aan zijn bedlijst wilde hangen, maar dat is ver bezijden de waarheid, zoals nu blijkt. Ik denk dat hij echt op me gesteld is. De gedachte is opwindend in al haar eenvoud. Ik voel een tintelende warmte door mijn lendenen schieten, ik word er bijna duizelig van. De muziek uit de luidsprekers achter de bar lijkt in volume toe te nemen en langs de wanden van het café te resoneren.

'Ik kan mezelf niet meer horen denken,' zeg ik. 'Laten we naar buiten gaan.'

We lopen samen naar het metrostation. Ik sla mijn armen over elkaar en ril in de kille avondlucht. Af en toe maken we een opmerking over Grant en zijn muziek of lachen om dingen die op kantoor zijn gebeurd. Het is alsof ons gesprek in het café niet heeft plaatsgevonden en ik realiseer me dat me dat niet zint, niet in het minst. Ik wil de intimiteit weer terug, de spanning die tussen ons hing toen we zwijgend hand in hand binnen zaten. Ik moet er steeds aan denken, ik kan er niet omheen. Mijn hoofd tolt.

We blijven voor het metrostation staan en kijken elkaar even aan. 'Ga je mee?' vraagt hij uiteindelijk.

Ik schud mijn hoofd. 'Ik pak de volgende, de Northern Line.' We blijven elkaar aanstaren, terwijl de koude wind om ons heen waait. Mijn knieën zijn week van verlangen en ik zie sterretjes. Hij zegt iets wat ik niet versta, maar ik weet dat het een vraag was en ik knik, druk me tegen hem aan en hef mijn gezicht naar hem op. Mijn vingers woelen door zijn haar als hij zijn armen om me heen slaat. Zijn lippen zijn koel. Onze kus duurt pakweg twintig seconden. Een stel jongeren loopt langs ons en ze loeien ons aanmoedigend toe.

Hij laat me los en mijn ogen zoeken de zijne. 'Voel je niet schuldig,' zegt hij op beheerste toon.

'Ik zal het proberen.' Ik kan de woorden amper uitbrengen. Ik mompel een afscheid, maak me van hem los en loop snel weg. De adrenaline bruist door mijn lijf. Ik speel de twintig seconden keer op keer in mijn hoofd af, terwijl ik mijn gevoelens probeer te doorgronden. Een vreemde anticlimax trekt prikkelend door me heen. Wat dit ook was, het was niet genoeg. En nu is hij weg.

Eindelijk heb ik het gevonden, en wel op zo'n voor de hand liggende plek dat ik er niet eens had willen zoeken: in de boekenkast op de slaapkamer staat het donkerrode notitieblokje met het onbedrukte omslag tussen twee romans in geklemd. Voor Jan en alleman te zien. Ik had me beter in haar gedachtegang moeten verplaatsen, maar dat is niet makkelijk.

Ik ga op haar bed zitten, blader het door en kijk naar de data die boven aan de bladzijden zijn gemarkeerd tot ik bij januari ben, en daar lees ik elke pagina die ze vanaf die maand heeft geschreven. De woorden staan dicht tegen elkaar aan, alsof het haar moeite kostte om al haar gedachten tussen de smalle lijntjes te proppen. Ze schrijft vanuit haar hart, zonder zich in te houden. Toch bekruipt me een gevoel van bittere teleurstelling als ik bij de slotpassages ben aangekomen. Het is allemaal zo nietszeggend. Deze vrouw heeft hersens en ze is goed van de tongriem gesneden, maar wat emoties betreft houdt Caroline zich op de vlakte. Er staan zinnen in met zulke afgezaagde platitudes dat dit dagboek door zo ongeveer iedere andere vrouw geschreven had kunnen zijn. Ziet ze dat zelf niet? Ik denk de hele tijd aan hem. Ik wil bij hem zijn, ook als hij net weg is. Ik kan nergens anders meer aan denken, ik kan niet eens afstand nemen om te begrijpen wat ik aan het doen ben, en waarom. Ik kan geen genoeg van hem krijgen, het is bijna eng. *Teksten in die geest, in allerlei varianten en telkens net iets anders geformuleerd, achter elkaar door, zes maanden lang.*

Zoals ik al had verwacht, was het laatste schrijfsel op 8 juli, daarna houdt het op. Lege bladzijden. Ik lees alles nogmaals door en doe dan wat zij lang geleden had moeten doen: ik hou er een lucifer bij en laat de geblakerde passages een voor een door het open slaapkamerraam op het trottoir dwarrelen waar ze tot as vergaan. Het duurt een hele tijd. Halverwege word ik plotseling bevangen door een soort schuldgevoel, omdat ik het eigenlijk niet gepast vind iets te vernielen wat anderen dierbaar is, ook al gaat het in dit geval om iets van haar. Maar ik blijf er niet te lang bij stilstaan.

Als het voorbij is, blijf ik een poosje zitten en denk opnieuw aan de bladzijden die ik net heb verbrand, met het eenvoudige proza dat zo ver afstaat van dingen die er werkelijk toe doen. Eigenlijk had het me niet moeten verbazen. Als puntje bij paaltje komt, gaat het er niet om wat ze schrijft. Het is geen kwestie van leven of dood. Het is alleen maar liefde.

Weg

Caroline, mei 2015

Ik zie haar aan het eind van de straat aan komen lopen; een lange, slanke verschijning in spijkerbroek en een felblauw shirtje, haar handen nonchalant in de zakken gestoken. Ik ben op de terugweg van mijn wandelingetje naar de kiosk om de krant te halen. Het is wel duidelijk dat we recht op elkaar afstevenen, en dat onze wegen zich onvermijdelijk zullen kruisen.

Ik kijk gewoon naar beneden en loop dan snel voorbij. De boodschappentas voelt glad in mijn klamme hand en ik voel mijn wangen branden. Dit is idioot – ik ken die vrouw niet eens. Het maakt me geen fluit uit als zij vindt dat ik de botste persoon ben die ze ooit is tegengekomen. Of als ze een berichtje naar haar buren heeft gestuurd om te zeggen dat ze op hun qui-vive moeten zijn en me moeten negeren. Ik ben hier toch maar een week.

'Hoi. Hoe gaat-ie?' Ik hoor het mezelf zeggen alsof ik het zelf niet kan geloven, en ik snap ook niet waarom ik het zeg.

Ze zet een stralende lach op en lijkt zowaar prettig verrast. 'Prima hoor, dank je.' Ze blijft voor me staan zodat ik echt niet na een hoofdknikje door kan lopen. 'Hoe is het met jou?'

'Uitstekend,' zeg ik. Plotseling begin ik te ratelen omdat ik er meteen vanaf wil zijn. 'Zeg, sorry dat ik gisteren een beetje onaardig deed. Ik ben het niet gewend dat mensen die ik niet ken zomaar aardig doen.' Ik lach om te laten merken wat voor sukkel ik mezelf vind, alhoewel dit eerder klinkt alsof ik niet goed bij mijn hoofd ben. 'Ik woon in een stad, en daar heb je niet zoveel met je buren te maken.'

De vrouw knikt, en ik zie dat ze me met iets van nieuwsgierigheid opneemt. 'Geeft niet, hoor,' zegt ze. 'Ik snap best dat het een beetje raar overkwam. Eerlijk gezegd verveel ik me gewoon. Ik ken hier niet zoveel mensen en ik zit momenteel zonder werk. Toen ik een nieuw gezicht zag, sprong ik een gat in de lucht.' Ze lacht een beetje schamper.

'Goh,' zeg ik om maar iets te zeggen. Ik kijk naar de diamanten knopjes in haar oren en de lichtroze lipstick die ze opheeft. Ik gebruik bijna dezelfde kleur, maar volgens mij staat hij haar beter. Zij straalt een soort vanzelfsprekende élégance uit, alsof ze net uit een glossy modeblad is gestapt.

'Ik was net op weg naar een koffiebar,' onderbreekt ze mijn gedachten. 'Heb je zin in koffie?'

Net als de vorige dag overvalt ze me met haar uitnodiging. En nu dit de tweede keer is, kan ik gewoon niet meer weigeren. Ik bedenk dat Francis thuis zit te wachten, maar hij lag nog in bed toen ik de deur uit ging, en het zal best nog wel even duren voordat hij klaar is voor het uitje naar Greenwich dat we van plan waren. Ik kan hem vanuit de koffiebar een sms'je sturen om te zeggen dat ik iets langer wegblijf. 'Oké,' zeg ik.

De vrouw loopt al met ferme pas verder, en verwacht duidelijk dat ik met haar meekom. 'Leuk,' zegt ze over haar schouder als ik me haast om haar in te halen. 'Het is niet ver hiervandaan. Ik heet trouwens Amber.'

'Ik heet Caroline,' zeg ik. 'Leuk je te ontmoeten,' voeg ik er suffig aan toe.

Dat dit zo'n eigenaardig gevoel geeft, komt ook een beetje doordat ik niet gewend ben om nog vrienden te maken. Al je eigenaardigheden en zwakke punten aan iemand voorleggen en dan maar afwachten of ze worden geaccepteerd, doe je als volwassene niet zo snel meer. Ik kan me van de afgelopen jaren maar één keer herinneren dat ik dit heb gedaan. Bij die gedachte krijg ik het benauwd en ik druk mijn nagels in mijn handpalm. Ik probeer het uit alle macht te verdringen, maar voordat ik daarin slaag, ben ik weer in jouw slaapkamer en lig je naast me, en ik zie dat je naar me kijkt terwijl mijn hart bijna ontploft, en de blik in je ogen vertelt me dat jij mij ziet, dat je me kent.

Ik loop blindelings met Amber mee, en heb geen idee waar we naartoe gaan. We lopen een schattig straatje in, met allemaal kleine winkeltjes, kringloopwinkels en een koffiebar met een groene gevel waar Amber op afstevent. Ze doet de deur open en we gaan naar binnen.

'Wat wil je hebben?' vraagt ze.

'O, ik ga wel halen...' begin ik, maar ze schudt haar hoofd.

'Doe niet zo mal,' zegt ze. 'Ik heb jou uitgenodigd, ik betaal. De volgende keer ben jij aan de beurt.' Ze kijkt me plagerig aan, bijna koket. Er hangt echt een soort ondefinieerbare charme om haar heen, waar ik me onweerstaanbaar toe aangetrokken voel, misschien ook wel omdat het iets manisch heeft.

'Oké, dank je. Alleen maar een kop koffie dan,' zeg ik. Ik ga in een van de makkelijke stoelen bij het raam zitten en zij loopt naar de bar. Terwijl zij de bestelling doorgeeft, rommel ik in mijn handtas en ontdek dan tot mijn ergernis dat ik mijn telefoon thuis heb laten liggen. Francis vindt het niet leuk als hij niks van me hoort en met een licht gevoel van wroeging vraag ik me af of ik me niet moet verontschuldigen en weggaan.

Voordat ik tot een besluit kan komen, komt Amber met de koffie aan en zet de koppen met een zwierig gebaar neer. Ze gebaart naar het kunstig aangebrachte, geometrische patroon in het schuim van haar cappuccino. 'Mooi hè?' zegt ze. 'Dit soort kleine details zijn reuze belangrijk, vind je niet?' Ze lijkt even te knipogen, maar het gaat zo snel dat ik niet de kans krijg om te reageren. 'Ziezo.' Ze gaat tegenover me zitten. 'En hoe kom je in deze buurt verzeild? Best een vreemde keuze voor een vakantieadres.'

'Nou...' Ik aarzel, ik weet niet wat ik moet zeggen of wat ik daarop moet antwoorden. Ik probeer mijn woorden zorgvuldig te kiezen. 'Ja, het is inderdaad wel een beetje vreemd,' zeg ik. 'Maar we wilden een weekje ertussenuit en ik had geen zin in alle gedoe en de kosten die een vakantie in het buitenland met zich meebrengt. Ik ken deze omgeving niet echt, maar het is wel dicht in de buurt van het centrum van Londen en... het kwam toevallig voorbij.'

'Ach ja,' zegt Amber en ze haalt haar schouders op. 'Waarom ook niet. Het is hier trouwens best fijn. Ik ben er alleen al zo aan gewend dat het me niet meer opvalt.'

'Woon je hier al lang?' vraag ik.

Ze kijkt opzij, zoals mensen wel doen wanneer ze zich iets proberen te herinneren wat lang geleden is gebeurd. 'Ongeveer... tien maanden. Dus nee, niet zo lang.' Ze grijnst. 'Maar het lijkt langer.' Ze leunt naar voren en dempt haar stem. 'Het heeft wel iets van een gevangenisstraf.'

Ik weet dat ik nu zou moeten lachen, maar haar opmerking

roept iets in me wakker en ik knik alleen. 'Zo erg is het vast niet,' zeg ik ten slotte.

Ze schudt haar hoofd en komt nog meer naar voren zodat haar ellebogen op de tafel rusten. 'Nee, natuurlijk niet,' zegt ze. 'Ik vind het over het algemeen wel fijn hier. Het is af en toe alleen een beetje benauwend. Best wel raar als je erover nadenkt. Als je hier woont, leer je al snel iedereen van gezicht kennen. Je ziet de hele tijd dezelfde mensen, we zeggen hallo en lachen naar elkaar, en dan vraag je je wel eens af wat ze van je denken. Want je kent hen natuurlijk ook niet echt en zij jou niet. Je kent alleen bepaalde patronen. Min of meer dezelfde kleine dingetjes. Moeders die hun kinderen naar school brengen, oude dametjes die onkruid wieden in hun voortuintje, mannen die op zondag hun auto wassen. Stukjes uit hun leven. En soms vraag ik me wel eens af welke stukjes ze van mij zien en wat ze daarvan vinden. Dat is alles.' Ze gaat weer naar achteren zitten en blaast voorzichtig in haar cappuccino. Het schuim verspreidt zich en lost op.

'Goh, ja,' zeg ik omdat ik niet weet hoe ik hierop moet reageren. Om een of andere reden zijn de haartjes op mijn armen overeind gaan staan en er loopt een rilling over mijn rug. 'Dus je vraagt niet vaak aan mensen of ze mee koffie gaan drinken?' zeg ik om het luchtig te houden.

Ze glimlacht een beetje eigenaardig. 'Nee. Niet vaak. Misschien ben ik wel wanhopig aan het worden.'

'En hoe zit het dan met de mensen die in het huis wonen waar ik nu logeer, nummer eenentwintig? Ken je ze?' vraag ik. Plotseling vind ik het echt heel gek dat ik in het huis van S. Kennedy logeer zonder dat ik iets van de bewoners weet.

Amber kijkt me vluchtig aan en fronst haar perfecte voorhoofd. 'Ken jij ze dan niet?' vraagt ze op haar beurt.

Ik besef te laat dat ik tegen haar heb gezegd dat ik op het huis pas, wat min of meer inhoudt dat ik dat doe als vriendendienst. ‘Niet echt,’ zeg ik. ‘Het zijn eigenlijk vrienden van vrienden.’ Ineens bedenk ik dat ze mijn vraag niet heeft beantwoord en dus laat ik de stilte die nu valt voortduren.

‘O,’ zegt Amber uiteindelijk. ‘Nee, niet echt. Zoals ik al zei, zo nu en dan zie ik daar mensen, maar dat is het wel zo ongeveer.’ Ze slaat haar armen over elkaar en kijkt met overdreven aandacht uit het raam naar de auto’s die langzaam voorbijrijden. De manier waarop ze haar zin heeft afgekapt, geeft me de indruk dat ze moeite moet doen om niet meer te zeggen. Ik kijk haar met iets opgetrokken wenkbrauwen en een glimlach aan. Ze kijkt terug, maar ze zegt niks.

Het valt me op dat ze buitengewoon beheerst is, en blijkbaar heeft ze geen last van de drang om de stilte te vullen die mij nu overvalt. Misschien moet ik daar bewondering voor hebben, maar ik kan er niks aan doen dat ik het raar vind. Na een paar seconden geef ik me gewonnen. ‘Oké,’ zeg ik monter, ‘goed dan,’ en ik leid het gesprek naar veiliger vaarwater.

We kletsen nog een poosje over allerlei leuke dingen die je in de omgeving kan doen, over de fondsenwerving voor de kerk waar ze tegen haar zin mee is opgezadeld, en na een paar minuten vind ik het inmiddels wel geoorloofd om op mijn horloge te kijken en te zeggen dat ik weer naar mijn man moet. Amber neemt het voor kennisgeving aan, drinkt nog een slok koffie en staat dan op, voordat ik de kans heb gekregen mijn jasje aan te trekken. Ze werpt me nog zo’n glimlach toe als we weer het zonlicht in lopen. ‘Bedankt dat je mee bent gegaan,’ zegt ze. ‘Dat breekt de dag een beetje. Misschien kunnen we elkaar nog een keer zien voordat je weggaat?’

Eventjes voel ik me kinderlijk teleurgesteld. Het is nogal vaag wat ze zegt, zonder concrete afspraak. 'Ja,' zeg ik. 'Dat zou leuk zijn.'

'Oké.' Ze doet een stap opzij en gebaart door de straat. 'Ik ga weer verder, ik moet nog wat dingetjes ophalen. Tot ziens!' Ze steekt haar hand op en wiegelt met haar vingers om me gedag te zwaaien. Dan draait ze zich om en loopt snel door de straat. Haar blonde haren wapperen vrolijk in de wind. Ik kijk haar na; haar verleidelijke manier van lopen, en al die mannenhoofden die zich omdraaien. Ergens komt me dat bekend voor.

Langzaam loop ik terug naar Everdene Avenue en probeer intussen te verzinnen aan wie ze me doet denken. Ik ben alweer bijna bij het huis als het me te binnen schiet, en zodra het in me opkomt ontsnapt me verrast een zucht. Ze doet me denken aan mezelf. De kleur en de stijl van ons haar zijn dezelfde, al heb ik er volgens mij nooit zo glamourachtig en zelfverzekerd uitgezien, zelfs niet toen ik zo oud was als zij. Maar het gaat dieper dan haar uiterlijk. De energie waarmee ze zich beweegt, het vloeiende zelfvertrouwen, herinnert me aan hoe ik was toen ik met jou was en de energie aan alle kanten van me afspatte. Waar ik ook was. Dat lichtje is bijna twee jaar geleden gedoofd, maar ik weet nog heel goed hoe het voelde. Als ik terug zou kunnen glippen in dat lichaam, zou ik die Caroline weer tot leven kunnen wekken.

Het is een intrigerende, maar ook treurige gedachte. In de afgelopen maanden moest het evenwicht worden hersteld, dingen op een rijtje worden gezet, maar er moest ook heel veel onderdrukt worden. Ik ben mijn oude zelf kwijtgeraakt – de vrouw met dat aangeboren zelfvertrouwen en de overtuiging dat alles goed zal komen – op de avond dat ik jou voor het laatst zag. Daarna verdiende ik haar niet meer.

Zodra ik de deur opendoe, komt Francis aangekleed en wel aangelopen. Duidelijk geagiteerd houdt hij mijn telefoon voor mijn neus, alsof het een wapen is. Meteen overvalt me het ellendige gevoel dat ik ben betrapt. Het duurt een paar seconden voordat ik besef dat ik niks te verbergen heb.

'Waar was je?' vraagt hij. 'Je had je telefoon hier gelaten en je bleef ontzettend lang weg. Ik maakte me echt zorgen.'

'Sorry hoor,' zeg ik. Ik loop de gang in en trek mijn jasje uit. 'Ik kwam die vrouw tegen over wie ik je gisteren heb verteld. We zijn even een kopje koffie gaan drinken. Het klinkt vast gek maar...' Ik ga niet verder, want meer valt er niet te zeggen.

In zijn blik zie ik een onuitgesproken vraag, de vraag die hij maar blijft stellen, zelfs na al die tijd. Plotseling ben ik doodmoe. Al mijn energie is in één klap verdwenen. Misschien is het onredelijk, maar ik erger me wild. Ik ben woedend. Alsof het voor de hand ligt dat als ik ook maar even iets in mijn eentje doe, ik meteen met iemand anders lig te neuken. Er was een tijd dat ik hiertegen inging door alles te ontkennen. Het is afgelopen, het is uit, zei ik telkens weer en elke keer klonk het minder overtuigend, ook al was het zo waar als wat. Soms had ik het willen uitleggen – datgene willen zeggen waardoor Francis me zou geloven – maar elke keer dat ik mijn mond opendeed, dacht ik meteen aan hoe zijn gezicht zou veranderen, de manier waarop hij naar me zou kijken en beseffen wat ik was. En dan kreeg ik er geen woord meer uit.

Maar nu ga ik de confrontatie aan. 'Je hoeft je helemaal geen zorgen te maken. Ik kwam die vrouw tegen. We hebben koffiegedronken. Meer niet.' Ik zeg het heel rustig, en waak ervoor niet al te verontschuldigend te klinken.

Francis knikt, zijn gezicht verstrakt omdat het hem moeite

kost me te geloven. 'Ik snap het,' zegt hij.

'Nou, bedankt voor je vertrouwen,' flap ik er zonder erbij na te denken uit. Een kinderachtige opmerking, opgeroepen door iets in mij dat niet kan ophouden met vechten. Ik wil het meteen weer terugnemen zodra ik de snauwerige toon hoor waarop ik het zeg.

'Caroline, waarom doe je zo?' vraagt hij. Hij kijkt gekwetst en niet-begrijpend. 'Ik heb je nergens van beschuldigd. Ik maakte me gewoon zorgen. Ik ben hier om het fijn met je te hebben. Om leuke dingen te doen. Is dat te veel gevraagd?'

We staan vlak tegenover elkaar in de gang, onze gezichten raken elkaar bijna. Ik sla mijn armen om hem heen en leg mijn hoofd in zijn hals. Ik haal even diep adem en probeer mezelf te kalmeren. Het is te begrijpen dat hij nog steeds achterdochtig is, en zich daardoor onzeker en afhankelijk opstelt. Hoewel het verklaarbaar is wat ik heb gedaan, is het daarom nog niet vergefelijk. Ik kan niet verwachten dat dergelijke reacties van hem van de ene dag op de andere verdwijnen.

'Het is oké,' zegt hij. 'Sorry.' Hij trekt zijn hoofd terug en als hij glimlacht, zie ik de mond die ik zo goed ken en al vijftien jaar heb gekust. Op dit moment valt het bijna niet voor te stellen dat diezelfde mond zo'n norse trek kon hebben, en heel soms nog heeft. Die mond is van iemand anders.

'Het spijt me ook,' mompel ik en ik probeer dat onredelijke, irrationele brandende gevoel in mijn borst te negeren. Soms word ik steeds woedender naarmate het beter met hem gaat.

We blijven nog even met onze armen om elkaar heen staan, en voelen het ritme van elkaars ademhaling. Zijn hart klopt tegen het mijne, snel en krachtig. Eindelijk heeft deze omarming effect en word ik rustig. Ik leg mijn hoofd op zijn schouders en staar naar de muur tegenover me.

Naast de voordeur is een kleine nis. Hij lijkt gemaakt voor een kapstok die er niet is. Nu hangt er alleen een ingelijste foto op de witgeschilderde muur. Een gestileerde foto van een park, een rivier kronkelt diagonaal langs een ornamentele tuin. Het lijkt wel alsof ik er een uur naar sta te kijken en dan besef ik wat het is. Ik schrik me wild. Het is Hyde Park, de oever van de Serpentine op het stuk waar het water aan Kensington Gardens grenst, het stukje waar ik een keer met jou was. Ik herinner me nog goed dat we naast het water op de foto lagen. Ik voel het gras nog langs mijn blote armen strijken. De warmte van de zon op mijn gesloten oogleden, en dan jouw schaduw daarboven, waardoor het licht veranderde.

Mijn maag komt omhoog, en ik denk aan de bloemen in de badkamer en de muziek die Francis gisteren had opgezet toen ik hier binnenkwam. Maandenlang ben ik dit soort dingen uit de weg gegaan, deze kleine valkuilen die alleen voor jou en mij betekenis hadden. En nu word ik er zo door overvallen dat ik bijna niet meer kan denken. Ik snap niet welk verband ze met elkaar hebben en waarom dat hier gebeurt, op deze voor mij onbekende plek. Het was de bedoeling dat ik in dit huis kon ontsnappen aan mijn leven. Maar het voelt eerder als een stap terug dan als een stap vooruit, waardoor ik terechtkom op een plek die ik me niet wil herinneren.

Ik wil hier niet zijn. Deze gedachte kondigt zich zonder enige waarschuwing aan en is daardoor des te sterker.

'Caro?' Francis doet een stapje achteruit, omdat hij blijkbaar iets merkt aan mijn ademhaling. 'Alles goed?'

Ik kijk hem aan, ik kan niet bepalen of de uitdrukking op zijn gezicht begripvol is of naïef. Vanuit mijn ooghoek zie ik de foto hangen. Ik begrijp niet hoe het kan dat ik die niet eerder heb gezien. 'Ja hoor,' zeg ik met samengeknepen keel. 'Ja hoor, alles prima.'

Thuis

Francis, maart 2013

Elke dag hetzelfde verhaal. 's Morgens word ik ruw uit mijn zogenaamde slaap gerukt en als ik op de wekker kijk, geven de gloeiende oranje letters aan dat het om en nabij vier uur is. De lucht is dik door de slaap van anderen en de echo's van mijn eigen woelige dromen.

Het bonzen in mijn hoofd breidt zich uit naar mijn borst. In eerste instantie is het woordloos: een soort instinctieve drift, dierlijk en krachtig. Dan wordt het ijler en helderder. Het is elke keer hetzelfde. Een mistig, onafwendbaar gevoel van naderend onheil – of misschien is de ramp al geschied en weet ik er nog niet van. Elke ochtend zet ik me schrap voor als het toeslaat, maar het is nog niet zover. Al is het een kwestie van tijd. Ik lig een paar minuten in het donker te staren terwijl ik mijn gedachten probeer te ordenen en te verdringen, maar ze blijven me bestormen, keer op keer, alsof ze aan vliegertouw vastzitten.

Vandaag sla ik de dekens terug, zwaai mijn benen uit bed en loop naar de huiskamer, waar ik de tv aanzet. Ik zap lusteloos door een paar ochtendprogramma's. Het lukt me niet om mijn aandacht erbij te houden. Elke zin die wordt uitgesproken lijkt wel gecodeerd in een vreemde taal die ik amper kan begrijpen of ontcijferen, en als mijn hersens de woorden hebben weten te filteren, loop ik alweer achter en zijn de beelden op het scherm me vooruitgesneld.

Af en toe kijk ik op de klok in de hoek van het scherm. 04:46. 04:59. 05:23. 06:32. Dat laatste uur ging snel. Misschien ben ik wel in slaap gevallen, ik zou het niet met zekerheid kunnen zeggen. De contouren zijn vaag en vervagen nog verder. Als kind heb ik veel geslaapwandeld. Ik herinner me het surreële, nevelige gevoel van door een kamer lopen waar ik bekende voorwerpen aanraakte zonder ze echt te zien. Tot een paar maanden geleden had ik er helemaal niet meer aan gedacht, tegenwoordig speelt die periode vaak door mijn hoofd. De herinnering is een chemische reactie. Musculair. Ik voel het elke dag door mijn botten sijpelen.

Mijn slapen zijn gespannen en er begint zich een filmpje zweet op mijn nek te vormen. Ik wil mijn hand uitsteken om het af te vegen en merk dat mijn vingers beven. Het zou zo gemakkelijk zijn om dit een halt toe te roepen. Maar ik heb vandaag een patiënt om elf uur, dus ik moet mijn hoofd helder houden en de rit uitzitten. Het is al na zevenen en buiten begint het licht te worden. Door de muur heen kan ik Eddie horen, die om deze tijd altijd van die grappige uitbarstingen van zingend gebrabbel heeft. Ik overweeg om naar hem toe te gaan en hem uit bed te halen. Op het moment dat ik op de pauzeknop wil drukken, hoor ik de slaapkamerdeur opengaan en de snelle voetstappen van Caroline in de gang. Er rest me niets anders dan dieper in mijn stoel wegzakken en wachten. Ik hoor ze alle twee, mijn vrouw en mijn zoon, die zich in de andere kamer klaarmaken voor de dag. Ze zijn enkele meters bij me vandaan, maar ze hadden net zo goed aan de andere kant van de wereld kunnen zitten.

Vlak voor ze binnenkomt, kijk ik in de spiegel boven de schouw. Ik weet niet wie ik verwachtte te zien. Niet de man met het grauwe, gezwollen gezicht en de diepe groeven die de onrust bij de ooghoeken in de huid heeft gekerfd, en toch komt het gezicht me vreemd bekend voor, als een hallucinante versie van mezelf. Ik wil bijna tegen het glas kloppen. Hem de hand toesteken, eruit trekken en tegen het licht houden, uitvinden wie hij is. Ik zie hem zoals zijn omgeving hem ziet. Vrienden die zich met verbaasde blik afvragen wanneer hij er de brui aan heeft gegeven. 'Gaat het wel, makker? Ik heb je al een poosje niet gezien.' Mijn collega-therapeuten die een stapje opzijdoen in de gang om geen praatje te hoeven maken, terwijl ze daar normaal gesproken altijd zo happig op zijn. Mijn broer Greg, de laatste keer dat hij op bezoek kwam. 'Ik herken je bijna niet, Francis. Wie ben je en wat heb je met mijn broer gedaan?' zei hij, de snertbankier, terwijl hij steeds uit het raam keek of er vooral niemand met zijn tengels aan zijn Porsche zat die daar op het trottoir stond te glimmen. Die als een tovenaar zijn met platina creditcards volgestouwde portemonnee uit zijn zak haalde. 'Hoe gaat het met de zaken?'

De woede laait op en ebt weer weg. De uitgebluste oude toorts kan zich niet meer te sappel maken. Ik ga weer zitten en dan zwaait de deur open. Caroline loopt de kamer in, gaat op de plek staan waar ik zo-even stond, inspecteert haar make-up en strijkt haar kleren glad. Ze draagt een kort rokje dat tot halverwege haar dijen komt. Ik zie de stof rekken en strekken om haar benen en even sprankelt er ergens een nutteloos vonkje van begeerte.

'Ik ga zo weg,' zegt ze en in de spiegel kruist haar blik de mijne. We hebben alleen maar van dit soort uitwisselingen de laatste tijd. We zien elkaar, maar toch kijkt ze me niet echt aan. 'Ik zet

Eddie af en ik haal hem ook weer op voor het eten, zelf ben ik er vanavond niet. Oké?'

'Waar ga ja naartoe?' vraag ik, maar het antwoord laat me eigenlijk koud. Vijf minuten later kan ik het me niet eens meer herinneren.

Om twintig over tien verlaat ik het huis en stap de koude vrieslucht in. Ik overweeg weer naar binnen te gaan om een warmere trui of een jas te halen, maar het lijkt te veel moeite en voor ik goed en wel een besluit heb kunnen nemen, ben ik al halverwege het station. Alles is te fel. De scherpe contouren van de bomen tegen de hemel doen me knarsetanden en de gestapelde gebouwen om me heen vertonen een ziekelijke blikkering. Ik kan ze bijna proeven: bitter en metalig. Op dagen als deze besef ik waar ik aan ben begonnen. Het is nu een kwestie van volhouden.

De treinreis beslaat in de regel tien minuten, maar er is een ongeluk gebeurd en hij rijdt langzaam, met schokken, en komt soms af en toe helemaal tot stilstand. Tegenover me zit een jong meisje met bontjes op haar koptelefoon mee te prevelen met de muziek die in haar oren tettert. Haar mond is vettig rood door de lipgloss. Ik vind het een onsmakelijk gezicht. Ze kijkt een paar keer op en monstert me met samengeknepen ogen. Ik lach niet, integendeel. Ik zou de kou uit de lucht kunnen halen, wegkijken, of op zijn minst de barse rimpels uit mijn voorhoofd weghalen, maar het interesseert me niet. Vandaag is geen dag om vriendelijk te doen.

Ze moet een halte voor de mijne eruit. Als ze haar spullen pakt en opstaat, mompelt ze iets binnensmonds. Het oude besje dat voor haar opstond om haar uit te laten stappen, werpt haar een medelevende blik toe en staart mij een paar seconden veelbetekenend aan voor ze weer gaat zitten. Ik merk tegenwoordig steeds vaker dat ik wrevel bij mijn omgeving oproep, al geef ik geen kik. Eigenlijk is het wel geestig. Het is in elk geval iets waar ik me niet tegen zal verzetten. Ik heb ontdekt dat ik er zelfs een beetje mee speel als mijn hoofd ernaar staat.

Ik heb ooit gehoord dat een of andere beroemdheid – Madonna, geloof ik – het vermogen bezit om in de massa op te gaan zodat het ene moment niemand haar herkende, om even later haar sterrenstatus te laten stralen waarna ze direct weer in het oog liep. Zo vergaat het mij ook, behalve dat ik geen sterrenstatus uitstraal, maar een soort dwingende, korzelige ontevredenheid jegens de wereld die bij voorbijgangers op de radar verschijnt en hen nogmaals laat omkijken. Momenteel draait dat aura op volle toeren.

'Mogge, Francis,' zegt Sara zangerig als ik binnenkom, al kijkt ze amper op van haar aantekeningen. Ze is een van de therapeuten die regelmatig van deze praktijk gebruikmaakt. Soms, als ik in haar scherpe, fretachtige ogen kijk en daar de intelligentie in zie schitteren, vraag ik me af in hoeverre ze doorheeft welk masker ik opzet zodra ik hier binnenkom. Ik sta er liever niet bij stil.

'Jij ook goedemorgen,' zeg ik over mijn schouder als ik me naar mijn praktijkruimte begeef. Ik zoek mijn aantekeningen bij elkaar en probeer me een beeld te vormen van mijn nieuwe patiënt, een man van begin veertig. De notities van de eerste beoordeling dansen over het papier en het lukt me niet om de woorden tot me door te laten dringen. Ik geef het op en schuif alles terzijde. Ik zal met een schone lei moeten beginnen. Dat is een betere benadering.

Mijn handen beven weer en als ik een glas water inschenk, mopper ik omdat ik het over de tafel naast mijn fauteuil mors.

Hoogste tijd om mezelf bij mekaar te rapen. Als ik wil, gaat dit werk me net zo makkelijk af als ademhalen. Ik vond het vroeger zalig, tegenwoordig doet het me nog maar weinig. Ik heb mijn uren dusdanig ingekort, dat Caroline drie of vier keer zo veel verdient als ik. Mijn salarisstrookjes zijn nog meer waard dan het bedrag dat erop staat.

Dit soort gedachten zijn als kleine naaldjes die zeurderig in mijn huid prikken. Er is maar één manier om ze minder scherp te maken, en zover is het nog niet. Ik moet me focussen.

Hij drentelt onwennig naar mijn deur, de kleine, onopvallende man met de wijkende haargrens en de bril met het ronde, amberkleurige montuur. Geen onvriendelijk gezicht, maar ik zie al van een afstand dat een vrouw er met haar metaforische naaldhakken overheen is gelopen. Ik sta op en geef hem een hand. 'Mark? Kom binnen.' Mijn stem is beheerst, gezaghebbend. Ik heb genoeg ervaring om te weten hoe ik goed moet overkomen.

De eerste sessie behelst vaak niet meer dan luisteren en aanmoedigen, en dit is geen uitzondering. Het is een opluchting om erin te verzinken en al het andere uit te schakelen. Hij is in eerste instantie een aarzelende verteller, stopt vaak midden in een zin of krabt gegeneerd aan zijn wang, maar als hij eenmaal op stoom is gekomen rollen de woorden er achter elkaar uit, een stortvloed van onvrede. Het is goeddeels het geijkte verhaal: ondergewaardeerd op zijn werk, geen echt sociaal leven, slechte relatie met zijn familie. Hij begint pas na een half uur over zijn vrouw, alhoewel hij al die tijd aan zijn trouwring heeft zitten friemelen. Zodra hij over haar begint, is hij eerst terughoudend en hij heeft het alleen over onbenullige dingen, waardoor alles wat hij zegt een onmiskenbare lading krijgt.

'Het is alsof ze me ontloopt.' Zijn ogen knipperen snel en onregelmatig achter de brillenglazen, alsof de gedachte hem zelf heeft geschokt. 'Ik bedoel... Ik weet het niet. Ze heeft een drukke baan en moet vaak overwerken. Ik begrijp het wel. Ze wil natuurlijk gewoon bijkomen. Maar soms vraag ik me af of er meer aan de hand is. Iets anders. Ik kan het mis hebben.'

Het duurt nog een minuut of tien voor de aap uit de mouw komt: de sms'jes die hij laat op de avond op haar telefoon hoort binnenkomen, de nieuwe kleren in haar garderobekast die ze thuis nooit draagt, steeds minder behoefte aan seks of intimiteit. Elk detail trekt hem verder in de put waar hij niet in wil vallen, maar ze blijven komen. Het is alsof hij de bewijslast aan het presenteren is en het vonnis afwacht. Als hij klaar is, heft hij zijn handen. Zijn vingertoppen zijn zacht en roze als van een kind. 'Ik weet het niet,' zegt hij. 'Zou ze een ander hebben?'

Het antwoord is net zo makkelijk als in de put storten. Maar het is niet aan mij om dat te zeggen, dus ik vraag: 'Denk je dat?' en kijk naar hem, terwijl hij overweegt of hij zijn vermoeden hardop wil uitspreken zodat het werkelijkheid wordt.

'Ja,' zegt hij na verloop van tijd. Hij lijkt het daarbij te willen houden.

Ik kan op dat moment ingrijpen en de kwestie forceren. Maar soms is het beter om te zwijgen en bovendien gonst het in mijn hoofd, omdat mijn eigen gedachten zich naar de voorgrond dringen. Ik denk aan Caroline, hoe ze vanmorgen voor de spiegel heen en weer draaide om zichzelf van alle kanten te bekijken in haar korte, strakke rokje. Wat vreemd eigenlijk dat ik andermans relaties zo glashelder kan overzien, zelfs nu, en dat ik wat de mijne aangaat zo veel verdring en opkrop dat ik niet eens de dingen wil erkennen die voor de hand liggen.

Therapeut, genees uzelf.

Ik zou niet eens weten waar ik zou moeten beginnen.

'Volgens mij weet ik het al een hele tijd,' zegt hij na een paar minuten. 'Ik wilde het gewoon niet toegeven. Nu moet ik iets gaan doen, en ik heb geen idee wat wijsheid is.'

Ik knik en zijn blik ontmoet de mijne, een kortstondig moment van verstandhouding die dwars door de constructie heen snijdt waardoor ik daar in mijn fauteuil kan zitten en hij me betaalt voor mijn aanwezigheid. 'Welaan,' zeg ik vriendelijk. 'Soms is het beter om even niets te doen.'

'Dat dacht ik zelf ook,' zegt hij, zich gretig vastklampend aan de reddingsboei die hem wordt toegeworpen. Ik weet al welke kant het op zal gaan. Er zullen vijf of tien sessies volgen vol malaise en toenemende argwaan, die hij zal proberen tegen te gaan met hoop en ontkenning, gevolgd door een bekentenis of breekpunt die hem zal dwingen de waarheid onder ogen te zien, en dan beginnen we weer van voren af aan. Soms is het beter om te doen alsof je neus bloedt en je gezonde verstand te sparen.

'Ik hou van haar,' zegt hij als hij opstaat. 'Echt waar.' Er zit een trotse, bijna uitdagende ondertoon in zijn stem. Ik wil tegen hem zeggen dat het geen prestatie is om van iemand te houden. Het is er, of het is er niet. Het gebeurt, of het gebeurt niet. En om jezelf erin of eruit proberen te praten is gewoon net zo zinloos als tegen de wind in pissen. Maar ik zeg dat niet tegen hem. Ik geef hem wel een respectvol knikje en maak een afspraak met hem voor volgende week.

Als hij weg is, sta ik een poosje voor het raam en denk aan Caroline. Het is net alsof ik haar zie zoals ik haar gisteravond zag, toen ik half in slaap op de bank lag: steun zoekend bij de muur terwijl ze haar hoge laarzen een voor een met moeite uittrok. Daarna bleef ze op kousenvoeten staan en bekeek me in het flauwe licht. Ik zag dat ze zich afvroeg of ze me wakker moest maken. Ik dacht eerst dat ze naar me toe zou komen, maar toen sloeg ze haar armen over elkaar en leunde tegen de muur, haar hoofd geheven alsof ze ergens naar luisterde, en toen verliet ze de kamer zo zachtjes dat ik, in het schemerdonker en met geloken oogleden, niet eens zeker wist of ze er nog was tot ik aan de kille stilte in de kamer merkte dat ze was weggegaan.

Toen ik in slaap was gevallen, droomde ik over onze huwelijksdag. Haar gezicht fris en glanzend afgetekend tegen de zomerse lucht, haar ogen op mij gericht en haar stem die brak toen ze zei hoeveel ze van me hield. Het was echt, en ook weer niet. Er is zo weinig verschil tussen dromen en herinneringen.

Al die gedachten komen nu weer in me op en ik wil ze niet. Tijd om naar huis te gaan.

Caroline komt om kwart voor zes thuis met Eddie. Ze maakt een hapje voor hem klaar en gaat met hem aan tafel zitten om te zorgen dat hij zijn bord leeg eet. Af en toe loopt ze de keuken uit en als ze terugkomt, heeft ze telkens iets aan haar uiterlijk veranderd. Nieuwe nagellak, een wolkje parfum. Ze denkt dat ik het niet doorheb, maar ik zie het wel. Ik zie het altijd.

'Ik moet maar eens gaan,' zegt ze met een blik op haar horloge. 'Zorg je ervoor dat hij op tijd op bed ligt? Ik heb mijn telefoon bij me, bel maar als er iets is.'

'Waar ga je nu weer naartoe?' Het komt er moeizaam uit. De mist begint zich alweer in mijn hoofd te vormen en mijn gedachten zitten als wattenproppen zacht tegen elkaar aangedrukt.

Ze draait zich om, met gefronste wenkbrauwen. 'Ik ga naar Jess,' zegt ze. 'Dat wist je toch?'

'O ja,' zeg ik. 'Dat is ook zo.'

'Ik heb het al tig keer verteld,' zegt ze. Het is door de manier waarop ze naar me kijkt dat ik zin krijg om haar pijn te doen, de kraan waar de woede uit vloeit, gaat veel te makkelijk open.

'Ja,' zeg ik opnieuw, bedachtzaam. 'Ik luister alleen niet echt naar je. Ik denk dat een heleboel van wat je zegt gewoon niet zo...' Ik denk na over het volgende woord. Belangrijk? Interessant? 'De moeite waard is,' zeg ik dan en ik voel toch enige triomf als ik haar reactie zie, want dat ze haar mond even vertrok, betekent dat ik een gevoelige snaar heb geraakt.

'Juist,' zegt ze. 'Dank je. Nou, dan ga ik maar.' Ze blijft nog even zitten, bijt op haar onderlip alsof ze nog iets wil zeggen. Ik word er ongedurig van, want ik vraag me af wat ze eigenlijk voor me betekent. Soms denk ik dat ze me zo dierbaar is dat ik volschiet, dan wil ik haar tegen de boze buitenwereld in bescherming nemen. Op andere momenten kan ik me niet eens voorstellen dat het me iets zal doen als ze dood neervalt.

Ze slaat haar ogen neer, haalt haar schouders op en loopt snel op Eddie af om hem een afscheidskus te geven. Ze wuift vluchtig naar me voor ze haastig de keuken verlaat. Even later valt de voordeur achter haar in het slot.

'Nu zijn we met z'n tweetjes,' zeg ik tegen Eddie om de stilte te doorbreken. Hij kijk naar me op, waakzaam en met een halve glimlach, onzeker over de toon van mijn stem. Ik trek hem zijn pyjama aan en sla het boek open op de pagina waar we gisteravond zijn gebleven. 'Om het kasteel te laten flonkeren trok de prins zijn magiezwaard.'

'Zijn magische zwaard,' corrigeert Eddie zacht.

Ik kijk opnieuw. 'Magische. Je hebt gelijk,' zeg ik. De felgekleurde bladzijden met de grote letters draaien voor mijn ogen en opeens heb ik ontzettende slaap.

Ik worstel me door het hoofdstuk, hijs me dan van de bank en breng hem naar zijn kamer, waar ik hem in bed leg met zijn favoriete knuffeldier. 'Welterusten,' zeg ik en ik buig me over hem heen om een kusje op zijn voorhoofd te geven. Hij knort even van genoegen en krult zich dan op tot een balletje. Goddank gaat het vanavond erg gemakkelijk. Als ik zijn vingers losmaak die zich om de mijne hebben geklemd, voel ik de liefde in me opwellen, ergens heel diep uit mijn binnenste, en het voelt niet geweldig. Het is eerder pijnlijk en ik wil niet over de reden nadenken.

Terug in de huiskamer doe ik de grote lamp uit, laat me op de bank zakken en grijp naar de envelop met de pillen. Nog eentje voor de avond. De folie kraakt en barst onder mijn vingernagel – een miniem, bijna onhoorbaar geluid dat me altijd tot bedaren brengt. Ik haal het blauwe pilletje uit de strip en hou het even tussen duim en wijsvinger. Ergens in mijn achterhoofd rijst de gedachte dat ik dit misschien niet nodig heb. Misschien kan ik minderen, misschien kan ik er helemaal mee stoppen. Maar de roes van zo-even is al aan het wegtrekken en onder het oppervlak begint er een flauwe, scherpgerande misselijkheid te borrelen, vechtend om naar boven te komen, en voor ik het weet heb ik de pil ingenomen en zonder water doorgeslikt, gevolgd door nog een, en dan nog een. En dat is het dan tot morgen. Over en uit.

De laptop van Caroline is glimmend rood en kriskras beplakt met stickers van brandweerauto's. Daar heeft waarschijnlijk haar zoon de hand in gehad. Ze bewaart hem in een kast bij haar bed en is zo hulpvaardig om het wachtwoord achter in haar agenda te noteren, waar ze nog oppervlakkiger opmerkingen in heeft gekrabbeld dan in het dagboek dat ik gisteren heb verbrand. Ik doe hem aan. Er staat niet veel op het bureaublad, afgezien van een paar foto's van haar in een naamloze map. Ik bestudeer haar ondoorgrondelijke gezicht – ze heeft glanzende oogschaduw op, in de kleur van revolvermetaal, haar half openstaande lippen zijn donkerroze gestift. Ik denk niet dat deze foto's voor haar man zijn bedoeld. Ik denk dat ze voor haarzelf zijn.

Online heb ik meer geluk. Caroline gebruikt bijna overal hetzelfde wachtwoord. Niet dat ik haar mail kan openen, maar haar Facebookpagina springt gewillig tevoorschijn als ik dezelfde inloggegevens invoer als voor haar laptop. Ik lees haar privéberichten stuk voor stuk zorgvuldig door. Alles tot een jaar geleden is verwijderd, maar ik stuit op een goudmijn als ik de uitwisseling van berichten tussen haar en haar beste vriendin Jess vind. Daaruit kan ik opma-

ken dat Francis – grotendeels – zijn belofte nakomt, dat het beter tussen hen gaat, maar dat ze desondanks niet weet of ze wel de juiste beslissing hebben genomen. Ik lees dat ze nog steeds slecht slaapt en dat ze soms in haar dromen wordt teruggesleept naar een plek die ze niet heeft kunnen vergeten.

Er wordt zelfs een paar keer verwezen naar wat er op 9 juli 2013 is gebeurd. Niet in zoveel woorden, uiteraard. Ze is niet gek en ze weet dat je op de keper beschouwd niemand kunt vertrouwen. Maar al met al staat er genoeg in om eruit op te maken dat ze wanhopig graag haar hart wil luchten. Tegen beter weten in hoopt ze half dat iemand erin slaagt haar open te breken en haar geheimen naar buiten te brengen. Ze wil ze uit haar hoofd. Ze wil ervan af.

Vlak voor ik uitlog, verander ik haar profielfoto. De huidige is een nietszeggende, wazige foto van haar en haar zoon die hand in hand over een zonnige strandboulevard lopen. Het kost me een paar minuten om een geschikter exemplaar te zoeken, een die precies bij haar past, en uiteindelijk vind ik er een. Ik sla hem op haar bureaublad op alvorens hem te uploaden en vraag me af hoe lang het zal duren voor mensen hem ontdekken, voor ze commentaar gaan geven en speculeren. Wat moeten we hiermee, Caroline? Gaat het wel met je? *Voor zover ik het kan beoordelen, laat ze haar masker niet vaak zakken. Ze houdt een bepaald imago in stand voor haar omgeving, omdat ze bang is. Ze heeft iemand nodig die het afrukt en haar ware zelf laat zien.*

Weg

Caroline, mei 2015

Het is nog een hele klus om het hier gezellig te maken. Maar we doen ons best. Alles wat er aan kussens in huis is, leggen we op de bank, we steken een stuk of wat kaarsen aan en zetten muziek op. Ik doe een stapje achteruit om het resultaat te bekijken en zie dat het echt een verschil maakt. Deze kleine aanpassingen zorgen ervoor dat de sfeer hier in huis niet meer zo onpersoonlijk en kil is. Het helpt ook om de benauwende gedachten en de dingen die herinneringen oproepen te verdrijven. Als Eddie hier nu ook nog was, zou het net een normale avond met het gezin lijken.

Ik kijk naar de foto die mijn moeder me vandaag heeft gestuurd: Eddie kijkt breed lachend in de lens en wijst naar de sticker met 'Goed je best gedaan!' op zijn jas. Wat zou ik graag willen dat hij hier was, maar ik wil daar niet meer te veel aan denken, omdat ik van de komende avond wil genieten.

Francis heeft een curry gemaakt, en me tot in de kleinste details verteld welke kruiden hij erin heeft gestopt en waarom. Het is een beetje te scherp voor mij, maar ik eet het toch, en drink tussen de happen maar veel water, ook al zegt hij dat dat niet helpt. Als we klaar zijn met eten, ruimen we de tafel af en besluiten om een van de bordspellen te spelen die we in de auto hebben meegenomen. Natuurlijk kiest Francis voor scrabble en we gaan aan de smetteloze glazen koffietafel zitten.

'Pas op dat je geen krassen maakt,' zegt hij. 'Waarschijnlijk is dit ding via een hotline verbonden met het politiebureau. Voordat je het weet, worden we opgepakt.'

'O jee!' Ik bijt op mijn onderlip. 'Laten we maar handschoenen aantrekken.'

Francis strijkt met zijn vinger over de tafel, zet grote ogen op en trekt dan zijn hand terug terwijl hij een alarm nabootst. We overdrijven de grap een beetje, maar dat komt omdat ik me vanavond voor het eerst kan ontspannen en het gevoel heb dat onze situatie een beetje normaal is. Het valt niet mee om deze man in verband te brengen met de man met wie ik iets meer dan een maand geleden te maken had, de man die om de haverklap en onvoorspelbaar weer aan de oppervlakte komt. Francis wordt nog steeds heen en weer geslingerd tussen manie en lusteloosheid, en is zo nu en dan overgeleverd aan de ziekelijke en negatieve aantrekkingskracht van iets wat hij nog steeds niet als verleden tijd kan beschouwen. Maar deze periodes worden minder, dat denk ik tenminste en daardoor lijken de goede periodes juist nog kostbaarder en hoopgevender.

We gaan scrabbelen, en natuurlijk is al binnen vijf minuten duidelijk dat ik niet ga winnen. Ik ben een redelijke scrabbelaar maar Francis is hier echt goed in. Ook al beweert hij dat hij het niet vaker heeft gespeeld dan ik.

'Hé!' protesteer ik. Ik zie de twinkeling in zijn ogen als hij een X op een vakje met driemaal letterwaarde legt. 'XU is geen woord. Dat zijn gewoon twee letters.'

'O, je hebt gelijk!' Francis gaat rechtop zitten alsof hij terecht op de vingers is getikt, en hij kijkt naar het bord. 'Stom van me. Hoewel... Je hebt het mis, Caroline, want de *xu* is een Vietnamese munteenheid.'

'Dat is waar ook. Wie weet dat nou niet?' zeg ik sarcastisch en ik schud mijn hoofd.

'Een xu is honderd *dong*,' legt Francis uit alsof hij het tegen een kind heeft.

'Honderd wát?' Ik vind het irritant, maar desondanks schiet ik in de lach en leg dan heel suf een S aan bij een al gelegd woord om er meervoud van te maken. Dan is Francis weer aan de beurt. 'Nee, nee, dit is echt onzin...' Hij heeft een I naast een O gelegd. 'Io? Wat is dat in godsnaam?'

'Een uitroep van triomf,' zegt Francis in zijn nopjes. 'Bereid je er maar op voor dat je die nog vaak zult horen, want ik maak je helemaal in.'

'Nou, nou, je bent wel vol van jezelf, hè,' grom ik en ik kijk hem vuil aan. 'Haal het niet in je hoofd...'

Hij blijft me aankijken. Het kaarslicht accentueert zijn jukbeenderen en de holtes onder zijn groene ogen. Er gaat een schokje door me heen als het tot me doordringt dat dit mijn man is, en dat hij de afgelopen twee jaar langzaam maar zeker weer de man is geworden naar wie ik uren kon kijken als hij naast me in bed lag te slapen.

'Jouw beurt,' zegt hij uiteindelijk. Ik leun over de tafel en kus hem. Mijn ademhaling versnelt als hij mijn hoofd naar zich toe trekt en met zijn vingers door mijn haar woelt. Als hij zijn lippen steviger op de mijne drukt, sta ik op en ga op zijn schoot zitten. Met mijn armen om zijn nek geslagen trek ik mijn rug hol zodat hij zijn warme hand onder mijn hemdje kan laten glijden. Dit soort dingen hebben we de afgelopen vijftien jaar, met tussenpozen, wel duizenden keren gedaan, en zoals alle dingen die je duizenden keren hebt gedaan, zijn we daar goed in. Zo goed dat je het zelfs kunt doen zonder erbij na te denken. Ik heb geen enkele gedachte en voel alleen een soort gesuis in mijn hoofd. Francis maakt mijn bh los en ik frunnik aan de sluiting van zijn spijkerbroek en dan aan die van mij. Ik wil de vaart erin houden en heb geen zin in poespas, maar plotseling laat hij me los en kijkt gespannen en geschrokken naar iets achter mij.

'Hoorde je dat?' vraagt hij.

'Wat dan?' Ik snap niet waar hij het over heeft. 'Ik hoor niks.'

Ik kus hem weer, maar even later hoor ik het ook. Er wordt zachtjes op de voordeur geklopt. Ik kijk op de klok aan de muur, het is bijna tien uur. 'Godsamme,' zeg ik. 'Wie kan dat nou zijn?'

Francis staat op en fatsoeneert zijn broek. 'Hou het vast,' zegt hij en hij kijkt me veelbetekenend aan als hij de kamer uit loopt. 'Ik ga even kijken wie er voor de deur staat, en stuur ze wel weg.'

Ik zucht en leun naar achteren in de gemakkelijke stoel. Mijn lichaam zindert, als iets wat jeukt en waar je niet kan krabben. Ik kijk naar mezelf in de spiegel, mijn hemdje is half uitgetrokken, mijn broek hangt halverwege mijn dijen. Een gedachte dringt zich op: jij raakt me aan, stroopt mijn kleren langs mijn lijf. Ik onderdruk de gedachte meteen weer, maar het is voldoende om het verlangen naar Francis als kwikzilver door mijn handen te laten verdwijnen.

Ik hoor de voordeur opengaan en Francis 'hallo?' zeggen. Vervolgens een vrouwenstem, laag en verontschuldigend. Ik versta niet wat er wordt gezegd, maar de stem herken ik wel. Ik sta op, doe mijn kleren goed en loop snel de gang in. En daar staat inderdaad Amber op de drempel. Ze heeft een kort zwart rokje aan en een soort legerjasje dat tot de hals is dichtgeknoopt. Haar haar valt soepel over haar schouders. Ze kijkt Francis glimlachend aan, met dezelfde charme die ze ook in de koffiebar tentoonspreidde. Als ze me in de gang ziet, wordt haar glimlach oogverblindend. Ze zwaait even, half verontschuldigend.

'Caroline, fijn dat je er bent,' zegt ze. 'Ik hoop dat je het niet erg vindt dat ik even aan kom wippen. Ik zat maar thuis te niksen, en ik dacht bij mezelf, waarom ga ik niet even bij haar langs? Ik hoop niet dat ik stoor.'

'Nee hoor...' zeg ik automatisch terwijl Francis een stap opzijdoet en haar wenkt binnen te komen.

'Fijn,' zegt ze. 'Nadat we gisteren afscheid hadden genomen, drong het opeens tot me door dat we nog niets hadden afgesproken voor een volgende keer. En ik zou het echt heel jammer vinden als je wegging zonder dat we elkaar nog een keer hadden gezien. Je bent hier toch nog wel een paar dagen?'

'Ja,' beaam ik. 'Tot het weekend.' Dit zou een volkomen normaal gesprekje zijn geweest, als het om drie uur 's middags had plaatsgevonden en niet om tien uur 's avonds. Amber loopt doelgericht de gang door, doet de deur van de zitkamer open en werpt een blik naar binnen.

'Het is toch niet te laat, hè?' zegt ze alsof ze mijn gedachten heeft geraden.

'Nee, nee,' zeg ik overdreven hartelijk. Achter haar rug trekt Francis een gezicht van 'wie is deze gek?' maar toch zie ik hoe hij naar haar kijkt als ze op de bank gaat zitten en haar rok omhoogkruipt langs haar lange, slanke benen. Ze heeft zich aangekleed alsof ze naar de kroeg gaat en niet op visite bij de buren. Ik merk dat ik jaloers ben. Het is al lang geleden dat ik ook maar iets van jaloezie voelde wanneer mijn man naar een andere vrouw keek, en ik beleef er een pervers soort genoegen aan.

‘Ik zal iets te drinken voor je halen,’ zegt Francis en hij loopt naar de keuken. Ik ga naast Amber op de bank zitten en wanneer ik ons samen in de spiegel zie, heb ik hetzelfde vreemde gevoel van zelfherkenning als toen ik haar de vorige dag weg zag lopen. In het flatterende licht van de kaarsen is de gelijkenis tussen ons nog groter. Ik vraag me af of het haar ook opvalt.

Ze knoopt haar jasje open, buigt zich een beetje naar me over en zegt op gedempte, vertrouwelijke toon: ‘Je man lijkt me erg aardig.’

‘O, zeker, dank je,’ zeg ik sullig. Haar directheid heeft iets ontwapenends. ‘Dat is hij ook.’ Ik weet niet of dat wel zo is. Het woord ‘aardig’ heb ik nooit op Francis van toepassing gevonden. Eerder onvoorspelbaar, grillig, verwarrend, charmant, gekmakend, ongrijpbaar. Dat allemaal wel, en bovendien in dagelijks wisselende combinaties.

‘Ik mis een man om me heen,’ zegt Amber en ze kijkt me aan vanonder haar wimpers. ‘Mijn vriend is heel vaak weg voor zijn werk. Daardoor ben ik in het weekend zo vaak alleen.’

Ik knik en maak een gebaar dat ik met haar meevoel. Het verrast me dat ze een vriend heeft, ook al is ze razend aantrekkelijk. Ze komt op mij over als iemand die volkomen zelfstandig is, meer iemand die mensen op een afstand houdt en ze bestudeert. Ze kijkt me aan, haar pupillen zijn donker en glanzend in het zachte licht. Ik heb de indruk dat ze weet wat ik denk en dat geeft me een onbehaaglijk gevoel.

‘Sorry, we hebben niet veel in huis.’ Francis komt met een glas wijn de kamer binnen en hij geeft het aan Amber. ‘Proost. Leuk je te ontmoeten. Caroline heeft me verteld dat jullie gisteren een babbeltje hebben gemaakt in de koffiebar.’ Zijn gezicht verstrakt even terwijl hij wacht op Ambers bevestiging. Zodra hij die krijgt, ontspant hij. Ik word een beetje verdrietig als ik besef dat hij nog steeds niet geloofde dat ik de waarheid sprak toen ik vertelde waar ik was geweest.

'Sorry hoor, het kwam spontaan in me op. Je dacht zeker dat ik haar van je wilde afpakken,' zegt Amber. 'En nog wel tijdens jullie vakantie.'

'Helemaal niet,' zegt Francis ontspannen en hij gaat tegenover ons zitten.

Amber brengt haar glas naar haar mond en drinkt het in één teug half leeg. Ze heeft er niet eens erg in dat ze dat doet.

'Weet je,' zegt ze op vertrouwelijke toon. 'Ik ben gewoon geïnteresseerd in mensen. Misschien wel een beetje te veel. Daardoor ben ik wel eens in de problemen gekomen.' Ze kijkt mij aan en glimlacht. 'Ik leer het ook nooit.'

Haar gezicht betrekt even maar dan breekt haar lach weer door. Ze slaat de rest van de inhoud van het glas achterover en strijkt dan bevallig met haar hand langs haar mond. Haar roodgelakte nagels glanzen in het licht.

Francis grijpt haar opmerking aan om een monoloog af te steken over de sociale media en de invloed daarvan op onze levens. Het is een onderwerp waarover Amber en hij blijkbaar wel het een en ander te vertellen hebben en ik laat het gesprek maar over me heen komen. Ik merk dat Amber zichzelf afficheert als een open boek, maar toch lijkt alles wat ze zegt een soort dubbele betekenis te hebben, die ik niet helemaal kan vatten. Ik kan haar niet duiden, en dat is natuurlijk logisch, want ik ken haar helemaal niet.

Op een gegeven moment merk ik dat het gesprek wat inzakt en dat Francis me een blik toewerpt, als hint om tussenbeide te komen. 'Vertel eens,' zeg ik maar voor de vuist weg. 'Lijkt dit huis op dat van jou, Amber? Van buiten zien de huizen hier er namelijk allemaal hetzelfde uit.' Ik krijg kromme tenen van mijn eigen onbenullige opmerking, maar Amber wil blijkbaar heel graag op mijn vraag ingaan.

'Het is vrijwel hetzelfde,' zegt ze. Ze staat op om een blik in de gang te werpen. 'In ieder geval heeft dit huis dezelfde indeling. Maar bij mij is het een stuk rommeliger.' Dan lijkt haar iets te binnen te schieten. 'Ik ga even naar het toilet, als je het goedvindt,' zegt ze snel. Voor ik iets kan zeggen is ze de kamer uit.

Francis en ik blijven een poosje zonder iets te zeggen tegenover elkaar zitten en luisteren naar haar voetstappen als ze de trap op loopt. Dan horen we de vloerplanken boven kraken. Haar voetstappen zijn afgemeten, alsof ze over de bovenverdieping loopt en weer terug.

'Ze gaat niet naar de wc,' fluister ik. 'Ze heeft zeker geen hoge nood.' Ik lach een beetje en probeer er een grappige draai aan te geven, maar ik merk dat ik gespannen ben.

Francis reageert niet en luistert. Even is het stil, dan het gekraak van een deur die zachtjes open wordt gedaan. Voor ik er erg in heb, sta ik op en loop naar de trap. Ik wil gaan kijken wat ze boven aan het doen is. Maar als ik mijn voet op de onderste trede zet en naar boven kijk – het glanzende, gepolijste hout, de donkere overloop – word ik overvallen door een kinderlijke angst en blijf staan. De kille, anonieme sfeer die hier hangt, doet me denken aan het decor van een griezelfilm.

Ik hoor Ambers voetstappen, sneller en gerichter deze keer, die in de richting van de trap gaan, en ik ga snel terug naar de zitkamer waar Francis nog steeds zit. Amber verschijnt even later met een stralende lach in de deuropening. Ze heeft haar handtas over haar schouder en haar jasje dichtgeknoopt.

'Ik laat jullie nu met rust,' zegt ze. 'Heel hartelijk bedankt, Caroline. Zien we elkaar nog een keer voor een kop koffie voordat je weggaat?'

'Natuurlijk... ja,' zeg ik. Ze is nauwelijks een kwartier binnen geweest en nu vertrekt ze op stel en sprong, eigenaardig, maar het is niet anders. Ik loop gedwee achter haar aan door de gang, houd de voordeur voor haar open en zwaai haar na.

Ik doe de deur dicht en leun ertegenaan. Francis haalt zijn schouders op en loopt naar de trap. 'Wat heb je toch een rare mensen,' zegt hij. Maar ik kan aan hem zien dat het hem niet lekker zit.

'Sommige mensen zijn nog raarder dan andere.' Toch heb ik het gevoel dat er iets niet in orde is met de manier waarop ze zich gedroeg.

Ik kijk naar de tafel waar het scrabblebord nog staat. 'Gaan we niet meer scrabbelen?' roep ik Francis achterna.

'Laten we er maar mee ophouden,' roept hij terug vanaf de overloop. 'We hebben wel iets leukers te doen.'

Ik moet even denken wat we ook alweer aan het doen waren voordat de bel ging. Ik probeer de hartstocht weer op te roepen. Het lukt me niet, maar ik weet uit ervaring dat het wel weer terugkomt als ik eraan toegeef en ik loop ook de trap op. Als ik de slaapkamer binnenkom, ligt hij al half uitgekleed op bed en maakt langzaam de gesp van zijn broekriem los.

'Kom je?' vraagt hij.

Ik knik en kleed me uit. Terwijl ik voor het bed sta, kijk ik even door de kamer. Ik heb het vage idee dat er iets is veranderd of verplaatst. Ik kijk nog eens goed of ik iets zie wat dit idee bevestigt. Ik kan niets ontdekken, maar het onbehagelijke gevoel verdwijnt niet.

Soms kun je urenlang piekeren over een naam waar je niet op kunt komen, en als je dan 's morgens wakker wordt, schiet hij je opeens te binnen. Dat overkomt mij als ik de volgende ochtend mijn ogen opendoe. Ik weet meteen wat er anders is in de slaapkamer. Het donkerrode parapluutje dat aan een haak naast de spiegel hing, is verdwenen. Ik kijk de kamer door, voor het geval ik het om een of andere reden heb verplaatst zonder het me te herinneren, maar ik zie het nergens. Ik denk aan Ambers voetstappen boven ons hoofd toen we beneden zaten en probeer me haar hier in de kamer voor te stellen, terwijl ze snel haar blik over alles laat gaan om te kijken of er iets van haar gading is. Maar ondanks de sobere inrichting van de kamer zie ik in één oogopslag spullen die waardevoller zijn dan dat parapluutje. Het slaat echt nergens op om te denken dat zij dat heeft meegenomen.

'Misschien is ze wel een soort kleptomaan,' roep Francis boven het gekletter van de douche uit als ik de badkamer binnenkom om het hem te vertellen. Hij haalt zijn schouders op en zet zijn haar enthousiast in de shampoo. 'Die hebben toch geen reden nodig?'

'Ik dacht het niet.' Voor een therapeut kan Francis zich af en toe behoorlijk laatdunkend over het gedrag van mensen uitlaten. 'Toch wel bizar,' voeg ik eraan toe, maar hij heeft zich al omgedraaid en staat nu met zijn hoofd onder de douche waardoor hij me niet meer hoort.

Ik blijf daar nog even staan en dan loop ik zachtjes de trap af en ga naar de keuken. Opnieuw valt me de onnatuurlijk perfectie op: de smetteloze oppervlakken, hoe de keukenspullen en het serviesgoed keurig in het gelid staan of hangen. Er valt een straal zonlicht door het raam op het aanrecht, alsof het een zorgvuldig geplaatste spot is. Het enige wat hier niet hoort, dat ben ik.

Ik probeer weer het ontspannen gevoel op te roepen dat ik gisteravond had voordat Amber kwam, maar dat lukt me niet. Ik sta zo strak als een snaar, alsof ik een dreun verwacht. Ik doe water in de waterkoker en druk de schakelaar in. Ik staar ernaar maar zie nauwelijks wat er voor mijn neus staat.

Ik word overvallen door beelden, herinneringen. Ze volgen elkaar zo snel op dat ik er duizelig van word. Ik pak een busje met oploskoffie en een beker uit de kast. Ik loop naar de koelkast om melk te pakken. Ik schenk het kokende water op de koffie en hoor het gesis van de dunne straal.

Mijn lichaam verricht allerlei handelingen, maar ik ben er met mijn hoofd niet bij. Ik loop door een donkere straat naar jouw auto, het is warm en ik voel jouw hand in de mijne. Ik kijk naar je glimlachende gezicht en zeg: 'Ik wil me dit blijven herinneren, ik wil dat dit een avond wordt die we nooit zullen vergeten.'

'Nee,' zeg ik hardop.

Het geluid van mijn stem brengt me weer terug tot de werkelijkheid en ik zeg het nog een keer, harder. Mijn hart gaat tekeer en het zweet staat in mijn handen. Er loopt een rilling over mijn rug en ik krijg kippenvel. Ik doe mijn ogen dicht en tel. Dit heb ik al maanden niet meer hoeven doen – ik dacht dat het niet meer nodig zou zijn. Het kost me waanzinnig veel moeite om dit soort gedachten uit te bannen.

Op een gegeven moment doe ik mijn ogen weer open, en dan bekruipt me plotseling een hevige angst. Het komt omdat Francis en ik hier zijn. De bloemen, de muziek, de foto in de gang... Al die herinneringen hebben een vuur doen oplaaien dat ik nu weer moet zien te doven. Het voelt niet als toeval, maakt niet uit wat ik mezelf heb ingeprent. Ik kijk om me heen in de keuken, deze keuken van een onbekende, en ik ga in gedachten door alle kamers, op zoek naar een barstje in de anonimiteit. Het is een showhuis, een lege huls. Ik maak kasten open en rommel door de weinige spullen. Ik word niets wijzer.

Ik besluit grondiger te werk te gaan. Ik voel onder kasten en banken en kijk achter de gordijnen. In de slaapkamer kniel ik bij het bed en dan voel ik iets hards en glads tegen de muur bij het hoofdeinde. Als ik het tevoorschijn haal, blijkt het een glazen flesje te zijn. Aftershave. Zodra ik het beschadigde zwarte logo zie op de voorkant herken ik het. Ik ruik eraan en de geur roept onmiddellijk een hevig gevoel van heimwee in me op.

Ik heb een droge mond en er gaan allerlei idiote gedachten door me heen. Ik moet iets doen om ze te stoppen. Ik denk aan de berichtjes op de site voor huizenruil. Ik kan me niet eens herinneren wat erin stond. Het was allemaal zakelijk, formeel.

S. Kennedy. Het is maar een naam. Misschien is die niet eens echt.

Ik pak mijn telefoon en tik het adres van de site voor huizenruil in de zoekbalk. Maar de site verschijnt niet, mijn telefoon loopt vast.

Ik krijg bijna geen adem en probeer na te denken. Ik kijk welke wifiverbindingen beschikbaar zijn, maar die zijn allemaal beveiligd. Opeens herinner ik me het briefje dat op het kussen lag. *Informatie in de map in de keuken.* Ik ren weer naar beneden en zie onmiddellijk een donkerblauwe map tegen de magnetron staan. Ik heb nog niet de moeite genomen erin te kijken, maar misschien staan er gegevens in voor de wifi. Ik loop er snel naartoe en pak de map. Ik blader naar de inhoudsopgave en daar staat het. *Wifi, pag. 4.* Het papier kreukelt als ik met trillende handen door de pagina's blader. En dan zie ik de geprinte woorden. Het is alsof er iets in mijn hoofd ontploft en daarna alleen nog stilte.

Wachtwoord voor wifi: zilverberken

De woorden dansen voor mijn ogen, maar ik kan er nu niet meer omheen wat dit betekent en wanneer ik deze letters in precies dezelfde volgorde voor het laatst heb gezien: op de avond dat alles veranderde. Ik pak mijn telefoon en zoek verbinding met internet. Ik open mijn e-mail en voer het adres in dat ik moest gebruiken als er problemen waren. Mijn hoofd is helemaal leeg, er is geen plaats meer voor gedachten. Ik tik de enige woorden in die in me opkomen.

Ben jij daar?

En dan druk ik op verzenden.

Thuis

Caroline, april 2013

De sfeer op kantoor is op dinsdagochtend altijd erg tam. De gloed van het weekend is vervaagd en het duurt nog vier lange dagen voor het weer zover is. De collega's drinken de ene kop koffie na de andere, zitten over laptops en telefoons gebogen en hebben elkaar niet veel te zeggen. Vanuit zijn directiekantoor briest Steven af en toe een paar ferme woorden om wat leven in de brouwerij te pompen, maar het is een verloren strijd. Als kantoormuren konden praten, zouden de onze over de dinsdag zeggen dat ze er liever niet bij waren geweest.

Voor mij is het anders. Mijn weekenden thuis zijn eerder een opgave dan een feest; een grimmige cyclus van hoop, frustratie, teleurstelling en radeloosheid. Het is een heuse opluchting als de werkweek weer begint. Alhoewel ik me probeer te beheersen, bruis ik van de energie als ik op kantoor zit. Het lijkt wel alsof ik dronken ben, behalve dat ik niets wazig of vertekend zie – integendeel. Mijn hele omgeving is helder en haarscherp. Ik kan me niet langer dan een paar minuten op mijn werk concentreren en toch lukt het me om alles veel sneller en efficiënter af te wikkelen dan ik in jaren heb gekund. Werken leidt me af en hoe sneller ik alles af heb, hoe meer tijd ik overheb om aan Carl te denken.

Het icoontje van de instant-messenger onder aan mijn scherm knippert. Ik open het scherm en kijk tersluiks om me heen of niemand me in de gaten houdt. *De tijd kruipt voorbij, hè? Toch is het nog maar twintig minuten tot...*

Aan het klokkijken? antwoord ik. Even laat ik mijn blik door het vertrek dwalen. Hij zit naar achteren geleund in zijn stoel en kijkt zogenaamd verveeld naar zijn computer als hij zich uitrekt en loom een paar woorden typt. *Reken maar*, is zijn boodschap. *En zeg niet dat jij niet hetzelfde doet.* We kijken tegelijk op en onze blikken kruisen elkaar een paar seconden. De elektrische lading bezorgt me een rilling en ik kan me nauwelijks voorstellen dat iedereen om ons heen gewoon doorgaat, gedwee als altijd. Ze hebben geen idee. Ik voel mijn ongeduld toenemen. Ik sta op en loop met mijn schrijfblok tegen mijn borst gedrukt naar hem toe.

'Komt het uit als we nu de boeken doornemen?' vraag ik luchtig. 'Ik weet dat we voor vanmiddag een afspraak hadden staan, maar ik wil in de lunchpauze naar het postkantoor en dan kan ik beter eerder weggaan.'

Hij kijkt me uitdrukkingsloos aan. 'Ja hoor,' zegt hij. 'Over vijf minuten, oké?'

Ik klem mijn kaken op elkaar. 'Prima,' zeg ik liefjes. Ik loop terug naar mijn bureau, laat me op mijn stoel zakken, sla het aantekeningenboek open en buig me quasiaandachtig over de bladzijden. Ik pak een potlood en teken patronen tussen de lijnen. Mijn handen zijn klam. Vanuit mijn ooghoek zie ik het icoontje van de messenger weer flikkeren, maar ik negeer het en doe alsof ik aan het werk ben. Ik weet dat hij me gadeslaat en ja hoor, na twee minuten staat hij op en komt naar me toe, al loopt hij gekmakend langzaam.

'Ach,' zegt hij. 'Ik ben al klaar, denk ik.' Hij heeft zijn laptop bij zich en zijn vrije hand zit nonchalant in zijn broekzak gestopt. Ik sta ook op en volg hem door het kantoor naar de gang waar de vergaderkamer zich bevindt. We zijn de hele ochtend niet zo dicht bij elkaar geweest als nu. Hij heeft de aftershave op die ik heerlijk vind en ik voel mijn knieën knikken bij de geurige wolk die tussen ons in hangt.

Ik loop achter hem aan de vergaderruimte in en trek de deur achter me dicht. Hij zet de laptop op het bureau, doet hem open en klikt de presentatie open waarover we moesten vergaderen. Dan draait hij zich met een grijns naar me om.

'Geef me vijf minuten,' zeg ik. 'Je...' Maar hij is al met een paar stappen bij me, drukt me tegen de muur met zijn lichaam en snijdt me de adem af met een intense kus. Zijn handen houden me stevig vast en ik wil hem wegduwen. 'Niet doen,' zegt hij. Zijn stem komt diep uit zijn keel en hij grijpt me nog steviger vast. De vlinders fladderen opgewonden door mijn maag en mijn vingers grijpen zijn haar vast. De begeerte neemt bezit van me en ik had het liefst dat hij mijn kleren van mijn lijf rukte en me op de vloer zou drukken. Zijn kus wordt nog hartstochtelijker. De minuten verstrijken, ik heb geen idee hoe lang we hier al zijn. Ik wil dat dit nooit meer ophoudt.

Eindelijk ontspant hij zich weer en ik voel de opwinding zachtjes wegebben vanbinnen. Hij houdt me nog steeds vast, maar zijn armen zijn zachter en hij strijkt mijn haar uit mijn gezicht. Zijn glimlach begint tegelijk met de mijne en voor ik het weet, staan we samen zachtjes te grinniken. We kussen elkaar opnieuw, trager deze keer, zijn lippen beroeren de mijne licht.

'Weet je?' zegt hij na een poosje. 'Eigenlijk zouden we er al overheen moeten zijn.'

Ik knik, want hij haalt de woorden uit mijn mond. Het speelt nu al acht weken – gestolen half uurtjes in deze kamer of tijdens de lunchpauze, zorgvuldig gedoseerd om geen argwaan te wekken. Heel af en toe een avondje uit samen. Dan zitten we elkaar als twee verliefde pubers aan te staren, praten wat, lachen wat, kussen wat. Niets anders. Er is een lichamelijke en psychische grens die ik niet wil overschrijden, omdat we op de werkvloer acht uur per dag in elkaars aanwezigheid doorbrengen.

Hij strijkt mijn gekreukte kraag glad en gaat met zijn lange vingers over mijn schouder. 'Steven had het gisteren weer over mijn overplaatsing,' zegt hij, alsof hij mijn gedachten heeft gelezen. 'Blijkbaar gaat het door. Over een paar weken zit ik op het kantoor in Bishopsgate. Dus, je weet wel. Dan zijn we niet langer collega's.' Zijn stem is een mengeling van spijt en verwachting.

'Een beetje ruimte om te kunnen denken. Het zal zijn voordelen wel hebben,' mompel ik.

'Wie weet.' Hij omklemt me weer steviger, een beetje maar, maar toch maakt het dat ik mijn armen om hem heen sla en me tegen zijn borst druk. 'Alleen als jij het wilt,' zegt hij met zijn lippen tegen mijn hals. 'En we het allebei een goed idee vinden.'

'We zien wel hoe het loopt.' Verder dan dit gaan onze toekomstplannen niet. Als ik alleen ben, pieker ik uren over wat we in vredesnaam aan het doen zijn, wat de zin ervan is, wat we willen, waar het naartoe moet. Al die gedachten vervagen op het moment dat we bij elkaar zijn.

Zijn handen glijden onder mijn rok en over mijn bovenbenen, tot aan de rand van mijn slipje waar de naakte huid ophoudt. Ik weet dat hij niet verder zal gaan, niet hier – nergens, tot ik zeg dat ik zover ben. Soms lijkt zijn zelfbeheersing stukken sterker dan de mijne. Ik vecht voortdurend tegen de aandrang om zijn handen naar de plekken te duwen die ik zou willen, om hem te laten zien dat ik niet langer wil wachten. Zijn vingers beroeren mijn huid licht en ik laat mijn hoofd tegen de muur leunen. Mijn adem gaat snel en hijgend als mijn lippen opnieuw de zijne zoeken. Hij bijt zachtjes op mijn onderlip en daarna zo hard, dat ik naar adem snak en mijn vingers in zijn rug boor om hem dichter tegen me aan te trekken.

Hij buigt zijn hoofd een klein stukje naar achteren en kijkt me onderzoekend aan. 'Dit vind je fijn, hè?' zegt hij. Zijn zachte stem zendt een rilling door mijn lichaam. Ik knik zwijgend. We blijven even roerloos tegenover elkaar staan, onze ademhaling synchroon. Dan laat ik mijn hoofd tegen zijn borst rusten en voel zijn warmte tegen mijn wang.

'We kunnen beter teruggaan,' zeg ik na een poosje.

'Ja.' Ik voel hem bewegen en hij slaakt een zucht. 'Ga jij maar als eerste. Ik heb een paar minuten nodig om... bij te komen.'

'Oké.' Ik maak me los uit zijn armen en begeef me naar de deur. Met mijn hand op de klink kijk ik nog eenmaal om.

Hij glimlacht naar me. Er verschijnen lachrimpels bij zijn ogen. 'Je moet je lippenstift even bijwerken.'

Ik knik en opnieuw besef ik hoe ontspannen we met elkaar omgaan, dat we nooit spelletjes spelen, het eenvoudige geluk. Ik weet het als ik het voel, ook na al die tijd. Het vertrouwen dat we elkaar hebben gegeven als vrienden is onverwacht en vloeiend overgegaan in deze nieuwe situatie, en het voelt vanzelfsprekend, het klopt gewoon, ook al weten we allebei dat het verkeerd is. De waarheid is dat het me niet kan schelen. Het enige wat ik weet, is dat ik dit nodig heb en dat ik niet van plan ben ermee te stoppen.

Rond de klok van zessen heb ik de straat waar ik woon bereikt en als ik doorloop, tel ik de huizen en kijk of er bij mij thuis licht brandt. Het is te koud voor de maand april, te koud voor mijn korte rokje, maar dat is niet de reden dat mijn benen beven. Ik denk aan het telefoongesprek dat ik met Francis tijdens mijn lunchpauze had en probeer me te herinneren hoe hij klonk. Niet dat ik veel aanknopingspunten heb, want hij heeft amper wat gezegd. Vandaag de dag heeft mijn man twee manieren om zich uit te drukken: enerzijds de lange, warrige monologen waarbij hij zo snel praat, dat het tegen het manische aan is, en anderzijds het besmuikte, eenlettergrepige gemompel dat meer weg heeft van een kruiswoordraadsel dan van een gesprek.

Als ik de sleutel in het slot steek, voel ik me onpasselijk worden en ik haal diep adem. Idioot om me zo te voelen als ik mijn eigen huis betreed. Tandenknarsend loop ik door de gang naar de huiskamer. Eddie zit voor de tv naar een Disneyfilm te kijken. Hij hoort me binnenkomen, zwaait even vlug naar me en richt zijn aandacht weer op het scherm.

'Hallo!' Francis lacht naar me vanaf de bank, maar mijn hart krimpt ineen. Zijn ogen schitteren te fel, hij beweegt zijn ledematen trekkerig en te overdreven. Hij is aan het overcompenseren en probeert te doen alsof er niets aan de hand is. De teleurstelling slaat me lam en ik blijf roerloos staan als hij van de bank springt om me te omarmen. 'Kijk eens!' zegt hij veel te luid tegen Eddie. 'Mammie is weer thuis.'

'Niet lang,' zeg ik en ik maak me van hem los. 'Ik ga Eddie in bad stoppen en breng hem naar zijn bedje. Daarna zou ik uitgaan. Weet je nog wel?'

'Ja, ja, ik weet het nog,' zegt hij gejaagd, al zie ik een schaduw van verwarring in zijn ogen verschijnen.

Ik werp een blik op de bank of ik de langwerpige witte envelop ergens zie, die ik sinds mijn ontdekking elke dag heb bekeken. De pillen worden er in een schrikbarend hoog tempo doorheen gejast en op wonderbaarlijke wijze weer aangevuld, zich delend en vermenigvuldigend als kankercellen.

'Je bent jezelf niet,' zeg ik en op hetzelfde moment besef ik dat ik echt niet meer weet of het wel waar is. Ik heb geen idee meer wat voor persoon hij is. 'Luister eens, Francis,' zeg ik en ik haal diep adem. Nu moet ik doorzetten. 'Ik weet dat je weer pillen slikt. Ik denk dat je nu echt...'

Hij valt me in de rede. 'Waar heb je het over?' Hij hangt de vermoorde onschuld uit.

'Wil je het ontkennen?' Mijn blik gaat weer naar de bank en ik weet dat hij me ziet kijken, maar toch knikt hij.

'Ja,' zegt hij en hij spert zijn ogen open, zonder te knipperen, om zijn woorden kracht bij te zetten. 'Je stelt je aan. Er is niets aan de hand!'

Ik wil iets zeggen, maar ik slik mijn woorden in. Ik weet dat hij liegt, maar zijn ontkenning is heftig en me op een akelige manier welbekend, als een onneembare vesting. Ik weet niet meer wat ik moet zeggen.

'Niets aan de hand,' herhaalt hij. Hij trekt met nerveuze vingers aan de kraag van zijn overhemd. Ik ken dit van hem, die vreemde hyperactiviteit die zo vaak uitmondt in onrust, paranoia en verwarring. Hij doet een stap naar voren om me een kus op mijn wang te geven, en instinctief deins ik terug. Ongelooflijk dat er een tijd was dat ik niet van hem kon afblijven. Nu walg ik bijna van hem.

Heel even trekt hij gekwetst met zijn mond, dan is hij alweer weg en tilt Eddie van de vloer, houdt hem hoog boven zijn hoofd en brult. Eddie vindt hem uiteraard fantastisch als hij in zo'n bui is. Ik hoor hem kraaien en gillen van pret en opeens besef ik dat hij het begrijpt, of denkt te begrijpen. Als Francis zo doet, gedraagt hij zich als een kind, zonder de gedachten of beperkingen die volwassenen hebben.

Ik gris Eddie snel uit zijn armen. 'Ik ga hem in bad doen,' zeg ik zacht en ik ontwijk Francis' blik.

'O jee!' roept Francis me achterna en hij maait wild met zijn armen. 'Ik heb het weer gedaan!' Zijn toon is nu tegen het venijnige aan, dus ik trek snel de badkamerdeur achter me dicht om hem niet te hoeven horen.

Ik laat het bad volstromen, zet mijn zoon erin en laat handenvol water met zeep en schuim over zijn zachte huidje lopen. Hij is blij en kwettert onsamenhangend en onbevangen door over de film die hij net heeft gezien. 'Het jongetje ging naar het bos en er was opeens een fel licht en ik zag het monster maar zijn ogen waren blauw en ik wist niet meer...'

'Dat klinkt leuk, schatje,' zeg ik en ik streel zijn natte haar. Ik word er rustig van en kom weer enigszins tot mezelf.

Ik droog hem af, help hem in zijn pyjama en dan breng ik hem naar zijn bed, waar ik nog een verhaal voorlees. 'De zeemeerminnen kwamen uit de zilveren zee en zongen een liedje.' Ik probeer me te concentreren op de zinnen, maar ik moet de hele tijd aan Carl denken en wat we een paar uur geleden hebben gedaan, aan de dingen die hij tegen me zei en zijn handen op mijn naakte huid. Het is een vreemd gevoel om uitgerekend nu, met mijn zoon opgekruld onder de dekens naast me, dat soort gedachten te hebben, maar ze zijn als mijn talismannen, ze beschermen me tegen andere gedachten die ik zou kunnen hebben.

'Truste, mammie,' fluistert Eddie als het verhaal uit is. Zijn grijze ogen staan ernstig als ik hem instop, ze glanzen in het halfduister. Ik kijk hem aan en word verscheurd door wroeging. Er is zo veel dat hij niet weet, zo veel dat me ervan weerhoudt dicht bij hem in het hier en nu te zijn, het gebeurt zo vaak dat ik liever ergens anders ben.

Tranen prikken in mijn ogen. Ik buig me over hem heen, geef hem een kusje op zijn voorhoofd en snuif de geur van zijn pas gewassen haar op. 'Welterusten,' fluister ik. 'Ik hou van je.' Hij lacht eventjes en rolt zich op zijn zij, pakt zijn favoriete knuffel en drukt zijn neus tegen de hals.

Ik blijf nog een poosje naar hem kijken en even weet ik me geen raad met mezelf, zoals ik wel vaker heb. Ik hou mezelf voor dat hij binnen een paar minuten in slaap is gevallen en pas 's morgens wakker zal worden; dat ik altijd mijn telefoon bij me heb; dat er goede vrienden vlakbij wonen mocht het nodig zijn die te bellen. Dat Francis zijn vader is en dat hij van zijn zoon houdt.

Ik sta op en sluip zacht de kamer uit. Ik had niet eens door dat ik mijn schoenen al die tijd heb aangehouden. Ik had niet door hoe graag ik me zo snel mogelijk uit de voeten wilde maken.

'Ik ga,' zeg ik, maar Francis ligt languit op de bank. De plots opgelaaide energie is weer net zo snel opgebrand. Met gesloten ogen hangt hij met zijn hoofd opzij. Het is niet te zeggen of hij slaapt of dat hij mijn aanwezigheid gewoon wil negeren. Het komt hoe dan ook op hetzelfde neer.

Ik blijf een poosje naar hem kijken, een minuut, twee minuten, speurend naar de man voor wie ik als een blok ben gevallen, ik kon niets anders dan zitten en over hem mijmeren als hij niet bij me was, zijn afwezigheid voelde alsof er een ledemaat was geamputeerd. Vandaag de dag voel ik zijn afwezigheid juist als hij vlak naast me zit. Als hij er niet is, kan ik me hem herinneren als de man die hij ooit was. Maar als hij bij me is, is er geen ontkomen aan – degene die hij ooit was, is spoorloos verdwenen en ik ben hopeloos en ongelukkig verbonden met iemand die ik niet kan genezen.

In deze toestand is zijn gezicht bijna sereen. Ik ben je ontrouw geweest, zeg ik tegen hem in gedachten; ik belazer je. Woorden die al wekenlang als een eentonige cadans door mijn hoofd dreunen. Misschien hoop ik wel dat ze uiteindelijk vanbinnen iets bij me zullen losmaken, dat ze ergens genoeg kracht zullen opdoen om naar buiten te komen. Dat is tot dusver niet gebeurd. Ik draai me om, laat hem alleen en neem niet eens de moeite het licht uit te doen.

Jess en ik gaan uit eten in een kleine pizzeria waar de lucht doortrokken is van oregano en deeg uit de steenoven. Daarna gaan we een afzakkertje halen in een druk café met gekleurde kaarsen op de tafeltjes. We praten over het werk, over onze kinderen en dingen die we op tv hebben gezien. Jess vraagt een paar keer naar Francis. De eerste keer antwoord ik schouderophalend dat het goed met hem gaat, maar als ze er later op terugkomt, geef ik toe dat er geen schot in zit. Ze weet meer dan mijn meeste vrienden over de situatie bij mij thuis en ze heeft alle reden om te vermoeden dat ons huwelijk in zwaar weer verkeert. Ik heb alleen nooit met een woord over zijn pillenverslaving gerept, hooguit heb ik er een paar keer op gezinspeeld, half in de hoop dat ze tussen de regels door zou kunnen lezen, maar als ze erover begint, ben ik er snel bij om de barstjes in het glazuur dicht te lakken.

‘Wat naar om te horen,’ zegt ze met een bezorgde frons. ‘Is er iets aan te doen, denk je? Doet hij het nog steeds rustig aan op zijn werk?'

Ik knik. 'Ik weet niet eens of hij nog wel uren maakt. Hij gaat weliswaar soms de deur uit, maar ik weet niet waarheen.' Het is een poos geleden dat ik heb nagekeken wat er zoal op onze rekening wordt gestort. Alles verdwijnt direct in het zwarte gat.

Jess kijkt me verward aan, alsof ze het niet helemaal kan plaatsen. Ik kan haar geen ongelijk geven. Tot een paar jaar geleden waren Francis en ik de meest oprechte mensen van onze vriendenkring. We waren zo hecht en brachten zo veel tijd samen door, dat we altijd van elkaar wisten wie waar was en wie wat deed. 'Dat klinkt niet best,' zegt Jess.

'Nee.' Ik weet niet goed hoe ik moet doorgaan, en uiteindelijk zeg ik: 'Eerlijk gezegd weet ik niet of het nog wel goed komt tussen ons.'

Jess knippert met haar ogen en trekt haar wenkbrauwen op. 'Jemig,' antwoordt ze. 'Ik had geen idee dat...'

Ik val haar in de rede. 'Ach, ik zit gewoon een beetje in de put.' Ik heb geen zin om het over Francis te hebben. 'Je weet hoe die dingen gaan. Het waait wel weer over.'

'Juist,' zegt ze nadrukkelijk. Ze pulkt aan de druipende was van de kaars op ons tafeltje. Haar roodgelakte nagels glanzen in de gloed van de vlam. 'En hoe gaat het met jou en Carl, als ik vragen mag?' vraagt ze op behoedzame toon. 'Is daar al duidelijkheid over?'

Zelfs bij het horen van zijn naam veer ik al op. Ik zou het liefst de hele dag over hem praten, ook al is alles wat met hem gepaard gaat nog onzeker en woelig. 'Nee, nog niet,' geef ik toe. 'Ik bedoel, het kan niet eeuwig doorgaan zo, dat spreekt voor zich, maar het is niet makkelijk om er een punt achter te zetten. We zien elkaar immers elke dag.' Ik weet wat er van deze uitspraak waar is en wat niet, maar ik heb mezelf ervan afgesloten en me opgevouwen in een fijn coconnetje, ver weg van de realiteit.

Jess knikt en tuit bedachtzaam haar lippen. 'Wat voel je werkelijk voor hem?' vraagt ze dan. 'Ben je...'

'Nee,' haast ik me te zeggen. Want ik weet wat ze wil vragen en ik wil er niet over nadenken. 'We kunnen gewoon heel goed met elkaar opschieten. Echt hartstikke goed. We hebben die klik. Maar hij is wel stukken jonger dan ik, en als je er logisch over nadenkt, zou het in werkelijkheid nooit goed uitpakken, toch? Ik... kan het niet goed uitleggen,' voeg ik er lauw aan toe. Ik had haar het liefst verteld hoe zalig het was. Ik zou tot in de miniemste details willen opdissen wat we die ochtend hadden gedaan, giechelend en blozend als een bakvis met haar nieuwe vriendje. Maar dat is precies wat ik niet kan doen. Gezien mijn situatie is het totaal ongepast om zo veel lol te hebben; geestelijke foltering en zelfkastijding zijn in dit geval de norm.

Ze knikt opnieuw. 'Ik hoop dat jij en Francis eruit komen,' verzucht ze. 'Het is eigenlijk heel droevig, weet je? Echt droevig.' Ze zegt het zonder bijbedoelingen of kritiek. Ze is gewoon oprecht en ik verdraag het bijna niet, omdat er maar twee woorden voor nodig zijn om het gordijn opzij te trekken en me te laten zien dat ze gelijk heeft. Het is droevig, maar ik wil er niet aan toegeven. Ik schuif ongemakkelijk op mijn stoel, drink mijn glas leeg en pak mijn jas.

Bij de metro nemen we hartelijk afscheid en ik kijk haar na als ze instapt. Dan loop ik door de klapdeurtjes terug en haal mijn telefoon uit mijn zak. *Slaapmutsje?* sms ik. Ik bevind me op een paar minuten lopen bij Carls huis vandaan, en alhoewel ik me had voorgenomen hem vanavond niet te zien, kan ik het niet weerstaan nu ik zo dicht bij hem ben. Ik stel me hem voor, liggend op het bed dat ik nog niet heb gezien, zijn handen onder zijn hoofd gevouwen en met dezelfde gedachten over mij als ik over hem. De verleiding is te groot.

Het antwoord komt vrijwel onmiddellijk. *Waar ben je? X*

Bij het station, typ ik terug. *Heel koud en heel alleen! ;-) X*

Ha! Ik ben er over tien min. X

Ik ijsbeer over de straat, rillend in de koude avondlucht en met een knoop in mijn maag van de spanning. Als ik hem aan zie komen, ren ik lachend op hem af, spring hem bijna in zijn armen en sla mijn handen om zijn hals. Hij kust me. Ik proef tandpasta en hij heeft een ander overhemd aangetrokken. Hij heeft zich omgekleed en opgepoetst. Voor mij. Wat een verrukkelijk idee.

'Hallo,' zeg ik schor en ik hou hem stevig vast.

'Ben je soms aangeschoten?' vraagt hij lachend. Hij buigt zijn hoofd een stukje naar achteren om me goed aan te kunnen kijken.

'Misschien een beetje.' Mijn hoofd is prettig wazig en ik sta ietwat wankel op mijn benen, alsof ik op luchtkussens loop. 'Kom,' zeg ik en ik trek hem aan zijn mouw. 'We gaan een borrel halen in de kroeg.' Ik wijs naar het café waar ik zo-even nog met Jess zat. Hij laat zich gewillig meevoeren en pakt mijn hand als we oversteken.

'Weer terug?' vraagt de uitsmijter. Ik meen een blik van herkenning in zijn ogen te zien: de vrouw die met een vriendin de bar verlaat om tien minuten later terug te komen met een man met wie ze daar eigenlijk niet zou moeten zijn. Voor ik het in de gaten heb, heb ik hem een veelbetekenend knipoogje gegeven. In principe is het best ordinair, deze stilzwijgende samenzwering tussen twee onbekenden, maar nu vind ik het opwindend.

Het daaropvolgende uur verloopt in een roes – we vergeten onze drankjes, we lachen, we praten, we zoeken, we strelen elkaar. Ik kan niet met mijn handen van hem afblijven. Zijn haar zit door de war en ik strijk erdoorheen, dan laat ik mijn vingers onder zijn overhemd glijden en trek hem naar me toe. Het is alsof ik al deze dingen voor het eerst van mijn leven doe. Onder de invloed van alcohol heb ik de duizelingwekkende ervaring dat alle stukjes op hun plek vallen – de eigenaardige, magische sensatie dat ik op dit moment alles heb wat ik wil. Ik zie dat hij onafgebroken naar me lacht, wat me op surreële wijze doet denken aan de tijd dat we gewoon bevriend waren en ik hem zag als een knappe man, maar een die wel gereserveerd en afstandelijk was, ondanks zijn onbevangen grapjes. Hij leek ietwat gesloten. Het is alsof ik iets ongelooflijk dierbaars heb ontdekt. Nee, sterker nog, alsof ik zelf iets dierbaars heb gecreëerd. Ik maak hem gelukkig op een manier die bij mijn eigen man faalt, hoe hard ik het ook probeer.

Precies op dat moment begint mijn telefoon in mijn tas te zoemen en afwezig pak ik hem eruit. Francis is wakker. *Ben je al onderweg? Laat weten hoe laat je thuiskomt. Was leuk geweest als je had gezegd dat het laat zou worden, maar je was zo'n bitch vanavond, dat het me niet verbaast.* Ik lees zijn bericht een paar keer door en ben even van mijn stuk gebracht.

'Is er iets?' vraagt Carl. Ik haal mijn schouders op en in een opwelling laat ik hem het berichtje op mijn telefoon lezen voor ik hem weer in mijn tas stop.

'Goh,' zegt hij fronsend. 'Nou, wat moet je daarop zeggen? Hij kent blijkbaar een andere Caro dan ik.'

Hij zegt het argeloos, maar de lading van zijn woorden treft me recht in mijn hart. Ik besef dat hij onbewust de kern heeft geraakt. Wat er met mij gebeurt, is veel meer dan de som der delen. Het is een ommekeer. Er zit iemand in me die al jaren aan het vechten is om naar buiten te komen en Carl trekt zomaar de deuren wijd open, hij sleurt haar en al haar gevaarlijke nieuwe verlangens en driften het daglicht in.

Aanvankelijk viel het tegen om in het bed van Caroline te liggen. De lakens waren weliswaar frisgewassen, maar ik kon het idee niet van me afzetten dat ze als een spookachtige aanwezigheid naast me lag. Maar gisteravond kreeg de vermoeidheid de overhand en ik was al snel van de wereld. Ik werd pas om tien uur wakker met het gevoel dat ik niet zomaar uit een diepe slaap was ontwaakt. Het was alsof ik terugkeerde naar het land der levenden.

Ik blijf een poosje liggen, te midden van de rommel die ik in de kamer heb achtergelaten: overhoopgehaalde kleren en papieren die mijn speurtocht verraden. Het duurt nog een half uur voor ik mezelf uit bed sleep om me te wassen en aan te kleden, daarna lees ik de mail op mijn telefoon. Als ik haar naam boven aan de lijst binnengekomen berichten zie staan, is het alsof er iets in me gaat verliggen – een milde, inwendige stomp tegen mijn hart. Ben jij daar? *Niet dat ik niet zoiets verwachtte. Ik wist niet precies hoe lang het zou duren, of welke van de subtiele aanwijzingen die ik in het huis heb achtergelaten haar over het randje zou duwen, maar ik wist dat ze uiteindelijk zou happen. Toch word ik op een bepaalde manier door de boodschap geraakt, door de directheid, de aanhankelijkheid, al die witte ruimte eromheen boordevol onzichtbare betekenis.*

Ik laat er een paar uur overheen gaan voor ik haar bericht beantwoord. Ik weet dat ze zal blijven kijken of ik al heb gereageerd. Van alle lessen die ik haar zou kunnen leren, is dat niet iedereen altijd naar haar pijpen danst wel de belangrijkste. Niet alles hoeft op haar wensen en verlangens afgestemd te zijn, niet alles hoeft om haar heen gemodelleerd te worden. Ze is niet het centrum van alles, ze is slechts het centrum van zichzelf. Ze staat niet boven een oordeel of een tragedie, net zomin als degenen die ze in een baan rondom haar heen ziet koersen.

Wat Caroline wil, is niet altijd wat Caroline krijgt. Maar als ik haar antwoord geef, kom ik haar toch tegemoet. Ik hou het kort en bondig, alhoewel langer dan haar eigen bericht.

Als jij dat wilt.

Weg

Caroline, mei 2015

Het is vol en heet in de metro, ook al is het elf uur in de ochtend op een doordeweekse dag. We staan nu al meer dan een kwartier en elke keer dat de metro stilhoudt op een station val ik bijna om. Ik probeer mezelf eraan te herinneren dat ik me aan de stang moet vasthouden, maar alles gaat langs me heen en ik kan me nergens langer dan een paar seconden op concentreren. De mensen naast me vervagen tot onduidelijke contouren en vormen één grote brij. Francis staat naast me en is goedgehumeurd bezig zijn oortjes in te doen en ik zie dat hij de muziek harder zet.

In ieder geval kan ik onder de grond niet mijn e-mail bekijken. Ik was helemaal vergeten hoe het voelde, die ziekelijke drang om elke vijf seconden op mijn telefoon te kijken, als een naald die in dezelfde groef van de grammofoonplaat blijft steken. Ik heb mezelf al een paar keer ingeprent dat ik het me allemaal heb verbeeld. Maar zodra ik weer denk aan die map en het wachtwoord dat erin stond, ben ik meteen weer terug in de keuken, met diezelfde map in mijn trillende handen en het gevoel dat ik in een diepe afgrond stort. Ik kan het niet bewijzen, maar ik weet dat jij dat wachtwoord hebt verzonnen. En als dat zo is, dan ben je in mijn huis. Kijk je naar mijn spullen, raakt ze aan. Je slaapt in mijn bed. Je hebt je weer in mijn leven gedrongen.

'Kom,' zegt Francis. Hij stoot me aan en knikt naar de deuren die opengaan. Op de automatische piloot dring ik me door de mensenmenigte en dan sta ik op het perron. Blijkbaar zijn we al in South Kensington.

Ik probeer mijn gedachten te ordenen en me te concentreren op de dag die voor me ligt. Gisteravond hebben we besloten om naar het Science Museum te gaan: een soort nostalgisch uitje met een knipoog naar het verleden. Ik kijk naar Francis, die met een tevreden glimlach naast me over het perron loopt en ik ril. Ik hou van hem, prent ik mezelf in. Het is nu heel anders tussen ons dan twee jaar geleden. En als ik echt geloof in wat ik nu denk, dan heb ik een grens overschreden door dat mailtje te sturen. Ik ben het aan Francis en mezelf verschuldigd om dit allemaal opzij te schuiven, in ieder geval nu.

Zonder dat ik er erg in had, heb ik de afstand door de tunnel van het metrostation naar de ingang van het museum afgelegd. Als ik achteromkijk, word ik onzeker bij de gedachte aan die verdwenen minuten. Dit gevoel ken ik. Toen met jou verloor ik ook elk besef van tijd, zelfs als je niet bij me was, en ging ik zo op in mijn gedachten dat ik net zo goed in een zwart gat had kunnen verdwijnen. Ik vind dit niet fijn. Het is alsof mijn handen door een onzichtbare macht van het controlepaneel zijn gehaald.

'Waar wil je als eerste naartoe?' vraagt Francis als we het museum binnengaan. Hij loopt voor me uit door de gedempt verlichte hal op de begane grond. Boven ons hoofd flitsen en schieten lichten door kleurige buizen. Er hangt een soort statische elektriciteit in de lucht.

'Maakt me niet uit,' zeg ik afwezig en ik kijk naar de doolhof van gangen om ons heen. Francis is blijven staan bij een enorme maquette van een deel van het zonnestelsel: driedimensionale modellen van planeten met kraters, waarvan de lijnen en patronen in het rood op het oppervlak zijn weergegeven. Ik begrijp niet echt waar ik naar sta te kijken.

'Lees dit maar,' zegt Francis en hij wijst naar een donker bordje naast de maquette. 'Geweldig, toch?' Zijn gezicht straalt een en al fascinatie, interesse en enthousiasme uit. Toen we elkaar pas kenden, vond ik dat zo tekenend voor hem: zijn intense belangstelling voor vrijwel alle aspecten van de wereld. Ik heb heel lang gedacht dat hij die interesse volkomen kwijt was.

'Ja, geweldig,' zeg ik hem na. Op het bordje staat iets over sterrenformaties. Moleculaire wolken. Interstellaire extinctie. Ik kan het niet allemaal bevatten, maar ik word toch aangestoken door Francis' enthousiasme. Ik pak zijn hand vast. Die voelt warm en stevig aan en ik vlecht mijn vingers door de zijne. 'Is er iets wat je nog speciaal wilde zien?' vraag ik.

'Op de eerste verdieping is een afdeling over wiskunde en dat soort dingen,' zegt hij.

'Oké.' Ik trek een vies gezicht. Hij schiet in de lach en draait met zijn ogen.

'Het is echt interessant, hoor,' zegt hij. 'Geloof me nou maar.' Het klinkt allemaal zo echt en overtuigend en hij lacht naar me. Mijn hart maakt een sprongetje alsof het gelooft dat het helemaal niet zo moeilijk zal zijn om samen in deze kleine bubbel te leven. Dat ik gewoon kan doen alsof het berichtje dat ik je heb gestuurd niets betekent.

Ik loop met Francis mee naar een vleugel met wanden van gebogen, spiegelend blauw glas. De vloer glanst in de kleurige lichtjes en het gedempte geluid van mijn voetstappen weerklinkt als klaterende regen.

We lopen naar iets wat eruitziet als een enorme, kunstig bewerkte wijzerplaat die aan de tegenoverliggende muur hangt. 'Dat is een astrolabium. Dat werd door astronomen gebruikt om de positie van de sterren en planeten te bepalen,' doceert Francis. Hij kijkt me even aan om te zien of ik wel goed oplet.

Ik knik. 'Een soort zonnewijzer dus.'

'Eh, ja...' Hij knikt aarzelend. 'Alleen is deze voor 's nachts.'

Een korte stilte en dan schieten we allebei in de lach, zachtjes en samenzweerderig. We lopen weg van het astrolabium en gaan naar de volgende installatie. En dan gaat mijn hand als in een reflex naar mijn zak en pak ik mijn telefoon. Ik kijk op het schermpje en deze keer staat er een envelopje bovenaan. Een nieuw mailtje.

Ik veeg over het scherm en daar staat *S. Kennedy*. Plus vier woorden.

Alles om me heen begint te draaien en ook al ben ik nog nooit flauwgevallen, weet ik absoluut zeker dat ik dat nu ga doen als ik niet ga zitten. Ik laat me langs een van de koele glazen wanden zakken en doe mijn hoofd omlaag. Ik hoor het bloed in mijn hoofd suizen.

'Caroline? Caro, gaat het? Voel je je niet lekker?' Francis knielt naast me neer, pakt mijn arm vast en probeert me in de ogen te kijken. 'Is er iets?'

Ik schud mijn hoofd, ook al ben ik kotsmisselijk. Ik druk mijn vuisten tegen mijn ogen en wel zo hard dat ik sterretjes zie wanneer ik ze loslaat, waardoor ik opnieuw duizelig word. Ik probeer diep adem te halen, maar er zit zo'n klem op mijn borst dat ik nauwelijks lucht binnenkrijg. Mijn telefoon voelt hard en zwaar in mijn zak. Ik wil weer naar het mailtje kijken. Ik wilde dat ik het nooit had gezien.

Opeens merk ik dat ik alleen ben. Mensen lopen heen en weer door de zaal en kijken af en toe bezorgd naar me, maar Francis is weg. Ik kom snel overeind, ondanks het draaierige gevoel in mijn hoofd, en kijk verwilderd om me heen. Hij is nergens te bekennen. Mijn truitje is nat van het zweet en mijn hoofd bonst.

Dan zie ik hem ineens aan komen lopen, maar ik ben niet opgelucht, gek genoeg gaat er een golf van woede en paniek door me heen. 'Waar was je?' vraag ik gespannen zodra hij dichterbij is. 'Wat was je aan het doen?'

Met een bezorgd gezicht houdt hij een flesje water omhoog. 'Ik heb dit in het restaurant gehaald,' zegt hij. 'Ik dacht dat dit een beetje zou helpen als je je niet lekker voelde.'

'Dank je,' weet ik uit te brengen. 'Het is oké.'

Francis maakt zich duidelijk nog steeds zorgen. 'Zo te zien is het helemaal niet oké,' zegt hij. 'Je ziet spierwit en je trilt. Misschien kun je beter weer gaan zitten.'

Hij legt zijn handen op mijn schouders, en duwt me zachtjes omlaag, maar plotseling kan ik niet meer tegen zijn nabijheid, zijn betrokkenheid – het is te veel en ik heb het gevoel dat ik stik. 'Niet doen!' snauw ik. 'Niet aan me komen.' Ik hoor hoe het klinkt maar ik kan me niet inhouden.

'Wat bedoel je?' zegt Francis hij kijkt me vol onbegrip aan. Zijn handen liggen nog steeds lichtjes op mijn schouders. Ik bijt op mijn lip en onderdruk de neiging om hem weg te duwen. 'Ik wil je alleen maar helpen.'

Ik weet dat ik moet zeggen dat ik het niet zo bedoel, maar jouw woorden dreunen nog steeds door mijn hoofd. Ik kijk Francis aan en voel me meteen schuldig – het is de bedoeling dat we op vakantie zijn – en daar kan ik ook niet tegen. 'Je hoeft me niet te helpen,' bijt ik hem toe en ik weet dat het ondankbaar en kwaad klinkt. 'Ik wil helemaal niks van je.'

Hij reageert niet direct, maar ik zie wel de uitdrukking op zijn gezicht veranderen. 'Krijg de pest,' snauwt hij dan terug. 'Ik kan het niet winnen. Ik dacht dat het een leuke week zou worden. Maar zal ik je eens wat vertellen? Je bent de hele tijd een verschrikking geweest. Het ene moment ben je lief en aardig en even later zit je opeens op een andere planeet. Ik weet niet wat er allemaal in je hoofd omgaat, Caro, maar ik krijg zo langzamerhand de indruk dat het nooit goed is, wat ik ook doe. En, jezus, wat heb ik mijn best gedaan.' Hij gaat steeds harder praten en verschillende mensen houden hun pas in om naar ons te kijken. Ik gebaar dat hij moet dimmen, maar hij trekt zich er niets van aan. 'Ik heb geprobeerd de afgelopen jaren goed te maken,' zegt hij. 'Omdat ik wist dat dat moest, maar je mag best weten dat ik er af en toe echt van baal dat ik degene ben die al die moeite moet doen, terwijl ík niet...'

Hij zwijgt abrupt. Het zweet breekt me uit. 'Terwijl jij niet wat?' zeg ik zachtjes. 'Maak je zin af.'

Hij kijkt me in de ogen. Ik schrik van de directheid van het contact tussen ons en ik ben me er nu meer van bewust dat we met elkaar zijn dan ik de hele dag ben geweest. 'Terwijl ik niet degene was...' Hij legt nadruk op elk woord. '... die onze problemen meende te moeten oplossen door op haar rug te gaan liggen en met iemand anders te neuken.'

De lucht is geklaard, de spanning is tot een uitbarsting gekomen, maar wat overblijft is een treurigheid die ik nog niet aankan, want die is te rauw en intiem om te hanteren. Francis draait zich om en loopt met zijn handen in zijn zakken en gebogen hoofd tussen de andere bezoekers door. Vroeger was ik hem achterna gerend, had ik hem bij zijn mouw gepakt en gesmeekt om niet weg te gaan, een scène gemaakt, overigens zonder resultaat. Maar ik sta te wankelen op mijn benen en van het vreemde blauwe licht word ik nog duizeliger en wiebeliger. Bovendien wil ik op dit moment net zo graag alleen zijn als hij. Dus blijf ik staan waar ik sta en kijk hem na tot hij verdwenen is.

Ik loop nog een kwartiertje door het museum en bekijk gladde, gebogen metalen constructies en fonkelende kaarten van de Melkweg. Ik weet nog dat ik hier voor het eerst was en het gevoel had getuige te zijn van iets enorms en onbereikbaars – me bewust van de nietigheid van mijn eigen leven ten opzichte van het universum. Deze keer is het precies het tegenovergestelde. Ik kan niet verder kijken dan wat er hier en nu gebeurt. Mijn beslommeringen zijn opgeblazen tot wereldomvang.

Als ik weer terug ben in Turnham Green, ga ik op een koud bankje bij de bushalte zitten en lees het mailtje nog een keer. *Als jij dat wilt. Als jij dat wilt.* Dat deed je altijd: mijn vraag terugspelen, zodat ik er nog eens over na moest denken, met de boodschap dat je alleen wilde doen wat het beste voor mij was. Je eigen gevoelens waren vluchtig als kwikzilver. Ik greep alles aan wat enige informatie gaf over wat er in je omging, en kwam dan tot de ontdekking dat ik nergens houvast had, en ik er niets wijzer van was geworden.

Ik druk op het antwoordicoontje. *Ik begrijp het niet*, tik ik, en ik ben me pijnlijk bewust van het feit dat deze woorden de lading totaal niet dekken. *Waarom doe je dit? Waarom nu? Wat wil je?* Te veel vragen, maar ik kan niks anders bedenken. In mijn achterhoofd heb ik altijd het fantasietje gehad dat als ik ooit weer contact met je zou hebben, er sprake zou zijn van tederheid en nostalgie – niet dit rare kat-en-muisspelletje. In een flits zie ik je zo duidelijk voor me alsof je er echt bent. Ik zou zo graag willen dat je er was en dat ik mijn armen om je heen kon slaan. Ik zou je vragen om te zeggen dat het in orde is en dat er een verklaring is waarom je dit doet en dat het allemaal ergens op slaat.

Ik eindig het berichtje met C en een kus. Maar de kus haal ik weer weg. Ik druk op verzenden en heb meteen spijt. Ik weet niet of dit wel verstandig was, maar nu is het te laat. Nu mag ik door mijn eigen schuld god mag weten hoe lang op antwoord wachten, terwijl ik op ben van de zenuwen.

In de bus terug laat ik mijn voorhoofd tegen het raam rusten en kijk naar de bomenrijen en huizen die voorbijglijden. Ik probeer de gedachten aan jou uit te bannen, maar ik heb niets om daarvoor in de plaats te stellen. Alleen het beeld van Francis' gezicht, met die pijnlijke mengeling van gekwetstheid, spijt en woede in zijn ogen. Het is al een poosje geleden dat we dit soort ruzies hadden. Toen ik hem pas over jou had verteld, was het veel te gevaarlijk om dit soort vitriool over elkaar uit te storten – alsof elk hard woord de weegschaal door kon laten slaan en ons uit elkaar kon drijven.

Ik had gedacht dat het nu niet meer zoveel kwaad zou kunnen. Maar dat is dus niet zo. Wat er nog tussen Francis en mij is, is kwetsbaar. We hebben ervoor gevochten om het te behouden, ondanks alles, en het idee dat het kapot kan gaan is ontzettend deprimerend. Ondanks alle moeite en opofferingen is er nog steeds geen levenslange garantie. Ik stap uit de bus, loop snel een aantal straten door en sla links af naar Everdene Avenue. Plotseling moet ik denken aan mijn huwelijksnacht. Ik lag wakker tot aan de vroege uurtjes en keek in de donkere kamer naar Francis die naast me lag te slapen. Ik herinner me nog dat machtige gevoel van tederheid, van de zekerheid dat ik was waar ik hoorde te zijn. Het is beangstigend hoe gemakkelijk zekerheid af kan kalven en hoe weinig daarvoor nodig is.

Met trillende handen doe ik de deur open en luister of ik enig teken van leven hoor. Zodra ik de gang in stap, weet ik dat er niemand thuis is, maar toch kijk ik voor de zekerheid in alle kamers. Geen Francis. Ik bel hem op zijn mobieltje, maar dat staat uit. Ik heb geen idee waar hij kan zijn en wat hij aan het doen is. Hier zou ik inmiddels toch wel mee om moeten kunnen gaan, maar het is juist erger dan ooit. Zelfs zonder drugs kan Francis impulsief zijn. Ik kan niet voorspellen wat hij zal gaan doen.

Ik ga naar de keuken, pak een glas water en drink het in één keer leeg. Het koude water helpt om weer wat helderder te kunnen denken. Ik sta daar maar een beetje en kijk onwillekeurig naar het glas. Het is een hoog glas met een groen randje. Het soort glas dat ik ook zou kopen. Ineens realiseer ik me: als jij in mijn huis bent, dan ben ik nu in het jouwe.

Die gedachte jaagt een flinke stoot adrenaline door mijn lijf. Ik loop opnieuw door het huis, op zoek naar aanwijzingen. Maar alles is even frustrerend anoniem. Kale houten meubels, geen foto's en er staat bijna niets in de kasten. Ik weet nog dat Francis en ik moesten lachen toen we hier binnenkwamen en ons afvroegen wie er in zo'n kale bedoening wilde wonen. En nu besef ik dat geen mens zo woont, tenzij iemand iets te verbergen heeft. Je wilde niet dat ik het meteen ontdekte. Je wilde me steeds brokjes informatie voeren, tot het kwartje viel.

Sinister. Dat woord komt zomaar in me op. Ik blijf staan en doe de kast in de gang open.

De afgelopen twee jaar heb ik in de veronderstelling geleefd dat je alle contact met me had verbroken omdat je om me gaf, omdat er geen andere mogelijkheid was, omdat het, hoe hardvochtig het ook leek, een offer was dat gebracht moest worden om weer met een schone lei te kunnen beginnen. Ik kan echt niets bedenken dat sterk genoeg is om wat er is gebeurd, de laatste keer dat ik je zag, teniet te doen. Waarom ben je van gedachten veranderd?

Er dringt zich iets mijn bewustzijn binnen, als een schaduw die zich aan het eind van een lange weg beweegt. Jouw stem die uit het niets opklinkt. Ik druk mijn handen tegen mijn hoofd en probeer er niet meer aan te denken. Nu niet. Nooit meer.

Ik hoor gesnik en dan dringt tot me door dat ik aan het huilen ben. De tranen lopen over mijn wangen en druppelen op mijn truitje. Zonder iets te zien loop ik naar de voordeur, trek hem open en loop naar buiten. Ik kan nergens naartoe, maar ik kan hier ook niet blijven. Door mijn tranen zie ik de huizenrijen met hun keurige gevels en goed onderhouden tuintjes. Aan de overkant van de straat sjouwt een man van middelbare leeftijd een vuilnisbak naar buiten en zet die op het gazon. Hij tuurt in mijn richting, nieuwsgierig, taxerend.

'Caroline?' Ambers stem. Ik schrik me wild. Ze is uit het niets opgedoken. Het heeft geen zin om tegen haar te doen alsof er niets aan de hand is. Zonder iets te zeggen schud ik mijn hoofd. Ze kijkt naar me, haar mond staat een beetje open en in haar gladde voorhoofd zit een rimpel. Haar ogen zijn groot en zo helder als glas. Het gaat door me heen dat de intensiteit en de gespannen aandacht waarmee ze kijkt niet helemaal normaal is. En toch kan ik niet anders dan erop reageren. Als zij eenmaal haar aandacht op je heeft gevestigd, kun je daar moeilijk meer onderuit, besef ik.

'Ik heb net een mailtje gekregen,' hoor ik mezelf zeggen. De omvang van dit gegeven neemt mijn hele denken in beslag, maar ik wil er toch een klein stukje van prijsgeven. 'Van een ex,' weet ik eraan toe te voegen.

Amber knikt, en haar blik vraagt me om door te gaan.

'Ik ben niet...' Ik kom bijna niet uit mijn woorden. 'Ik weet niet wat het betekent.' Mijn tranen zijn op slag verdwenen. Ik ga op het lage muurtje om de tuin zitten. Vanuit mijn ooghoek zie ik de man aan de overkant rechtop gaan staan. Hij slaat het stof van zijn handen, kijkt nog een keer in mijn richting en loopt dan langzaam terug naar zijn huis.

Amber ziet waar ik naar kijk. 'Trek je niks van hem aan,' zegt ze zo luid dat hij het wel moet horen. 'Het is jouw zaak, en dat gaat niemand anders wat aan.' De rug van de man verstijft en zonder om te kijken gaat hij snel naar binnen en slaat hij de deur achter zich dicht.

Amber komt naast me zitten. 'Vertel eens,' zegt ze. 'Is het iemand die je weer terug wil in je leven of niet?'

'Nee.' Het voelt als verraad wanneer ik dit zeg. 'Nee.'

'Dan laat je dat mailtje voor wat het is,' zegt ze schouderophalend. 'Heel eenvoudig.' Alle bezorgdheid is ineens uit haar gezicht verdwenen en ze lacht alsof ze een ingewikkeld woordraadsel heeft opgelost, het laatste stukje op zijn plek heeft gelegd, zodat alles nu duidelijk is.

Ik knik, omdat ik niet weet wat ik anders moet doen. Ik kan haar niet uitleggen dat het al te laat is om je te negeren. En bovendien is de vraag die ze me stelde overbodig. Je kunt niet weer in iemands leven terugkomen als je er al in zit. Wat er tussen ons is gebeurd, kan niet worden weggepoetst of ongedaan gemaakt. Zelfs na al die tijd maakt het nog steeds deel van me uit.

Thuis

Caroline, mei 2013

Het is zaterdagochtend en als we opstaan, is alles helder en duidelijk en overzichtelijk. De nacht verliep zonder rimpelingen, zonder dat Francis absurde geluiden maakte of krampachtig lag te woelen, wat hij meestal in de vroege ochtenduren doet. Hij heeft de hele nacht rustig naast me gelegen; toen ik mijn ogen opendeed, voelde het bijna nieuw zoals hij daar lag, alsof we voor het eerst samen wakker werden.

Eddie heeft ook lekker doorgeslapen en zit op zijn praatstoel tijdens het ontbijt. Amper verstaanbaar brabbelt hij door alsof hij het over een droom heeft die hij half is vergeten.

'Kom,' zeg ik tegen hem en ik geef hem zijn kleren aan. 'Armen omhoog.' Hij heft gehoorzaam zijn armen, met gespreide vingers die in het luchtledige graaien.

'Je wilt naar de speeltuin,' zegt hij met gesmoorde stem als ik zijn truitje over zijn hoofd trek. Dat hij het verschil niet kent tussen de eerste en tweede persoon enkelvoud, is een malligheidje van hem waar ik altijd om moet lachen, alsof we twee onafscheidelijke helften van hetzelfde geheel zijn.

'Ja, dat kan,' zeg ik. 'Ik weet alleen niet of papa...' Ik gluur naar Francis, rechts van me op de bank, en verwacht dat hij een excuus zal opvoeren, maar hij glimlacht.

'Waarom niet?' zegt hij. 'Het is er een mooie dag voor. We kunnen naar die ene vlak bij de rivier.'

'Kijk eens aan, Eddie.' Ik por hem vrolijk tussen zijn ribben. 'Papa en mama gaan allebei mee. Hoe vind je dat?'

'Joepie!' Stralend springt hij tussen ons in op de bank en steekt onhandig zijn armen uit om ons allebei tegelijk te knuffelen. Als je nu een foto van ons nam, zouden we op een gelukkig gezinnetje lijken, denk ik bij mezelf. En alhoewel ik weet dat beelden kunnen liegen en momenten van vergankelijke aard zijn, vind ik het toch heel even een fijne gedachte dat de puzzelstukjes weer op hun plek zijn gevallen en samenkomen zoals ooit de bedoeling was.

'Laten we maar meteen gaan,' opper ik behoedzaam. In mijn achterhoofd schiet een vluchtige gedachte voorbij – ik denk dat hij die ochtend nog niets heeft geslikt, en als ik ons bijtijds de deur uit kan bonjouren... Hij fronst even als hij mijn voorstel hoort. Heel even dreigt de sfeer gespannen te raken terwijl ik op zijn antwoord wacht. Dan knikt hij, en ik trek Eddie in allerijl zijn schoenen en jas aan, kleed me om en zorg dat ik de kinderwagen klaar heb. Gek genoeg ben ik helemaal uitgelaten.

We nemen de bus naar de speeltuin en onderweg zingt Eddie het ene liedje na het andere, zwaaiend met zijn handjes alsof hij de passagiers dirigeert als een koor. Soms kunnen mensen raar reageren, maar vandaag oogst hij vriendelijke blikken en een gulle lach. 'Wat een schatje,' zegt een oudere dame bij het verlaten van de bus. Ik beschouw haar opmerking als een beloning, een blijk van waardering. Hebben we toch iets goed gedaan. Francis beroert lichtjes mijn hand en ik krijg tranen in mijn ogen.

In de speeltuin rent Eddie voor ons uit en gaat linea recta op de klimmuur af, waar hij met zijn gymschoenen greep op de uitsteeksels probeert te krijgen. Ik koop een pakje sap bij de kraam en blijf staan om te kijken hoe hij tegensputterend aanvaardt dat een oudere jongen hem een eindje op gang helpt. Vijf minuten later loopt hij hem achterna naar de zandbak en blijft daar staan, wachtend op een uitnodiging om mee te spelen.

Ik hoor Francis schateren op het bankje verderop, ik heb hem in geen tijden zo horen lachen. Ik draai me naar hem om en probeer hem met nieuwe ogen te bekijken. De afgelopen tijd werd ik immers zo vaak bevangen door de akelige gedachte dat hij een schim van zijn vorige zelf was, met dat pafferige, bleke gezicht en die doffe ogen. Maar vandaag schijnt de vroege zomerzon op zijn gezicht en hij straalt van blijdschap als hij naar Eddie kijkt. Hij ziet er bijna normaal en gezond uit.

Hij vangt mijn blik, staat op en met zijn handen in zijn zakken komt hij naar me toe geslenterd. 'Hij heeft het naar zijn zin,' zegt hij. Hij wacht een tel en laat dan zijn arm om mijn middel glijden. 'En ik ook,' zegt hij.

Ik knik. Ik vertrouw mijn eigen stem niet.

'Hoor eens,' zegt hij en hij buigt zijn hoofd naar het mijne toe. 'Het spijt me. Ik heb me schofterig gedragen. Ik ga het anders doen, echt.'

Het is voor het eerst in maanden dat hij zich op die manier uit en het lijkt wel alsof meteen de kou uit de lucht is gehaald. Met de warmte van de zon op onze gezichten kijken we naar ons spelende kind, en alhoewel ik dit Francis al vaker heb horen zeggen, is het toch alsof er opeens niets meer aan de hand is, alsof er geen beren meer op de weg zijn.

De woorden die ik al zo lang voor me heb gehouden worstelen

zich een weg naar buiten. 'De pillen...' zeg ik. 'Ik weet dat je het tegendeel beweert, maar ik ben er zeker van dat je ze weer slikt.' Ik aarzel even. 'Te vaak,' dwing ik mezelf eraan toe te voegen.

Zijn blik versluiert en even heb ik het idee dat hij zich weer zal verschansen. Maar hij knikt even, kordaat en vastberaden. 'Ja,' zegt hij. 'Stom van me. Ik weet ook niet waarom ik het doe.'

'Ja, ach,' zeg ik zacht en ik weet dat het waar is wat hij zegt. Ik zocht ook altijd naar een oorzaak. Ik heb de kwestie van alle kanten bekeken en tegen het licht gehouden, ik ben stap voor stap teruggegaan naar de eerste paar weken, toen ik hem vanwege de opgekropte stress op zijn werk en familieperikelen adviseerde om hulp te zoeken. Het heeft lang geduurd voor ik doorkreeg dat ik geen duidelijk aantoonbare etiketten op zijn geval kon plakken. Het zat dieper. Het was dwaas, irrationeel, krachtig.

'In het begin hielpen ze wel,' zegt Francis. 'Een beetje te goed. Als je gewend bent om zo gespannen te zijn, is het een immense opluchting als je de boel even kan loslaten. Meer dan dat zelfs. En natuurlijk wil je dat gevoel opnieuw, en opnieuw. Het gaat niet alleen om de grote kwesties – alles wordt er gemakkelijker door. Maar dat is het probleem met die pillen. Hoe meer je ervan neemt, des te meer je...' Zijn stem stokt en hij trekt ietwat verbaasd zijn wenkbrauwen op. 'Des te meer je ervan nodig hebt,' zegt hij ten slotte, en even kijkt hij als een kind dat het licht heeft gezien.

'Ik snap het,' zeg ik. Ik hoor dit niet voor het eerst, maar zijn toon is deze keer anders. Ondanks de zon ril ik even. Het voelt alsof ik over het slappe koord loop en om in evenwicht te blijven, wil ik niet al te snel gaan. Ik slik mijn woorden in. Francis kijkt naar Eddie in de zandbak, zijn haar wapperend in de wind.

'Deze keer stop ik voorgoed,' zegt hij na een poosje op ferme toon. 'Ik wil ze niet eens meer. Toen ik vanmorgen wakker werd, was het echt fijn om me zo clean te voelen. Ik word compleet maf van die troep.' Hij zwijgt en met een vertrekking van zijn schouders, iets tussen een spasme en een huivering in, verwerpt hij een gedachte. 'Ik voel me echt goed,' herhaalt hij. Zijn groene ogen staan helder en hij kijkt me recht aan.

We houden elkaars blik tien seconden vast. Dat zijn er negen meer dan in de afgelopen maanden, zo komt het op mij althans over. Op dat moment weet ik het zeker: het komt allemaal goed.

Eddie roept iets vanuit de speeltuin. Ik zie hem uit de zandbak kruipen en in de richting van de wip wijzen. Hij wil erop. 'Wacht even,' zeg ik en ik maak aanstalten om naar hem toe te gaan.

'Nee, laat mij maar,' zegt Francis. Hij loopt naar Eddie toe, tilt hem hoog in de lucht en zet hem voorzichtig op het ene zitje van de wip, waarna hij zich naar de andere begeeft. Mijn hart gaat sneller kloppen als het beeld van Carl door mijn gedachten schiet. Ik zit bij hem op schoot in de bar waar we vorige week waren, mijn armen zijn om zijn hals geslagen en zijn hand ligt tegen mijn onderrug. We fluisteren dingen tegen elkaar en zijn gezicht is een en al gretige affectie als hij naar me luistert.

Ik kan dit moeilijk rijmen met de huidige situatie. Gek genoeg is het alsof twee levens zich in parallelle werelden afspelen, die langs elkaar glijden zonder tot een botsing te komen. Zelden, misschien wel nooit, heb ik tegen mezelf gezegd dat ik vroeg of laat een keuze moet maken. Maar nu is er geen ontsnappen meer aan de trieste waarheid en opeens zie ik helder voor ogen welk leven het mijne moet zijn.

Eddie laat zich van de wip glijden en rent met zijn kleine jongensbeentjes op een drafje naar me toe, kraaiend van pret. Francis volgt hem op de hielen. De zon schijnt op zijn rug en ze zijn allebei omhuld door de gloed ervan. Ik voel mijn ogen schrijnen omdat ik dit zo makkelijk zou kunnen verliezen, en dat wil ik niet. Ik wil het echt niet.

'Wat kun jij hard rennen!' roep ik uit als Eddie me heeft bereikt en ik laat me door mijn knieën zakken voor een knuffel. Ik druk mijn gezicht tegen zijn haar en snuif de geur van muntshampoo en vers gemaaid gras op. Ik stuur Carl een sms'je als ik thuiskom. Ik zeg mijn afspraak met hem af. Het idee bezorgt me een steek van verlies, maar dat verdring ik. Het zal me enige ruimte geven om na te denken en zo kunnen Francis en ik de avond samen doorbrengen. Misschien voor een film in de bios of een afhaalmaaltijd. Alledaagse dingen. Het vooruitzicht bezorgt me prettige kriebels, merk ik tot mijn verbazing.

We blijven nog een minuut of twintig, dan lopen we terug naar de bushalte. Onderweg naar huis in de bus kan ik nauwelijks mijn ogen openhouden. Het is alsof de opgekropte stress van de afgelopen maanden van me af glijdt en ik voel dat mijn spieren zich ontspannen. Ik zit plezierig op mijn stoel te soezen met mijn hoofd tegen het warme raam en Francis' arm losjes om mijn schouders.

'Caro.' De mist trekt voor mijn ogen op als hij me zacht aan mijn arm schudt. 'Eddie ligt te woelen, ik weet niet precies waarom.'

Ik til met moeite mijn hoofd op en kijk naar Eddie, die omgord in zijn kinderwagen zit. Hij is aan het sputteren zonder reden, zijn goede humeur is verdwenen. Slaperig buig ik me naar voren en wil zijn hand pakken om hem tot bedaren te brengen, maar ik grijp mis en stoot per ongeluk de rijstcracker uit zijn vingertjes, die over de vloer van de bus wegrolt. Hij kijkt naar zijn lege hand en zet een keel op. Ik zie de mensen aan het gangpad kijken en fluisteren.

'Zoet maar,' zeg ik machteloos, strelend over zijn hoofdje. 'Sorry, het was een ongelukje. Ik pak een andere voor je.' Ik zoek in mijn tas naar de rijstcrackers, maar het pakje blijkt leeg te zijn. 'O jee,' zeg ik en ik raak nu lichtelijk in paniek. 'Sorry, ze zijn op, maar als we straks thuis zijn, krijg je iets lekkers, goed?' Hij negeert me en krikt het volume van zijn geblèr zo hoog op, dat hij rood aanloopt. Het gejengel gaat door merg en been en het is gedaan met de rust van zo-even. Ik voel dat ik begin te beven. Ik trek dit niet. Ik weet hoe hij kan zijn als hij een bui heeft, dan is hij met geen mogelijkheid stil te krijgen. Hij moet alles eruit gooien en omdat de rit nog een kwartier duurt, zitten we gevangen in deze bus.

Ik zie Francis vanuit mijn ooghoek toekijken. Hij volgt ons gedoe met dezelfde interesse als waarmee hij een nieuwsbericht bekijkt. 'Zeg,' snauw ik tegen hem. 'Doe jij ook eens wat.'

Hij lijkt even van zijn stuk gebracht, dan haalt hij zijn schouders op en trekt zich zichtbaar terug in zijn schulp. 'Ik zou het niet weten. Ik zou hetzelfde doen als jij.'

'Godsamme,' laat ik me ontvallen. 'Daar heb ik niks aan. Lekker dan.' Ik heb direct spijt van mijn woorden. De verbondenheid van deze ochtend barst in stukken uiteen en verdwijnt. Francis laat zich tegen de rugleuning zakken en kijkt met half geloken ogen kregelig uit het raam. 'Sorry,' zeg ik, maar ik weet niet goed wat ik eraan moet toevoegen en Eddie is nog steeds aan het krijsen. Hij mept met zijn vuistjes tegen de zijkant van de kinderwagen om zijn woede kracht bij te zetten en de herrie overstemt mijn gedachten.

Tegen de tijd dat we de bus uit stappen, is Eddies boze bui gezakt tot een sporadische snik. We lopen zwijgend het laatste stukje naar huis. Donkere wolken hebben zich boven ons samengepakt en mijn lichaam staat strakgespannen. Ik dwing mezelf naar Francis te glimlachen, die naast me voortsjokt. 'Dat was even paniek in de tent,' probeer ik luchtig te zeggen als we binnen zijn. 'Sorry. Zullen we een hapje klaarmaken voor de lunch?'

'Ja, best,' zegt Francis afwezig als hij weer uit de huiskamer komt. 'Ik ga even naar buiten om een fles sap te halen, oké?'

'Ga nou niet weg.' De woorden zijn eruit voor ik er erg in heb. 'Toe.'

Hij kijkt me fronsend aan en slaat zijn armen over elkaar. Even staan we zwijgend tegenover elkaar. 'Mag ik niet eens meer even naar buiten? Wil je me vierentwintig uur per dag in de gaten houden?'

'Nee...' Ik zoek naar woorden, maar ik kan niets bedenken.

'Het is oké,' zegt hij koeltjes.

Ik kijk hem na als hij met gebogen hoofd naar buiten loopt. Mijn mentale klok begint te tikken. Als hij binnen een kwartier terugkomt, is er waarschijnlijk niets aan de hand. Ik smeer afwezig een broodje voor Eddie en leg hem in bed voor zijn middagslaapje.

Twintig minuten. Vijfentwintig. Een half uur.

Pas twee uur later komt hij weer thuis en dan loopt hij direct door naar de slaapkamer, trekt de gordijnen dicht en laat zich op bed vallen. Het heeft geen zin om te schreeuwen, maar toch kan ik me niet inhouden. Ik sta in de schemerende kamer, mijn wangen nat van de tranen, en scheld hem uit voor alles wat mooi en lelijk is, al zal het geen enkel verschil uitmaken.

De bel van Carls flat doet het niet, dus ik stuur hem een sms'je als ik bij hem voor de deur sta. *Ik ben er X.* Even later hoor ik binnen een deur opengaan en gehaaste voetstappen op de gang. Hij trekt me de zwak verlichte gang in, geeft me een kus en doet met zijn voet de deur dicht.

'Hallo.' Ik voel me al direct een stuk rustiger worden en glimlach naar hem. Alle ophef van vandaag wordt direct uit mijn gedachten verdreven. Hij zegt nooit dat hij blij is om me te zien, maar dat hoeft ook niet, want het is duidelijk en ook aanstekelijk. Hij heeft een verschoten rood overhemd aan en een zwarte spijkerbroek. Ik vind dat hij er enorm sexy uitziet, maar ook dat hoef ik niet hardop te zeggen. Het is alsof we elkaars gedachten kunnen lezen, waarschijnlijk omdat we meestal hetzelfde denken.

'Kom binnen,' zegt hij en met mijn hand in de zijne troont hij me zijn flat in. 'Wil je een tour met gids? Nee, hè?' Hij grinnikt. Ik neem het interieur in me op: de glimmende houten vloer, de lichte meubels, de lege muren. Het volgende ogenblik bevind ik me in zijn slaapkamer en is de deur stevig achter ons dichtgevallen. Er is hier ook niet veel te zien. Als ik een vreemde was, zou ik op basis van de inrichting niet kunnen raden wat voor soort man hij was. Misschien doet hij het wel expres. Misschien bewaakt hij zijn privéleven. In gezelschap kan hij anderen stilzwijgend opnemen, alsof hij hen wil doorgronden en zijn eigen conclusies trekken. De manier waarop hij naar mij kijkt, is heel anders.

'Ik kan me niet voorstellen dat je volgende week al weggaat,' zeg ik. We staan dicht bij elkaar in het midden van de kamer en zijn handen liggen om mijn middel.

'Ik zal jou ook missen.' Hij knijpt zijn ogen toe, brengt een hand naar zijn wang en denkt even na. 'Niet dat we elkaar niet meer zullen zien.'

'Natuurlijk wel.' Maar eigenlijk hebben we nog niet echt besproken wat we gaan doen als hij weggaat, afgezien van een paar vage opmerkingen als 'komt tijd, komt raad'. Ik zeg wel 'natuurlijk', maar ik heb nog geen idee wat er gaat gebeuren. Het is makkelijk om te denken dat hij en ik in een kleine sonde zitten die buiten de realiteit zweeft, buiten andermans spiedende blikken. Ik kan me niet voorstellen dat hier een eind aan komt. Ik kan me geen alternatief voorstellen. De toekomst is een lege ruimte. Ik word er licht ongedurig van en ik sla mijn armen om zijn hals om een beetje steun te vinden.

Hij begrijpt mijn zwijgzaamheid. 'We moeten erover praten,' zegt hij. 'Maar misschien niet nu.'

'Oké.'

Ik wil er ook niet over praten, ik wil nergens meer over praten, en hij vat me meteen. Hij kust me nogmaals, drukt me tegen zich aan, laat zijn handen over mijn lichaam glijden en trekt met een snelle beweging mijn jurk over mijn hoofd uit. Zijn handen voelen warm op mijn huid en ik snak naar adem als zijn lippen dezelfde weg volgen. Huiverend friemel ik met ongeduldige vingers aan de knopen van zijn overhemd en krijg er een paar open. Hij legt zijn hand over de mijne. 'Zeg alsjeblieft,' fluistert hij bijna geruisloos en ik prevel hem na.

Langzaam laat hij zijn hand zakken en ik ga door waarmee ik was begonnen. Ik streel zijn gespierde torso en trek het overhemd over zijn schouders, terwijl hij mijn beha loshaakt, me daarna pardoes optilt en op het bed legt. Even blijft hij over me heen gebogen staan en kijkt naar me.

'Kom,' zeg ik tegen hem. 'Toe,' en dan laat hij zich naast me op het bed zakken. Hij steunt met zijn hoofd op zijn hand.

'Het wordt gevaarlijk hier,' mompelt hij, en zijn hete adem strijkt langs mijn hals. Hij laat zijn hand opnieuw over mijn lichaam glijden, haakt zijn vinger achter mijn onderbroekje en trekt het langs mijn dijen omlaag. Zijn blik laat de mijne geen moment los en op dat moment verlang ik zo naar hem, dat ik al mijn voornemens over het trekken van grenzen overboord werp. Ik tast naar zijn riem en geef er zacht een rukje aan. Hij houdt me tegen door met zijn hoofd te schudden. 'O nee,' zegt hij kalm. 'Ik dacht het niet. Jij wilde toch wachten? Dan wachten we ook.'

Ik bijt hard op mijn onderlip. Hij kust me opnieuw en ik nestel me tegen de warmte en hardheid van zijn lichaam, sla mijn benen om hem heen en kras licht met mijn nagels over zijn rug. Ik weet dat hij dat fijn vindt, maar opnieuw schudt hij zijn hoofd en duwt mijn handen weg. Hij steekt zijn arm uit naar de zijkant van het bed en even later houdt hij een sjaal in zijn handen. Voor ik het weet, heeft hij mijn handen boven mijn hoofd gedrukt en bindt me snel en vakkundig vast. Ik hap naar adem.

'Zo,' zegt hij. 'Nu heb ik je waar ik je wilde hebben.'

We kijken elkaar diep in de ogen en het voelt bijna ondraaglijk, te intiem, als een loden gewicht op mijn hart dat de zuurstof uit mijn lichaam drukt. Zijn hand is tussen mijn benen en hij streelt me eerst zacht, dan harder, hij laat zijn vingers in me glijden en het kan me niet meer schelen als de buren me kunnen horen, want ik verlies alle controle over mezelf, ik hef mijn bekken en hij drukt me weer zacht terug op bed. Het bezorgt me een soort pijn, waarvan ik niet weet of ik het erg vind. Mijn hoofd is helemaal leeg en als ik hem weer in zijn ogen kijk, ben ik vergeten wie ik ben.

Later, als we ons weer hebben aangekleed, lopen we de donkere nacht in en gaan een drukke, rood verlichte bar in. We praten over ons werk en over onze plannen voor het weekend. De sfeer is relaxed en totaal niet stroef; ik geniet met volle teugen. Het gaat allemaal zo vlot, het is allemaal zo verleidelijk en ik geef me er totaal aan over.

Bij het metrostation leunen we even tegen de lage stenen muur en we houden elkaar stevig vast. Ik druk mijn gezicht tegen zijn hals. 'Mijn god,' fluistert hij, 'wat wil ik je graag neuken.' Zijn woorden sturen elektrisch geladen vonken door mijn lijf, alsof het zich ineens herinnert dat het niet alleen maar goed is voor het incasseren van beledigingen. Er gaat een siddering door me heen. Ik verstrengel mijn vingers met de zijne. Ik kan geen woord uitbrengen, maar ik weet dat hij mij begrijpt.

'Maar dat is niet het enige.' Hij buigt zijn hoofd een stukje naar achteren. 'Dat weet je wel, hè? Ik ben echt...' Hij zwijgt, duidelijk in verwarring gebracht. 'Ik geef echt om je,' zegt hij dan, en mijn hart zwelt doordat hij zich, in weliswaar iets afgezwakte vorm maar toch, heeft blootgegeven.

We blijven een poosje zo staan. Hij kijkt me aan met zachte, vochtige ogen. We kussen elkaar gedag en als ik zijn lippen voel, ervaar ik een soort lichte hoogtevrees. Tijdens dat korte moment besef ik dat ik totaal verloren ben. Ik weet niet meer wat er gebeurt, ik kan het niet bevatten, en als er ooit een moment was waarop ik het had kunnen afremmen, dan heb ik dat gemist toen het zich aandiende. En nu is het te laat.

De laatste tijd kan ik soms in een destructieve bui raken, waar niets tegen in valt te brengen. Als er één ding is dat ik in de afgelopen jaren heb geleerd, dan is het wel hoe futiel eigendommen zijn. Het maakt geen snars uit of je ze breekt, in stukken scheurt of verbrandt. Ze zijn te vervangen. Vaak doe ik niet eens moeite om ze te vervangen, dat is al een teken aan de wand.

Ware macht voel je op het moment dat je iets vasthoudt en weet dat je er alles mee kan doen. Het leven is een aaneenschakeling van dreunen waarmee je zonder waarschuwing wordt bekogeld. Als je dan een klein stukje hebt waarover je controle kunt uitoefenen, als dat je helpt om niet gek te worden, dan is dat een goede zaak. Maak je dus niet zo druk. Er zijn ergere dingen op aarde.

Vandaag heb ik die drang weer en ik ga naar de kledingkast van Caroline. Ik maak de deur open, ruk alle rokken en jurken van de hangertjes en smijt ze op de vloer. Het is als lopendebandwerk met één arbeidskracht. Het metaal van de ijzeren keukenschaar glanst doeltreffend mooi in mijn handen. Het duurt niet lang voor ik het ritme te pakken heb. Knippen, snijden, naar voren en naar achteren, het textiel scheurt en vermenigvuldigt zich tot er niets anders over is dan een kleurige berg stroken op de vloer. Acryl, polyester, zijde en fluweel. Goedkoop of kostbaar, alles ligt kriskras door elkaar.

Het gonzen in mijn hoofd houdt op als ik klaar ben en de spanning op mijn slapen ebt weg, maar toch ben ik nog niet helemaal tevreden. Misschien omdat het niet uitmaakt wat ik doe, omdat het haar niet dichter bij me brengt. Ik kan niet tot haar kern doordringen. Ik woon in haar huis, in haar leven, maar toch voel ik de band het best als ik haar woorden van honderden kilometers hiervandaan op het scherm zie verschijnen.

Ik kom overeind en klop mijn handen af. Het wordt tijd voor het volgende bericht.

Weg

Caroline, mei 2015

Ik denk dat ik wilde zien waar je woont, staat er in het bericht, *zonder je te hoeven zien. Ik hoop dat dit niet te hard klinkt, of griezelig. Er zijn bepaalde dingen die me nog steeds bezighouden. Ik weet dat het raar is. Ik wil niet dat je je te veel zorgen maakt. Je moet doen wat je moet doen.*

Ik lees het een paar keer over en begin het steeds raadselachtiger te vinden. Elke zin vormt een nieuwe laag, en ik zie verbanden tussen de ene en de andere zin, maar tegelijkertijd staan ze op een bizarre manier los van elkaar. Een serie gedachten waaruit de belangrijke delen weg zijn gelaten. En kleine raadseltjes, bedoeld om verwarring te stichten. Welke dingen? Hoe kun je je te veel zorgen maken? Wat moet er gedaan worden en wie moet dat doen? Ik kan wel de hele dag naar deze zinnetjes blijven staren en mijn hoofd erover breken.

Zo is het altijd geweest met jou. Je ging er prat op dat je zo rechtdoorzee en een open boek was, maar wat je echt bedoelde was altijd gekmakend diep verborgen. Ik dacht altijd dat als ik maar goed genoeg luisterde, me lang genoeg concentreerde, de betekenis zich vanzelf zou openbaren, als een sterrenregen, als een konijn die uit een hoge hoed wordt getoverd. Maar ik heb nooit de mentale zwier gehad om die betekenis tevoorschijn te roepen en dat is blijkbaar nog steeds zo.

Het liefst wil ik meteen antwoorden, maar ik dwing mezelf de telefoon opzij te leggen en verder te gaan met mijn make-up. Ik breng foundation aan op mijn wangen en verdeel die zorgvuldig over de rest van mijn gezicht. In het meedogenloze zonlicht dat langs de spiegel strijkt, zie ik er moe uit en ouder dan ik ben. Vijfenveertig, in plaats van vijfendertig. Ik pak de ogenschaduw en ga met het kwastje over mijn oogleden: eerst breng ik een lichtgrijze tint aan en dan accentueer ik het stukje net boven mijn wimpers met een iets donkerder kleur. Mijn gezicht lijkt uit vakjes te bestaan en ik kleur de nummers in. Ik trek een lijntje met eyeliner en stift mijn lippen in een lichtroze tint. Ik word er op een onprettige manier aan herinnerd dat ik ook zo voor de spiegel in de badkamer stond in de tijd dat het allemaal op zijn ergst was, en dezelfde schijnvertoning opvoerde.

Maar nu is alles anders, houd ik mezelf voor. Francis kwam gisteravond even na negenen thuis, stilletjes en zonder veel te zeggen, maar hij was wel zichzelf. Ik schrok ervan hoe opgelucht ik was, ik schrok van het gemak waarmee ik weer van het ergste was uitgegaan. De hele avond spookten de woorden van mijn therapeut door mijn hoofd. *Je hebt nog een lange weg te gaan. En die onzekerheid zal altijd blijven. Dat is de realiteit wanneer je met een verslaafde samenleeft. Het zal op en neer gaan en wanneer het goed gaat, zal je er nooit zeker van kunnen zijn dat het zo zal blijven. Sommige mensen kunnen dat aan en andere niet.* Af en toe lijkt het of ik de afgelopen twee jaar alleen maar heb zitten wachten op het antwoord op de vraag: *Kun je het aan, Caroline?* Ik weet het nog steeds niet en ik denk zo langzamerhand dat ik dood ben voordat ik daarachter kom – en dan heb ik de vraag bij verstek beantwoord omdat die voor me genomen is in plaats van dat ik die zelf heb beantwoord.

Ik pak mijn haarborstel en haal hem door de klitten. Mijn hersens maken overuren en mijn gedachten schieten alle kanten op. Ik vraag me af of ik niet de eerste de beste trein naar huis moet nemen. Ik stel me voor dat ik door de voordeur naar binnen ga en jou daar zie en je in de ogen kijk. Alleen al die gedachte roept zowel een hevig verlangen als angst in me op. Ik kan dit niet doen. Ik moet dit niet willen.

Ik kijk weer naar het mailtje. Opnieuw heb ik het gevoel dat er iets niet klopt. Ik kan nog steeds geen reden verzinnen waarom je in mijn huis zou willen zijn zonder dat ik er ben. Bovendien is het niet eens alleen mijn huis. Het benauwt me als ik eraan denk dat je op deze manier mijn leven met Francis en Eddie binnendringt. Toen wij samen waren, was dat leven volkomen afgeschermd. Je vroeg er ook zelden naar, en ik dacht altijd dat het jou wel goed uitkwam om te doen alsof wij samen een eigen leven hadden, in een kleine bubbel van opwinding en verlangen. En mij kwam het trouwens ook goed uit. Maar misschien sta je daar nu anders tegenover, misschien ben je wel iemand anders geworden.

Als die gedachte bij me opkomt, kan ik er niets aan doen dat ik de proef op de som wil nemen, kijken of ik gelijk heb. Het is al een hele tijd geleden en er is zo veel gebeurd sinds die gruwelijke nacht toen ik je voor het laatst zag. Ik zie je weer voor me en nu rommel je in de spullen van mijn man en probeert een beeld van hem te krijgen. Je pakt zijn kleren en kijkt in zijn papieren. Je probeert te begrijpen hoe ons huwelijk in elkaar zit, je probeert erachter te komen waarom ik nog steeds bij hem ben. Je probeert uit te vinden hoe gelukkig mijn man en ik met elkaar zijn en je vraagt je af of ik dat verdien na alles wat ik je heb aangedaan.

Het komt bij me op dat ik met Francis kan gaan praten. Maar die gedachte verwerp ik onmiddellijk weer. Ik zou net zo goed een bom onder zijn stoel kunnen leggen. Ik bedenk dat een paar mailtjes me zo uit mijn evenwicht konden brengen dat het uitmondde in de scène in het museum gisteren, en de stille, doorwaakte nacht daarna, waarbij Francis en ik naast elkaar lagen zonder iets te zeggen. Alleen al daarom kan ik met geen mogelijkheid naar hem toe gaan met de boodschap dat jij op dit moment in onze flat zit. Ik heb te veel mijn best gedaan en te veel bereikt om dit allemaal te verpesten. En plotseling word ik kwaad – op jou, op mezelf en de feilbaarheid van mijn eigen argumenten.

Meegesleept door mijn woede, pak ik mijn telefoon weer en beantwoord het mailtje. *Ik weet niet wat je van me verwacht. Het is bijna twee jaar geleden. Ik heb geen idee waarom je dit doet of waarom je contact met me zoekt na alles wat er is gebeurd. Ik begrijp het niet. Ik wil dat je…* en voordat ik de zin kan afmaken is mijn duim uitgegleden over het scherm en is het mailtje verstuurd. Vol afgrijzen kijk ik naar mijn telefoon. *Ik wil dat je me met rust laat*, bedoelde ik. Wilde ik zeggen. Ik druk weer op beantwoorden, maar nu kan ik het niet meer. Als ik dit stuur, lijk ik opeens zo zeker van mijn zaak. En ik weet niet eens wat ik echt voel.

Die zin was niet af, schrijf ik. *Voor het geval je iets in je hoofd mocht halen.* Als ik de laatste zin overlees, krijg ik kromme tenen. Nee. Dat klinkt veel te luchtig en flirterig, het tegenovergestelde van hoe ik me voel. Ik wis het. *Maar dat maakt niet uit*, schrijf ik, en ik druk weer op verzenden. Een zinloos, onbenullig mailtje.

Ik gooi mijn telefoon opzij en leg mijn hoofd in mijn handen. Trillerig adem ik in en weer uit en probeer mezelf te kalmeren. Rustig nou. Ontspan. Maar natuurlijk ben jij de enige die me echt kon laten ontspannen.

Als ik opkijk zwaait de deur van de slaapkamer open en steekt Francis voorzichtig zijn hoofd om de hoek. Hij komt binnen als hij me aan de kaptafel ziet zitten.

'Hoi,' zegt hij, en hij leunt tegen de deur. Hij ziet er moe uit, maar niet verbolgen. 'Zeg, we moeten even met elkaar praten. Sorry dat ik er gisteren vandoor ging. Ik wist dat je je zorgen zou maken, maar ik moest weg, even nadenken. Ik wist dat als ik zou blijven de boel alleen maar zou escaleren en ik wilde niet dat we allebei dingen zouden zeggen die we niet meenden.'

Hij zwijgt alsof hij me de kans wil geven hier iets aan toe te voegen, maar mijn hoofd tolt nog steeds en ik kan me niks herinneren van wat ik heb gezegd. Hij zucht, loopt naar me toe en gaat half op de rand van de kaptafel zitten.

'Ik had het niet moeten zeggen,' zegt hij. 'Over jou en Carl.' De naam valt als een baksteen tussen ons in, en ik knipper geschrokken met mijn ogen. Ik kan me niet herinneren wanneer hij die naam voor het laatst heeft uitgesproken. Waarschijnlijk al maanden geleden. 'Het houdt me echt niet meer zo heel vaak bezig,' zegt hij zacht.

Ik zie nog zijn gezicht voor me toen hij gisteren tegen me uitvoer – de snelheid en de gretigheid waarmee hij dat deed, alsof alles opborrelde uit een zorgvuldig gecultiveerde bron van wrok. Ik twijfel er niet aan dat er nog veel meer van dit soort dingen geduldig in zijn achterhoofd liggen te wachten tot het hun beurt is om voor het voetlicht te treden. Toch ben ik blij dat hij dit allemaal zegt. Ik leg mijn hoofd tegen zijn zij en doe mijn ogen dicht als hij mijn haar streelt. 'Het is goed zo,' zeg ik. 'Het spijt mij ook. Laten we maar proberen het te vergeten.'

'Dat was ook mijn idee.' Hij legt zijn hand onder mijn kin en tilt mijn gezicht omhoog om me in de ogen te kunnen kijken. 'Ik heb bedacht dat we wel een ritje naar de kust kunnen maken, als je het tenminste leuk vindt. Het is echt mooi weer. Ik heb het opgezocht en we kunnen in een uur, misschien anderhalf, in Brighton zijn of iets dergelijks. Wat vind je?'

'Ik zeg ja.' Het vooruitzicht dat we de snelweg op gaan, bezorgt me een gevoel van vrijheid. Misschien is dit wel wat ik nodig heb: naar een plek gaan waaraan geen herinneringen kleven – mijn hoofd leegmaken, zeelucht inademen. Ik sta op, sla mijn armen om Francis' hals en geef hem een knuffel. 'Over tien minuutjes ben ik zover,' zeg ik, 'dan kom ik naar beneden, oké?'

'Prima.' Francis neuriet triomfantelijk een melodietje als hij de kamer uit gaat en de trap afloopt.

Ik voel me schuldig als ik hem weg zie gaan. Ik zou die mailtjes niet moeten beantwoorden. Ik kijk mezelf in de spiegel aan. Ik heb mijn eigen leven. Daar hoor jij niet bij. *Maar dat wilde je wel.* Die laatste woorden vorm ik met mijn lippen en mijn spiegelbeeld herhaalt ze ernstig en geluidloos.

Dan zoemt mijn telefoon op het tafeltje naast me en ik schrik. Het is een sms'je dat afkomstig is van een nummer dat ik niet ken. Mijn hart klopt in mijn keel als ik het lees. *Hoi Caroline, hoop dat je het niet erg vindt dat ik je een sms'je stuur, maar ik maakte me gisteren een beetje zorgen over je. Heb je zin om een kop koffie bij me te komen drinken? Amber X*

Ik ben verbaasd dat ze mijn nummer heeft en snap niet hoe ze daaraan komt. Volgens mij heb ik haar niet eens gezegd wat mijn achternaam is. Maar misschien staan mijn gegevens nog steeds op de website die ik heb aangemaakt toen ik een paar jaar geleden van plan was te gaan freelancen. Volgens mij heb ik het heel kort over die carrièreswitch gehad tijdens ons gesprek in de koffiebar, maar desalniettemin heeft ze dan wel flink moeten zoeken om dat te kunnen vinden. Ik stel me Amber voor, geconcentreerd gebogen over het toetsenbord terwijl ze diverse zoektermen probeert en het computerscherm haar gezicht verlicht. Het kost me geen enkele moeite haar zo voor me te zien en opnieuw dringt het tot me door dat haar belangstelling voor mij wel heel extreem is.

Ik leg de telefoon weg. Ik ga nu niet antwoorden. Ik weet niet of ik haar wel wil zien. Trouwens, hoe minder ik van mijn verleden prijsgeef des te makkelijker ik het kan verdringen. Dat is een stelregel waar ik me al jaren aan heb gehouden. Als iets alleen maar in mijn hoofd bestaat, is het niet echt.

Het is twintig graden als we in Brighton aankomen en voor een doordeweekse middag is het druk aan zee. Groepjes inwoners en vakantiegangers zijn naar buiten gelokt door de belofte van een lekker zonnetje. We wandelen een tijdje heen en weer over de boulevard, zonder een echt doel. Zoals ik had gehoopt, doet de frisse zeelucht me goed. Ik ben moe maar voel me op een of andere manier gelouterd; mijn armen en benen doen een beetje pijn alsof ik de naweeën voel van een langdurige ziekte.

Francis stoot me aan om me te attenderen op een paar meiden van begin twintig die langs het strand wandelen in afknipte spijkerbroeken en bikinitopjes. 'Beetje al te optimistisch. Het is niet echt snikheet, vind je niet?'

Als we dichterbij komen zie ik dat ze allemaal glitter op hun gezicht hebben en dat het langste en het meest schaars geklede meisje van het stel een satijnen sjerp om heeft. 'Vrijgezellenfeestje,' mompel ik. De meiden lachen uitgelaten. Waarschijnlijk zijn ze een beetje aangeschoten van de flesjes alocpop en ze kijken iedereen die hun pad kruist uitdagend aan. 'Ze doen hun best in de stemming te komen.'

'Jouw vrijgezellenfeestje was niet zo, hè?' zegt Francis.

Ik pijnig mijn hersens. Acht jaar geleden. Een betrekkelijk eenvoudige en bescheiden aangelegenheid in een bar annex restaurant in hartje Londen met een stuk of tien vriendinnen, en daarna een paar haastig in elkaar geflanste activiteiten. 'Toen was het allemaal heel anders,' zeg ik. Ik weet niet of ik nu doel op het verschil in sociale normen, de verwachtingen of op mezelf.

'Ik weet nog wel dat je behoorlijk kachel was toen je terugkwam,' zegt Francis. 'Viel je niet over de kapstok?'

Hij gaat verder met herinneringen ophalen, maar ik kijk nog steeds naar de meiden die onze richting op komen en zijn stem vervaagt.

Mijn oog valt op een van de wat bedeesdere meisjes van de groep, die een beetje achteraan loopt. Ze heeft lang, donker haar dat in de lichte bries naar achteren waait en ze draagt een sjaal van chiffon om haar hals. De manier waarop ze kijkt en waarop ze zich beweegt, doen een rilling over mijn rug lopen. Ik word overvallen door die zwarte walm, het gewicht van herinneringen die te gevaarlijk zijn om onder ogen te zien en die me deprimeren.

Ik kijk Francis aan en pak zijn hand vast. 'Kom,' zeg ik. 'Laten we naar de pier lopen.' En ik houd hem stevig vast als ik met hem uit buurt van de meisjes ga en naar het witte licht van de horizon loop.

Ik wil er niet aan denken. Ik kan het niet. Deze woorden klinken in mijn hoofd bij elke stap die ik doe en bij elke herhaling voel ik hoe de gedachten worden verdreven. Ik ga net zo lang door tot het voorbij is.

'We kunnen het een keer overdoen,' zegt Francis na een poosje als we in de richting van de speelhallen lopen. Ik kijk hem vragend aan. 'Niet het vrijgezellenfeestje,' verduidelijkt hij. 'Maar je weet wel. Onze beloftes opnieuw doen.' Het klinkt luchtig alsof hij niet echt heeft nagedacht over wat hij nu zegt.

Ik kom er niet achter of het een grap is of niet. Opnieuw je beloftes afleggen is naar mijn idee iets voor mensen van middelbare leeftijd, die op zoek zijn naar iets dat zingeving en een doel aan hun bestaan geeft – of voor mensen die graag hun kop in het zand steken en zichzelf wijsmaken dat hun liefde nog steeds gevierd moet worden, ondanks de puinhoop die ze van hun leven hebben gemaakt.

'Kijk niet zo benauwd,' zegt Francis. 'Ik meende het niet, hoor. Maar...' Hij wuift het idee weg met zijn hand.

'Ja...' zeg ik maar. We zijn de linkerkant van de pier op gegaan. Ik leun over de reling en kijk naar het deinende water, naar de schuimkopjes die worden gladgestreken door de wind, en adem de zilte zeelucht in. Zeemeeuwen cirkelen met breed gespreide vleugels krijsend boven ons hoofd. Een meeuw gaat een stukje van me vandaan op de reling zitten, houdt zijn kopje vragend schuin en met zijn zwarte kraalogen kijkt hij ons onderzoekend aan. Ik lach. 'Sorry,' zeg ik. 'We hebben niks te eten voor je.'

'Hij is niet de enige die honger heeft,' zegt Francis en hij pakt me bij de hand. 'We lopen nog een klein stukje verder en dan gaan we terug, fish-and-chips halen. Zullen we die op het strand opeten?'

We vergokken een paar pond in de speelautomaten, en gooien munten in de kleurige knipperende apparaten zonder de hoop of verwachting dat we iets daarvan terug zullen zien. Francis wint een speelgoeddolfijntje met het omgooien van een stapel blikken en geeft het aan mij.

'Alsjeblieft,' zegt hij. 'Nooit meer zeggen dat je niks van me krijgt.'

'Dank je wel. Maar ik denk dat je Eddie er meer plezier mee doet.' Ik kijk naar het paarse dolfijntje en ik zie al voor me dat hij het met zijn handjes gretig vastpakt, en ik word meteen een beetje treurig. Het is best raar dat hij hier niet bij ons is, hollend over de boulevard en zeurend om suikerspinnen en ijsjes.

'Je kunt hem even bellen,' zegt Francis, die merkt dat ik wat stiller ben geworden.

'Ja, dat zal ik doen.' Als we teruglopen naar de fish-and-chipstent die we al eerder hadden gespot, en Francis naar binnen loopt om iets te bestellen, bel ik mijn moeder. Ik hoor geruis en gekraak als er wordt opgenomen en dan een gedempt 'toe maar' op de achtergrond, maar Eddie zegt niets. Ik luister naar zijn zware, gespannen ademhaling terwijl hij wacht.

'Hallo,' zeg ik vrolijk. 'Ik ben hier bij de zee met papa. Hij heeft een speelgoedje voor je gewonnen.'

'Speelgoedje?' Zijn stem klinkt nu heel helder, nieuwsgierig. 'Wat dan?'

'Een dolfijn,' zeg ik. Ik heb geen idee of hij weet wat dat is. 'Een soort vis, maar dan groter. We nemen hem voor je mee. Heb je het fijn?'

'... Ja,' zegt hij nadenkend. 'We zijn naar de speeltuin geweest. Ik mis je.'

Hij klinkt blij en zorgeloos, maar toch krijg ik tranen in mijn ogen. 'Ik mis jou ook, liefie.' Ik wil nog iets zeggen, maar Eddies ademhaling klinkt nu al meer op een afstand en dan hoor ik dat de telefoon wordt neergelegd. Hij is nog te klein om een lang gesprek aan de telefoon te voeren en ik realiseer me hoe belangrijk het voor de band tussen moeder en kind is dat je bij elkaar bent.

Weer gekraak en dan komt mijn moeder aan de lijn. 'Heb je het leuk?' vraagt ze.

'Ja... jawel hoor,' zeg ik enigszins aarzelend. 'Maar ik vind het moeilijk dat Eddie hier niet is en...' Ineens bekruipt me een vage gedachte en zie ik het beeld van jou voor me, dichter bij mijn kind dan ikzelf.

'Hé, kom op,' zegt mijn moeder monter. 'Het gaat prima met Eddie. Je moet je ontspannen.' Ik weet dat ze het goed bedoelt, maar ze klinkt toch een beetje kregel, waardoor ik me afvraag of ze zich misschien ergert. Alsof ze wil zeggen: *Wat wil je nog meer?* En ik weet niet wat het antwoord daarop is.

Ik zie Francis uit de fish-and-chipstent komen met twee volle papieren zakken en een fles wijn. Hij trekt vragend zijn wenkbrauwen op. 'Ik ga ophangen,' zeg ik tegen mijn moeder. 'We willen even iets eten.'

'Alles in orde?' vraagt Francis wanneer ik de verbinding heb verbroken. En ik knik.

We lopen over de kiezels naar een geschikt plekje om te zitten. Als we ons installeren voel ik mijn spieren weer ontspannen, dankzij de heilzame zeelucht. Ik stop een frietje in mijn mond en voel de warmte en het zout zich door mijn mond verspreiden. De kiezels waar we op zitten, glanzen zacht van de zilte druppeltjes in de lucht.

'We zouden best hiernaartoe kunnen verhuizen,' zeg ik na een poosje.

Francis ligt inmiddels languit op zijn rug naast me, met zijn ogen toegeknepen tegen de zon. 'Wat zeg je nou? Maar… we zijn net acht maanden geleden naar Leeds verhuisd. Vind je het niet fijn daar?'

'Daar gaat het niet om.' Ik voel me nog steeds niet echt thuis in Leeds, maar dat kan ik ook niet nu al verwachten. Terwijl ik mijn best doe om onder woorden te brengen wat ik bedoel, besef ik dat het een stomme opmerking is. Ik wil voortdurend het gevoel hebben dat ik buiten mijn eigen leven sta. Ik wil dat het elke dag vakantie is. Ik leg de verfrommelde krant met de half opgegeten vis en frietjes naast me en kijk naar de zee. 'Laat maar,' zeg ik. 'Ik zei maar wat.'

Francis knikt inschikkelijk en neemt een slok wijn uit een plastic bekertje. Ik zie dat de fles naast hem al half leeg is.

'Is het niet verstandig om op te houden met drinken?' zeg ik. 'Jij moet nog rijden.'

Francis kijkt me aan en ik heb het voorgevoel dat ik het niet fijn vind wat hij nu gaat zeggen. 'Ik heb misschien al een beetje te veel gedronken,' zegt hij. 'Een paar glaasjes. Misschien is het beter als jij rijdt.'

Ik schud mijn hoofd. Van een plotselinge windvlaag gaan de haartjes op mijn armen overeind staan. 'Nee,' zeg ik. 'Ik heb ook gedronken, hoor.'

'Je hebt maar een half glaasje gehad,' gaat hij door. 'Nog niet eens. Kom op, Caro, dat is echt beter.'

Ik krijg het benauwd als tot me doordringt dat hij het meent. 'Nee,' zeg ik weer. Mijn hoofd begint te bonken, waardoor alles om me heen in een trillerig, vaalblauw waas wordt gehuld. Ik weet nauwelijks meer hoe het voelt om achter het stuur te zitten, hoe het voelt om het contactsleuteltje om te draaien en de motor te horen aanslaan. Allerlei beelden flitsen door mijn hoofd, boosaardige glimpjes die door het duister piepen. De lange, smalle weg waar ik op reed. Het schijnsel van de koplampen dat op het asfalt valt. Jij zit naast me, je hand rust op de zoom van mijn rok die opgekropen is over mijn dijen; dit zijn de laatste paar minuten die nog verrukkelijk onaangetast zijn door wat ons te wachten staat.

De lucht betrekt en ik ga op mijn rug liggen met mijn ogen dicht. Ik ril en voel me draaierig.

Ik weet dat Francis naar me kijkt, en dan zegt hij: 'Je weet dat er geen enkele reden is om het niet te doen.'

Het is onterecht, maar ik voel een gigantische woede in me opkomen. Hij heeft geen flauw idee. Hij snapt het niet. Ik zeg tegen mezelf dat ik dat ook niet van hem kan verwachten. Het is alsof ik een vrachtwagen tegen wil houden, de woede wil terugstoppen in een doosje en het veilig opbergen, buiten bereik.

En verstrijkt een minuut en dan zucht hij. Ik hoor geschuifel en geritsel als hij weer gaat zitten. 'Prima,' zegt hij. 'We blijven gewoon nog een paar uurtjes hier. Dan is de alcohol wel uitgewerkt.'

Ik knik zonder iets te zeggen. Ik doe mijn ogen niet open.

Thuis

Francis, mei 2013

Het is weer chaos bij de spoorwegen. Zodra ik het station binnenkom, zie ik de meldingen op het bord met de vertrektijden: vertraagd, geannuleerd, status onbekend. Tientallen reizigers zijn op het perron aan het ijsberen, mompelen als een dorpsgek tegen niemand in het bijzonder, toetsen driftig op hun telefoon of slurpen koffie.

Bij tijd en wijle onderbreekt een verveelde omroeper het geroezemoes. 'Er is een storing op de dienstregeling Londen Waterloo, die kan leiden tot vertraging. Ons excuus voor de overlast.' Een of andere slimmerik heeft zichzelf voor de trein geworpen. Van alle methodes om zelfmoord te plegen is dit wel de akeligste. Filmisch, bijna kolderiek – de aanstormende trein, een bloedrode explosie. Ik heb ooit gelezen dat ze ledematen soms kilometers verderop vinden. Jasses. Toch vind ik het niet helemaal afstotelijk. Je kunt ook twee vingers in het stopcontact steken, en normaal gesproken heb ik daar niet veel op tegen. Dat je bij deze methode de treinreis van een paar honderd forenzen verstoort, inclusief de mijne, is een ander geval.

Opnieuw die omroeper. 'Ons excuus voor de overlast.' Hij

zegt het op bijna agressieve toon – we hebben sorry gezegd, dus nou koppen dicht. Ik wacht nog een minuut of tien, dan loop ik naar huis en pak de auto. Normaal gesproken laat ik die staan, omdat er bij de kliniek geen parkeerplek is te vinden en rond deze tijd kan het erg druk zijn op de weg, maar ik heb geen andere keus. Niettemin ben ik in een goede bui, gek genoeg. Ik zet de radio aan en richt mijn aandacht op de weg. Mijn handen beven en de doffe pijn in mijn achterhoofd komt me bekend voor, maar dat mag geen naam hebben. Vandaag geen pillen. Misschien zelfs vanavond ook niet. Ik zing zo hard ik kan mee en mijn hoofd zit vol ruis.

Ik ben sneller bij de kliniek dan normaal, maar ik moet tien minuten rondjes rijden voor ik ergens een lege plek vind. Tevergeefs, dus uiteindelijk geef ik het op en parkeer de auto op een doorgetrokken gele streep. Dit soort overtredingen voelt momenteel nog sulliger dan voorheen en de gedachte dat er mensen rondlopen die er een dagtaak van maken om de stoepen af te struinen of ze ergens een bon kunnen uitdelen, lijkt nu zo idioot dat ik er niet eens bij wil stilstaan. Bovendien moet ik als een haas naar binnen, want anders kan ik niet eens een kop koffie drinken voor mijn eerste sessie, en daar moet ik niet aan denken.

Bij het oversteken komt er net een bakbeest van een SUV om de hoek gedenderd. De klootzak staat boven op de rem en toetert alsof hij koning van het asfalt is. Ik steek mijn middelvinger op en staar de chauffeur even uitdagend aan voor ik doorloop. Het leven is een aaneenschakeling van dit soort snoezige interacties. Hartverwarmend, toch? Dat gezegd hebbende is het tevens het enige menselijke contact dat ik momenteel heb, los van de uren in de consultatiekamer en de sporadische uitwisselingen met de vrouw met wie ik nog steeds getrouwd ben, als ik me niet vergis, want in de afgelopen weken heeft ze amper een woord tegen me gezegd en ik kan me niet eens meer herinneren wanneer we voor het laatst seks hebben gehad. Momenteel beschouw ik de nacht als een kunstmatige constructie. Als je overdag de helft van de tijd half in slaap bent en 's nachts half wakker, vloeien de etmalen in elkaar over en is het moeilijk aan te geven waar de dag begint en de nacht eindigt.

Tegen de tijd dat ik in de lobby sta en met een kop koffie de notities doorneem, hangt mijn goede humeur inmiddels aan een zijden draadje en als ik zie wie er op de agenda staat, wordt het definitief doorgeknipt. Blind naar binnen gaan was niet mijn gewoonte, maar het wordt steeds moeilijker om vooruit te plannen en tot dusver pakte dat redelijk goed uit. In dit geval was een kleine waarschuwing prettig geweest. Het is een sessie met een echtpaar – Mark en Kirsten, een stel van in de veertig dat al drie jaar op en af in behandeling is. Hij drinkt, zij vindt het vervelend. Hij blijft beloven ermee te kappen, zij gelooft hem en als hij weer ontspoort, hoe bestaat het, wordt ze nijdig.

Soms geeft mijn werk al te veel aanleiding voor zelfreflectie. Het zou in vlammende koeienletters boven de stoelen van mijn cliënten kunnen staan: DOEN ZE JE ERGENS AAN DENKEN? Niemand begrijpt echter – Caroline nog het minst van iedereen – dat gebrek aan besef niet het probleem is. We beleven allemaal de ziekmakende momenten waarop het ons duidelijk is, met name in de doorwaakte grijze ochtenduren. Maar ondertussen draait het leven krakend door en vroeg of laat neemt het mechanisme de overhand, er is geen ontkomen aan, en van die lopende band af springen lijkt geen haalbare kaart als je hopeloos verstrikt zit in het onontkoombare proces van de gewoontes en dwangmatigheden die al jarenlang met je systeem vervlochten zijn.

Mark en Kirsten zitten in de wachtkamer. Met discrete kuchjes en geschuif op hun stoel maken ze me duidelijk dat ik tien minuten te laat ben.

Ik leid ze haastig mijn praktijkruimte in. 'Ga maar zitten.' Ze zien er allebei uit om op te schieten, alsof ze in geen weken hebben geslapen en hele dagen tegen elkaar hebben lopen schreeuwen, slechts onderbroken voor een sigaret of drugs. Ik heb vanmorgen niet in de spiegel gekeken, maar ze gapen mij aan alsof ze hetzelfde over mij denken. Ik kijk al een poosje niet meer in de spiegel. Ik stel het liever zonder die vervreemding.

'Zo,' zeg ik als ik ook heb plaatsgenomen. 'Vertel eens over de afgelopen paar weken. Hoe gaat het ermee?'

Mark haalt zijn schouders op en staart naar zijn schoenpunten. Ik weet dat we soms op dezelfde golflengte zitten, hij en ik, al is het raar – het was betrekkelijk eenvoudig om tot hem door te dringen en te zien wat er onder het pantser schuilging. Dat is nu niet het geval. Hij heeft zich verschanst op zijn burcht met slotgracht, omhuld door mistbanken en schaduwen tot in de wijde omtrek.

Kirsten neemt het woord. 'Er verandert niets. Ik hoor telkens dezelfde beloften en dan gaat het even goed tot het weer als een kaartenhuis in elkaar stort. Het is alsof ik niet meer tot hem doordring. Het ene oor in, het andere oor uit.' Ze ratelt maar door. Haar nagels zijn afgekloven, er zit knalroze, schilferende lak op. Ze heeft haar haar al een poosje niet gewassen en de wortels glimmen vettig. Voor zover ik me kan herinneren zag ze er eerst een stuk verzorgder uit. Ik vraag me af of het opzet van haar is, een poging om Mark te laten zien hoezeer hij haar leven ondermijnt. Mocht dat het geval zijn, dan weet ik uit ervaring dat het geen effect zal hebben.

Ik vraag aan Mark of hij wil reageren op wat ze zegt, maar hij haalt opnieuw zijn schouders op en mompelt iets over zijn best doen. Zo pingpongen we een minuut of twintig à dertig over en weer – een bizar geschommel tussen enerzijds uiterst moeizaam praten en anderzijds een tsunami tegenhouden. Kirsten heeft er genoeg van. Ze is er klaar mee. Het zou meer gewicht in de schaal leggen als het niet de honderdste keer was dat ze zich in soortgelijke bewoordingen had uitgelaten en blijkbaar slaat het bij hem nog geen deuk in een pakje boter, als hij zich er überhaupt ooit iets van heeft aangetrokken. Ik denk niet dat hij nu dronken is. Hij zit gewoon in zijn burcht, al komt dat op hetzelfde neer.

'Weet je?' zegt Kirsten ten slotte, moe van haar tirades over Marks drankzucht. 'Ik zag laatst op tv een oude uitzending van prinses Diana, waarin ze over haar huwelijk praatte. Je weet wel, als ze zegt dat het te druk is met drie mensen in één huwelijk.' De tranen rollen inmiddels over haar wangen, maar niemand zegt er iets over. Ze pakt ook geen zakdoekje en dept haar ogen niet. 'Godsamme, dacht ik. Ik zou dat liever hebben dan dit. Er is maar één iemand in ons huwelijk. Het is het tegenovergestelde van te druk. Het is... leegte.'

Dat laatste komt er hortend uit, half gesmoord door het haperende ritme van de waterlanders. Mark kijkt even naar haar en ik meen een glinstering in zijn ogen te zien, een eerste aanzet tot medeleven, tot enig begrip. Ik weet dat ik erbovenop zou moeten springen en een breekijzer op dat kiertje zetten. Maar haar woorden maken iets in mij los. Ik weet opeens niet meer wie ik ben en waarom ik daar zit. Ik kan alleen maar denken dat dit stel het nog beter doet dan wij, omdat ik niet eens zeker weet of er nog wel één iemand in mijn huwelijk aanwezig is.

We worstelen ons door de volgende tien minuten heen, maar

ik kan het naargeestige gevoel niet meer van me afzetten, het lijkt alles te overschaduwen. Ik zie hun monden bewegen en ik ben me nauwelijks bewust van wat ik antwoord. Alsof er een glazen wand tussen ons is verrezen. Dik en ondoordringbaar. De gele muren van de praktijkruimte ruisen en deinen als een stoorzender op tv.

Als ze eindelijk weg zijn, loop ik naar mijn bureau en pak de envelop die achter in de la ligt. Ik had me voorgenomen om zeker tot aan de avond niets te nemen, maar het tij valt niet te keren en het enige wat ik wil is om dat almaar toenemende gevoel van afstomping tegen te gaan en even rust in mijn kop te krijgen. Ik schud er een paar pillen uit en slik ze door. Ik hield voorheen mijn dagelijkse inname bij, ik had een limiet van het aantal milligram dat ik mezelf per dag toestond, maar ik ben al een poos geleden gestopt met tellen en bijhouden. Bovendien hebben de dagen weinig betekenis meer, zoals ik al eerder aangaf. De ene dag is langer dan de andere en ergens heb ik het idee dat deze rotdag een record zal breken. Ik kan er maar beter op voorbereid zijn.

Ik weet niet meer hoe lang ik daarna nog in de kliniek zit voor ik me plotsklaps herinner dat ik verkeerd geparkeerd sta. Ik hijs me uit mijn stoel en haast me over de gang naar buiten. Frisse lucht. Mijn denkvermogen keert terug en ik besef dat ik wellicht beter niet achter het stuur kan gaan zitten. Maar evenals vanmorgen heb ik niet veel keus. Ik kan hem hier niet eeuwig laten staan. Ik steek de straat over in de richting van mijn auto, ondertussen mijmerend dat keuzes me eerder lijken te overkomen dan dat ik ze actief zelf maak, en even lijk ik een soort openbaring te krijgen van iets diepzinnigs, maar dat is in een oogwenk weer verdwenen. Het gebeurt me regelmatig dat ik meen iets belangrijks op het spoor te zijn, maar dat het me ontglipt.

Er zit geen parkeerbon onder de ruitenwisser – een sneue overwinning, maar toch maak ik een triomfantelijk gebaar, dat bedoeld is voor degene die me had moeten beboeten. Ik stap in, steek de sleutel in het contact en keer behoedzaam de weg op. Pas na een paar minuten besef ik mijn fout. De weg voor me begint wazig te vervormen en mijn handen om het stuur lijken wel in olie te zijn gedoopt. Wegbewijzering en stoplichten komen in volle vaart op me af en verdwijnen weer net zo snel uit het zicht. Alsof ik midden in een videogame zit, een virtuele nachtmerrie.

Vaart minderen. De snelheidsmeter geeft aan dat ik niet hard rij, maar door het suizen in mijn hoofd en oren is het moeilijk vast te stellen wat ik doe. Ik richt mijn blik op het midden van de weg. Ik ken deze route als mijn broekzak, ik zou hem met mijn ogen dicht kunnen rijden. Misschien is dat zelfs makkelijker. Andere weggebruikers razen in een flits voorbij. Over een minuut of tien, vijftien ben ik weer thuis. Dat is niet lang, maar mijn hart bonst in mijn keel en opeens is het alsof ik in de loop van een pistool kijk; dat iemand als ik, die zo weinig te verliezen heeft, toch nog zo bang kan worden. Ik slik mijn paniek weg en knijp mijn handen om het stuur. En dan komt hij uit het niets – een auto van rechts op de rotonde, en te laat besef ik dat ik hem voorrang had moeten geven. Ik zwenk blindelings naar links en schiet dan met een schok naar voren, zonder te weten of ik wel de juiste beslissing neem. Er wordt als een dolle geclaxonneerd, een hevige pijnscheut verspreidt zich over mijn schouders en op de een of andere manier blijf ik als door een wonder in leven.

Ik rij naar de eerste de beste ventweg en stap uit. De tranen lopen over mijn wangen. De lucht is zoet en fris. Ik sluit de auto af en leg de rest van de weg naar huis te voet af. Ik ben griezelig ontnuchterd. Het is alsof de pillen op het moment dat ik een ruk aan het stuur gaf als bij toverslag uit mijn systeem zijn verdwenen. Woorden vallen als regendruppels in mijn hoofd en ik zeg tegen mezelf: nu is het genoeg. Ik kan dit niet meer. Ik word bang van mezelf. Tijd om af te kicken. Allemaal dingen die ik al zo vaak heb gezegd, maar bij het minste of geringste vallen ze om als dominostenen. Deze keer niet. Deze keer niet.

Ik stommel door de voordeur de gang in. Caroline zit met opgetrokken knieën op de bank en kijkt strak naar het verlichte scherm van haar telefoon. Ik was vergeten dat ze vandaag vrij heeft. Ze zit te sms'en en ziet me niet meteen, maar als ze opkijkt en me in de gaten krijgt, trekt de kleur uit haar gezicht weg. Snel stopt ze haar telefoon weg en kijkt me gespannen aan, alsof ik een vreemde voor haar ben. Ze is berichtjes aan het sturen. Aan die ene kerel, die Carl van haar werk. Ik ben niet gek en ik had het al een hele poos door, maar de afgelopen tijd viel het me steeds zwaarder om me ook maar ergens iets van aan te trekken, en alles bij elkaar opgeteld kwam ik niet verder dan de conclusie: goh, wat een verrassing. Ik zou haar als een trouweloze slet terzijde kunnen schuiven, maar liever wil ik nu naar haar toe lopen, haar armen om me heen voelen, en dat ze me met haar warme wang tegen de mijne toefluistert dat alles goed komt.

'Caro,' zeg ik en zodra ik mijn mond opendoe, besef ik dat ik niet nuchter ben, verre van zelfs. Mijn geest heeft weer een foefje met me uitgehaald en de woorden blijven in mijn keel steken.

Ze kijkt me aan. Haar gezicht is een en al afkeer. 'Je bent zeker niet eens naar je werk geweest,' zegt ze.

'Nee,' antwoord ik. Ik wilde zeggen dat ze zich vergist, maar het komt er verkeerd uit. De kamer draait om me heen. Ik probeer me te herinneren hoeveel pillen ik in de kliniek heb geslikt en waarom het vandaag zo anders voelt, zo bizar.

'Klootzak,' bijt ze me toe. Haar stem is al verstikt door de tranen, die de afgelopen tijd altijd vlak onder het oppervlak liggen, waar we ook zijn, wat we ook doen. Ze weet ook niet meer wat ze moet zeggen, maar dat houdt haar niet tegen. Ze herhaalt gewoon telkens dezelfde woorden en ik wil zeggen dat ik haar begrijp, dat we eindelijk op dezelfde golflengte zitten, maar ik weet niet hoe ik het onder woorden moet brengen. Mijn gedachten lijken op te zwellen en zich als belletjes met de lucht te vermengen.

'We moeten praten,' zeg ik, maar op de een of andere manier wordt ze daar nog bozer om en ze haalt naar me uit met een half gebalde vuist, ze schreeuwt me iets toe wat ik niet kan verstaan. Dan stormt ze de kamer uit en trekt de deur met een smak achter zich dicht voor ik goed en wel kan bevatten wat er gebeurt. Ik hoor haar op de gang naar haar schoenen zoeken, snikkend bonkt ze met haar vuisten tegen de muur en ze krijst alsof ze haar verstand heeft verloren. Het klinkt raar, maar op dat moment benijd ik haar. Zij kan zich tenminste uiten. Ze kan tekeergaan als de beste, terwijl ik niet verder kom dan dom midden in de kamer staan en me afvragen hoe het allemaal zo snel heeft kunnen ontsporen.

De voordeur valt met een klap in het slot en dan ben ik alleen thuis. Dat mijn handen beven komt niet alleen door de pillen. De beelden van de auto op de weg malen door mijn hoofd, hoe ik bijna de macht over het stuur verloor. Ongelooflijk dat ik het heb overleefd. En nu kan ik alleen maar denken dat ik mijn ogen had moeten sluiten en mijn handen van het stuur had moeten halen. Geen idee waarom ik dat niet heb gedaan. Ik loop stuurloos door de kamer. Caroline heeft haar tas geopend naast de bank op de grond laten staan en voor ik het weet, heb ik haar portemonnee in mijn handen. Ik heb niet veel geld over deze maand en ik zal het nodig hebben. Ik pak er twee bankbiljetten van tien pond uit en stop ze in mijn zak. En ja, ik ben een schoft. Maar er verandert niets en elke keer weer negeer ik alle signalen, al worden ze met de dag intenser, als gifpijlen die mijn huid doordringen.

Ik zit graag op de stoel voor het raam in de huiskamer van Caroline. Hier op driehoog heb je prima zicht op de straat beneden, en alhoewel het een vrij industrieel en saai uitzicht biedt, is het best plezierig om naar het gestaag voorbijrijdende verkeer en de stroom voetgangers te kijken. Het is nu halverwege de middag en ik weet niet precies hoe lang ik hier al zit, mijmerend hoe ik haar laatste bericht het best kan beantwoorden zonder over de schreef te gaan. Ik dacht dat het me genoegen zou doen om haar te zien lijden, maar de werkelijkheid blijkt anders. Het is alsof ik een vlinder onder een glas gevangen hou die van dichtbij toch minder mooi blijkt te zijn, en eigenlijk heeft het ook geen enkele zin hem daar te houden.

Ik kijk over de straat uit zonder echt wat te zien tot iets mijn aandacht trekt – een stiltepunt in de bewegende stoet. Ik kijk goed en onderscheid een vrouw met een kind die beneden voor het gebouw stilstaan. Het kind wijst naar boven, naar het raam waar ik achter zit en ik zie zijn lippen bewegen, zonder dat ik hem kan horen. Hij draagt een schooluniform met blauwe blazer en grijze pantalon en zijn blonde haar heeft een scheiding in het midden. Er is iets aan zijn hartvormige gezicht waardoor ik blijf kijken, dan loop ik naar de gang met de foto's om ze van dichtbij te bestuderen. Misschien zie ik ergens zijn gezicht terug. En jawel. Het is Eddie.

De aandrang is sterk en instinctief, elke andere gedachte wordt verdrongen. Ik trek mijn schoenen aan, gris de sleutel van het haakje en storm de drie trappen af naar de hoofdingang. Tegen de tijd dat ik beneden ben, zijn ze doorgewandeld. De vrouw – het moet de moeder van Caroline zijn – houdt de hand van het kind stevig vast. De aanblik van die twee brengt me zo van streek, dat de tranen me in de ogen springen. Mijn gevoelens zijn te complex om te kunnen duiden.

Ik loop hen achterna tot aan de bushalte en hou me verdekt opgesteld. Ze staan een paar minuten te wachten. Eddie is op de plastic rode bank gaan zitten, tikt met zijn voeten tegen het glas en zingt een of ander geïmproviseerd liedje. Als de bus komt, pakt de vrouw zijn hand weer. Ze stappen in en nemen plaats. Op het moment dat ze wegrijden, zou ik durven zweren dat Eddie me door het raam aankijkt, zijn ogen wijd open en helder. En alhoewel ik weet dat het niets voor hem zal betekenen, geeft het mij toch het gevoel dat er voorgoed iets veranderd is. Ik ben zijn belevingswereld binnengekomen. Hij heeft me gezien. Het beeld van mij is voor altijd in de plooien en vouwen van zijn geheugen gekerfd en niemand zal ooit in staat zijn het eruit te halen.

Weg

Caroline, mei 2015

Ik heb Eddie aan de telefoon en probeer een touw vast te knopen aan zijn grappige, opgewonden verslag van wat hij vandaag heeft gedaan. Ik zie hem zo voor me: zittend op de trap, een beentje door de spijlen en de telefoon een beetje onhandig tussen zijn schouder en zijn nek geklemd.

'Ik mis je,' zeg ik. Zijn stemmetje klinkt zo dichtbij en ik kan de geur van de pepermuntshampoo waarmee ik zijn haar was bijna ruiken. Ik zou willen dat hij bij me was.

'Ik mis je,' papegaait hij met zijn heldere stemmetje. Ik druk de telefoon tegen mijn oor en terwijl ik luister naar zijn ademhaling probeer ik te verzinnen waar hij aan denkt. 'Kom jullie gauw weer terug?' vraagt hij.

'Over drie dagen,' zeg ik. 'Dat is al heel gauw.'

Dit is niet de bedoeling van een vakantie. Steeds maar de dagen aftellen tot je weer naar huis mag.

'Oma heeft koekjes,' zegt hij. 'Met chocola. Mag ik er eentje? Wil jij er ook een, mammie?'

'Ik wil er best een,' zeg ik, 'maar dat gaat niet, want…' Ik wil het uitleggen, maar dan hoor ik dat Eddie de telefoon heeft neergelegd en door de gang loopt, op weg naar de koekjes. Ik hoor hem giechelen en protesteren als mijn moeder hem half lachend een standje geeft. Ik probeer nog even te verstaan wat ze zeggen, dan geef ik het op en verbreek de verbinding. Een minuut later komt een sms'je met: *Sorry! De chocoladekoekjes waren belangrijker. Bel later nog eens, of morgen. Alles goed. Mam X*

Ik stel me voor dat ze met zijn tweetjes voor de televisie zitten of een spelletje spelen en hoe het zou zijn als ik uit deze kamer kon stappen en in die van hen – in het warme, oranje licht van de woonkamer met mijn moeder en mijn kind, de sterke en elementaire band tussen ons. Als ik mijn ogen dichtdoe, ben ik er ook bijna. En dan denk ik aan hoe het zou zijn om mijn eigen huis binnen te gaan: ik doe de voordeur open, loop de gang door en zie jou bij het raam staan. Je draait je om en begroet me en dan loop ik naar je toe, naar je gespreide armen om te worden gekust. Ik voel de stoppeltjes op je wangen tegen mijn gezicht en de stevige greep van je handen om mijn middel als je me tegen je aandrukt en we in elkaar passen als een sleutel in een slot.

Het beeld kantelt en gaat op zwart. Ik heb de afgelopen jaren steeds dit soort gedachten over je gehad – ik kon er niets tegen doen, of ik het nu wilde of niet. Maar ik heb daarbij nog nooit zo'n complexe mengeling van gevoelens ervaren als nu; verlangen en angst die in elkaar overgaan. Aan de ene kant vind ik het nog steeds geweldig dat je weer in mijn leven bent, ook al is de manier waarop behoorlijk bizar. Maar aan de andere kant, en die begint steeds zwaarder te wegen, weet ik dat dit niet zo hoort te zijn en dat er iets niet klopt; dat het zelfs gevaarlijk is wat er hier gebeurt, en dat ik het nog steeds niet begrijp.

Ik werp weer een blik op mijn telefoon. Je hebt nog steeds niet op mijn laatste bericht geantwoord. Gisteravond toen Francis en ik terugkwamen uit Brighton heb ik te veel gedronken en ik wist dat ik onrustig zou slapen. Om drie uur 's nachts liep ik in de keuken te scharrelen, en ging aan de tafel zitten in het donker om een bericht in te tikken dat ik niet aan je heb verstuurd.

Nu ik eraan terugdenk, word ik overvallen door een gruwelijke twijfel, ik scrol door mijn mailtjes en slaak een zucht van verlichting als ik zie dat mijn mailtje nog bij de concepten staat. Ik herken mijn eigen tekst niet. *Waarom heb je niet geantwoord? Waarom doe je dit? Weet je wel hoe lang ik op een bericht van je heb gewacht?? Je hebt geen idee hoe erg ik je toen heb gemist, hoe erg ik je nodig had – ik dacht echt dat ik dood zou gaan. En nu ben je terug, maar ik had nooit gedacht dat het zo zou gaan en ik weet ook niet wat de reden is.*

Daar houdt de tekst op, als een draad die plotseling en bruusk is afgebroken. Ik staar er vol afgrijzen naar. Ik was duidelijk bezopener dan ik dacht.

Toen Francis vorig jaar net weer opkrabbelde, zei hij tegen me dat het tot hem door was gedrongen dat zijn herstel alleen maar te behappen viel als hij elke nieuwe dag als een overwinning beschouwde. Ik weet nog dat mijn reactie was: 'Maar dat betekent dat ik het nooit los kan laten. Als elke dag voor jou de eerste dag is, is er geen vooruitgang.' Maar nu bedenk ik dat wat betreft mijn eigen verslaving achtenveertig uur voldoende was om de boel gigantisch te laten ontsporen en alle controle te verliezen. Die twee jaar hebben geen enkele betekenis.

Dag één, denk ik. Begin maar overnieuw.

'Gaat het?' Ik schrik van Francis' stem en draai me snel om. Hij staat in de deuropening en kijkt behoedzaam naar me. Sinds we terug zijn uit Brighton, is de spanning tussen ons weer toegenomen. Op de terugweg hebben we nauwelijks iets tegen elkaar gezegd. Francis zat achter het stuur en reed de auto kalm en efficiënt door het invallende duister, terwijl ik uit het raam naar het voorbijflitsende landschap keek en nauwelijks wist waar we waren en mijn ogen niet dicht durfde te doen omdat ik bang was wat ik dan zou zien.

Met moeite weet ik mezelf weer tot de orde te roepen. 'Ja hoor, alles goed.'

'Heb je nog nagedacht over vandaag?' vraagt hij. Er klinkt iets van provocatie in zijn stem door. Tot dusver was hij deze week de sturende kracht, in meer dan één opzicht. Alles wat we deden werd door hem bepaald. Hij had het heft in handen en nu vraagt hij zich af of ik nog iets wil inbrengen.

Ik overweeg hem een paar ideetjes die door mijn hoofd zijn gegaan voor te leggen: een bezoekje aan het Aquarium, een tentoonstelling in het British Museum, die hij wel interessant zou vinden, naar de bioscoop. Ik kan niet tot een besluit komen.

'Ik was van plan om vanmorgen naar een bijeenkomst te gaan,' zegt hij na een korte stilte. 'Er is er hier een om tien uur.'

'Hier?' vraag ik dommig.

'Jazeker,' zegt hij met een glimlach. 'Je zou het haast niet geloven, maar in Chiswick heb je ook verslaafden.'

'O. Zo, ja. Natuurlijk.' De afgelopen twee jaar heeft Francis de bijeenkomsten van de Anonieme Verslaafden met verschillende tussenpozen bezocht en ik zou er niet verbaasd over moeten zijn dat hij naar een bijeenkomst wil. Als ik van de schrik bekomen ben dat hij dit nodig heeft, zelfs op vakantie, dan vind ik het juist hoopgevend.

'Dan kunnen we vanmiddag nog iets gaan doen,' zegt hij. 'Als je dat wilt tenminste.'

'Ja,' zeg ik snel. 'Dat wil ik best.'

'Je meent het.' Zijn groene ogen kijken me met een zekere kilte aan. Er klinkt geen kwinkslag door in zijn stem. Alleen lichte argwaan, scepsis.

'Ja,' zeg ik nog een keer, vriendelijk. Ik merk dat hij op zoek is naar een teken dat ik het meen, maar het lukt hem blijkbaar niet iets te vinden, want hij haalt zijn schouders op en draait zich om.

Als hij de deur uit is, zet ik een kop koffie en probeer me te ontspannen voor de televisie. De soaps en de talkshows kunnen me niet boeien en na een tijdje zet ik de tv uit. Maar zodra ik dat heb gedaan overvalt me de stilte. Opeens hoor ik allerlei geluidjes: het gekraak van de vloerplanken, het geborrel van de leidingen. Het is alsof het huis ademt en om me heen beweegt. Vanuit mijn ooghoek zie ik iets bewegen en ik verstijf, tot ik me realiseer dat ik het zelf ben in de spiegel aan de andere kant van de kamer. Ik kijk naar mezelf, zoals ik daar zit in de gemakkelijke stoel, met een zorgelijk gezicht. Ik sta onmiddellijk op en loop naar de keuken, maar daar is het niet veel beter. Het is allemaal te stil, en de klauwachtige hendels aan de laden en het gat van de gootsteen dat me aanstaart in een blinde grijns, werken me op de zenuwen.

Het geluid van de deurbel verscheurt de stilte. Ik schrik maar toch ben ik er blij mee. Ik heb geen zin om hier alleen te zijn.

Ik doe de deur open en daar staat Amber op de stoep. Ze heeft een rood katoenen jurkje aan, weer zo'n bedrieglijk simpele outfit, die niet iedereen staat, maar haar wel. Ze heeft haar haar achter haar oren gestopt en nu valt het accent op de diamanten oorstekertjes.

'Ik dacht dat het eenvoudiger was om gewoon maar langs te gaan,' zegt ze, en dan realiseer ik me opeens dat ik niet heb gereageerd op het sms'je van de vorige dag waarin ze voorstelt nog een keer koffie te gaan drinken.

'Sorry,' zeg ik. Hoewel ik niet weet waarvoor ik me verontschuldig. Het is trouwens nogal idioot om ergens aan te kloppen omdat je geen antwoord hebt gekregen op een berichtje. 'Ik had het een beetje druk,' zeg ik slapjes.

'Maakt niet uit,' zegt Amber grootmoedig. 'Heb je nu zin in koffie?'

Ik bedenk dat ik net al koffie heb gedronken voor de tv. 'Liever een kop thee...' Zoals gewoonlijk heeft ze iets over zich dat geen tegenspraak duldt, maar als ik mijn schoenen aantrek moet ik mezelf bekennen dat ik met iedereen mee zou gaan om hier weg te komen. Het is trouwens al een hele tijd geleden dat iemand zo volhardend mijn gezelschap zocht en ik kan niet anders dan eraan toegeven.

Ik vang een vleugje van haar parfum op als ik opsta en met een schokje realiseer ik me dat ik dit geurtje een paar jaar geleden zelf gebruikte, of in ieder geval iets wat er heel veel op lijkt. Ik was dol op de volle geur van rozen en kruiden en nu doet die geur me weer terugdenken aan duistere bars en de roekeloosheid die ik al heel lang achter me heb gelaten. Ik heb het parfum weggegooid nadat ik terugkwam uit De Zilverberken, samen met nog heel veel andere dingen, maar nu ik die geur weer ruik, voel ik opnieuw dat deze vrouw veel dingen heeft die me aan mezelf doen denken, en die ik niet kan negeren.

Ik steek met haar de straat over, en het valt me weer op hoe haar voortuintje zich onderscheidt van de eentonige andere tuintjes. Aan de rand van het grasveldje heeft ze een woekerende wilde roos geplant en de donkeroranje bloemen vormen een immens contrast met de keurige rijen viooltjes en pioenrozen in de bloembedden van de buren. De wit gesausde muren van haar huis vertonen hier en daar ondefinieerbare vlekken en roetvegen. Op zich niet iets bijzonders, maar in deze omgeving lijkt het bijna provocerend.

We gaan naar binnen en ze loopt naar de keuken waar al twee bekers klaarstaan. 'Neem gerust een koekje,' zegt ze vrolijk als ze theezet. 'Ik heb ze al bijna allemaal opgegeten, maar volgens mij zitten er nog wel een paar in.' Ik zie een pakje volkorenkoekjes op de armleuning van de keukenstoel liggen en kan haar zo voor me zien terwijl ze ontspannen in die stoel zit en in een gestaag tempo het pak koekjes naar binnen werkt. Dit beeld heeft iets ontzettends decadents, en toch is het precies de manier waarop ik meestal een vrije ochtend doorbracht voordat ik Eddie had.

'Nee, dank je,' zeg ik en dan pak ik er desondanks toch eentje.

'Zo.' Ze zet mijn beker met een stevige klap neer en gaat in de stoel tegenover me zitten. 'Alles oké? Laatst leek je, nou ja, niet erg oké. Niet wat je verwacht van iemand die met haar man op vakantie is.'

Ze kijkt me indringend aan. Volgens mij gluurt zij net zo hard achter de gordijnen als de mensen in deze straat waar ze geen goed woord voor over heeft. Alleen gluurt zij in mijn binnenste en zal ze net zo lang blijven wroeten tot ze iets heeft.

'Het waren een paar moeilijke dagen,' zeg ik uiteindelijk. 'Een paar moeilijke jaren, liever gezegd.'

'Hetzelfde geldt voor mij,' zegt ze onmiddellijk, en ik vraag me af of ik het bij het verkeerde eind heb en dat zij juist haar hart wil luchten in plaats van mij uit te horen, maar ze laat het hierbij en ze trekt even haar wenkbrauwen op, alsof ze me aanspoort verder te gaan.

Het valt me weer op wat een vreemde situatie dit is, en dat ik deze vrouw, die wil dat ik het achterste van mijn tong laat zien, helemaal niet ken. Ik weet niet of ik haar wel vertrouw, maar tegelijkertijd heeft het iets verleidelijks om tegenover iemand te zitten die zich zo onconventioneel gedraagt. Daardoor krijg ik zin hetzelfde te doen en bovendien heb ik er genoeg van om al die gedachten maar voor me te houden.

'Ik hou van Francis,' zeg ik. 'Maar ons huwelijk is nogal complex.' Ik aarzel.

'Dat zijn toch alle huwelijken?' zegt ze.

'Maar het ene huwelijk is ingewikkelder dan het andere.' Ik heb behoefte om het uit te leggen. 'Hij is verslaafd geweest en hij weet niet echt hoe het van dag tot dag zal gaan. Soms, zoals deze week, is hij ongelooflijk energiek en positief, ondernemend. Doet hij zijn best. En dan weer is hij heel afstandelijk. Er niet met zijn hoofd bij. En op dat soort momenten krijg ik al snel het gevoel dat er niet veel meer is dat ons bindt.' Nu ik eenmaal ben begonnen, vind ik het bevrijdend om alles te vertellen. Ik heb hier nog nooit zo openhartig over gesproken, zelfs niet met mijn beste vrienden.

'Dat snap ik wel,' zegt Amber voorzichtig. 'Dat lijkt me niet makkelijk om mee te leven.'

'Het ligt niet alleen aan hem.' Ik laat een stilte vallen, maar ik weet dat ik verder zal gaan. 'Een paar jaar geleden had ik een verhouding.' Ik kijk haar even aan, maar ze vertoont geen enkele emotie. 'Die relatie duurde ongeveer een half jaar,' zeg ik. 'En ik hield echt van deze man, ook al ben ik niet bij mijn echtgenoot weggegaan. Ik heb deze man al heel lang niet gesproken. We hadden elkaar beloofd dat we geen contact meer zouden hebben. Het... het is heel naar afgelopen. Niet tussen ons, maar...'

Ik haal even diep adem. Tot zover kostte het me geen moeite hierover te praten, alsof het een aderlating was. Maar nu wordt mijn keel dichtgeknepen en mijn handen trillen alsof ik ergens heel erg van geschrokken ben. Door het hardop te zeggen, is het allemaal heel echt geworden, maar mijn woorden hebben daardoor niets aan kracht ingeboet. Integendeel, het gevaar lijkt juist groter en het gewicht van alle dingen die ik niet heb gezegd, hangt als een dreigende wolk over alles heen.

Amber knikt, en draait de beker met thee in haar handen alsof ze de blaadjes wil lezen als antwoord op mijn problemen. 'Maar hij heeft contact gezocht,' zegt ze. 'Dat heb je tenminste tegen me gezegd.'

'Ja, ik denk het wel.' Ik kijk om me heen en voel me plotseling verloren. Het kost me zo veel moeite om deze gedachten almaar te verdringen en ik word er doodmoe van. Dan valt mijn oog op het serviesgoed op de ladekast: donkerblauw porselein met een wit randje.

'Ik snap best dat je erdoor in de war raakt,' hoor ik haar zeggen. Ik probeer me weer te concentreren op het gesprek. 'Ik kan me voorstellen dat het erg verleidelijk is om weer terug te vallen op iemand die je door een moeilijke tijd heeft geholpen. Maar, Caroline, ik hoop dat je het me niet kwalijk neemt als ik zeg dat je er blijkbaar niet erg gelukkig van wordt. Het lijkt me dat je zonder die man al genoeg aan je hoofd hebt.'

Ik knik. Ik denk aan de eerste weken daarna, toen ik het een gruwelijke kwelling vond om je niet te kunnen bellen. Ik wilde met je praten over wat er was gebeurd, er de zin van het zinloze in proberen te zien. Zo voelt het nu niet. Maar het is net als met mensen met een geamputeerd been die dat vaak nog steeds voelen, ook al zit het er niet meer aan. Er zijn nog dikwijls momenten dat ik je heel dichtbij voel en nu is het gevoel van je aanwezigheid sterker dan ooit.

'Ik begrijp wel wat je zegt over je huwelijk,' zegt Amber. 'Met name dat gevoel dat je hebt dat hij er niet helemaal met zijn hoofd bij is... Dat heb ik met mijn vriend ook.'

Dat verrast me. 'Echt?'

Ze aarzelt alsof ze op zoek is naar de juiste woorden. 'Ja. Hoewel hij er in mijn geval ook echt niet is. Hij werkt vaak op een bijkantoor en hij is meestal een week of zo weg.'

'Dat is ook niet makkelijk.' Er valt iets op zijn plaats. Wat ze nu zegt past helemaal bij haar doelloosheid, die sfeer van eenzaamheid en isolement die om haar heen hangt en die me al opviel toen ik haar de eerste keer tegenkwam. 'Je bent dan alleen maar bezig de tijd te vullen die je niet samen doorbrengt,' voeg ik eraan toe. En onvermijdelijk moet ik aan jou denken. Zoals ik me aan je vastklampte als we afscheid van elkaar namen, alsof ik je lichaam wilde blijven voelen en dat gevoel altijd binnen een paar minuten was verdwenen, omdat ik het niet vast kon houden.

'Klopt,' zegt Amber. 'Dus als hij er wel is, wordt alles...'

'Gespannen?' vul ik aan.

Ze knikt en neemt een slokje thee. 'Wordt alles uitvergroot, wilde ik eigenlijk zeggen. Alles is zo... overdreven. Ik merk dat ik precies wil weten wat hij denkt en voelt, en daardoor...' Ze zet haar beker neer en slaat haar handen op elkaar. 'Klapt hij helemaal dicht.'

Ik kijk naar haar gelakte nagels en ik schrik ervan als ze die in haar handpalmen zet. 'Ik snap het,' zeg ik.

Ze ontspant weer, leunt achterover in haar stoel en kijkt naar het plafond. 'Maar goed,' zegt ze vlak. 'Zo zijn mannen. Ik neem het zijn ex wel kwalijk. Die relatie heeft hem een hoop ellende bezorgd. Hij heeft me een tijdje geleden over haar verteld. Ik weet niet of hij er ooit echt overheen komt. Hij heeft een heleboel voor haar opgeofferd, dingen geheimgehouden. Volgens mij heeft ze geen idee wat het voor hem heeft betekend.'

Opeens krijg ik het benauwd. Dit gesprek is veel te intens en ik krijg bijna geen adem. Mijn huid tintelt, een instinctmatige reactie waar ik geen vat op heb. Ik schuif mijn stoel naar achteren, loop met mijn beker naar het aanrecht en doe de kraan open. 'Ik zal dit even afwassen,' zeg ik, maar Amber lijkt me niet te horen. Ze heeft zich omgedraaid, met haar armen om de rugleuning geslagen en kijkt me aan.

'Heel gek,' zegt ze. 'Zijn ex heet toevallig ook Caroline.'

Ik weet niet of ik eerst hoor wat ze zegt of dat ik daarvoor al een flits van kleuren en vormen zie als ik me van het aanrecht afkeer en de theedoek wil pakken die aan een haakje aan de koelkast hangt. Onder het haakje hangt een collage van foto's in kleine, magnetische lijstjes: Amber in bikini en zonnebril op een zandstrand. Amber die neus aan neus zit met een schildpadkat. Amber gekleed voor een feestje. En in het midden een foto waar ze haar armen om de hals van een man heeft geslagen, haar gezicht vlak bij het zijne en haar ogen half dicht van verrukking – en die man dat ben jij.

Ik zeg iets, of dat denk ik tenminste, maar de woorden blijven half in mijn keel steken.

Ik kan mijn ogen niet van de foto afhouden. Je lacht, je hebt rimpeltjes in je ooghoeken. Je draagt een hemd dat ik nog nooit heb gezien. Je bent iemand die ik niet ken.

'Caroline,' hoor ik haar zeggen, en wanneer ik me naar haar omdraai, is haar gezicht zo bleek dat ik de adertjes onder haar huid kan zien. Ze staat op en we kijken elkaar een paar seconden aan. 'Jij bent het,' zegt ze ten slotte.

We staan roerloos tegenover elkaar, slechts een halve meter van elkaar verwijderd. Het is alsof we een rol spelen en plotseling het script uit onze handen is gevallen en we allebei niet meer weten wat we moeten zeggen.

Zij vindt als eerste haar tong terug. Ze recht haar hoofd en kijkt me uitdagend aan. 'Wat is er verdomme aan de hand?'

Ik probeer mijn gedachten te ordenen en kijk nog een keer naar de foto. Opeens lijkt de blik in je ogen berekenend. Ik heb het eigenaardige gevoel dat je hier aanwezig bent en kijkt hoe zich dit ontwikkelt. 'Ik heb geen idee.' Mijn stem trilt. 'Dat is iets wat je niet aan mij moet vragen.'

'Hoezo niet?' zegt ze pinnig en ze slaat haar armen over elkaar. 'Wat bedoel je?'

'Waar is hij?' vraag ik. 'Wat heeft hij je verteld?'

'Hij is niet... Het is niet iets wat hij mij heeft verteld,' reageert ze vinnig. 'Het is allemaal waar. Hij is weg voor zijn werk, zoals wel vaker. Dat heb ik je verteld. Hij is op het kantoor in Cambridge. Hij is...'

'Hij liegt tegen je.' Het is eruit voordat ik het weet. 'Volgens mij is hij daar helemaal niet. Ik denk dat hij in mijn huis is.'

'Hoezo?' zegt ze weer en ze schudt haar hoofd. 'Caroline, dat is idioot. Wil je dat ik geloof dat mijn vriend...'

'Carl,' zeg ik. 'Je kunt hem wel bij zijn naam noemen, hoor. Ik stort echt niet in als je dat doet.' Ik merk dat ik sta te schreeuwen en ik heb tranen in mijn ogen. Ik druk mijn handen ertegen en sluit Amber buiten tot ik haar niet meer kan zien.

Thuis

Caroline, juni 2013

Hij staat op het perron te wachten als ik me eindelijk uit de drukke metro heb kunnen worstelen. Vanwege de nieuwe hittegolf staat hij met een zonnebril en een overhemd met korte mouwen tegen de wand geleund. Ik heb hem allang in de gaten, maar ik doe alsof ik hem niet zie en loop opzettelijk langzaam. Mijn strakke lycra jurk wrijft over mijn dijen. Ik weet dat hij me gadeslaat en pas als ik vlak bij hem ben, versnel ik mijn pas en val hem in de armen. Hij tilt me op, houdt me stevig vast en kust me terwijl ik mijn handen onder zijn overhemd laat glijden. Zijn huid voelt warm en zacht tegen de mijne en ik voel een steek van verlangen in mijn binnenste.

'Wat zie je er lekker uit,' zegt hij en hij laat zijn blik over mijn strakke jurk glijden. De lage hals met roze en rode bloemen laten een deel van mijn boezem bloot en het zwarte rokje spant om mijn billen. Ik vond het vanmorgen in mijn kledingkast. Ik heb de jurk in geen jaren aangehad – waarschijnlijk voor het laatst toen ik net zo oud was als hij. Toen ik het aantrok en voor de spiegel ging staan, werd ik even bevangen door twijfel, maar hoe langer ik daar bleef staan, des te leuker ik het vond: gaaf hoe zo'n jurk bijna leek te roepen om starende blikken van mannen. Ik was vergeten dat ik dit soort macht had, maar nu ik die had herontdekt, wilde ik die alleen over hem hebben.

'Dank je, jij ook.' Zijn handen glijden over mijn middel alsof ze een eigen leven leiden. Het zou hem weinig moeite kosten de jurk over mijn hoofd uit te trekken om me daar ter plekke te nemen, en even bekruipt me de idiote gedachte dat ik dat wel zou willen, midden op het perron waar de zon door het glazen dak op ons in beukt. 'Laten we wat gaan eten,' zeg ik dan maar. 'Ik heb trek.'

Hij houdt mijn hand vast als we het station verlaten en naar de overdekte markt lopen. Dit is een deel van de stad waar ik zelden kom en de reis duurde bijna een uur, maar dat heeft zijn voordelen. Niemand kent ons hier. We zijn gewoon een stel dat door onbekenden vluchtig wordt bekeken, gemonsterd en genegeerd.

Ik knijp in zijn hand, verrukt door de tintelende opwinding die deze situatie teweegbrengt. Het voelt als een uitje. Het is voor het eerst dat we tegelijk een vrije dag hebben, ik hoef alleen om vijf uur Eddie op te halen van de crèche, daarna zie ik hem om acht uur weer. Ik heb dit verdiend, zeg ik tegen mezelf. Ik ben de hele week een toegewijde echtgenote geweest. Ik heb voor Francis gekookt, zijn rommel opgeruimd en naar zijn tirades geluisterd. Als hij te erg werd, bracht ik Eddie naar een andere kamer. Ik heb hier recht op, denk ik fel en even moet ik naar adem happen. Ik kijk op naar Carl, die ontspannen en volkomen op zijn gemak zijn gezicht naar de hemel draait, zijn brillenglazen spiegelend in de zonneschijn. Dit is wat ik nu wil. Dit en niets anders. Ik wil nergens anders aan denken.

We slenteren langs de kraampjes om iets uit te kiezen om te

kopen. 'Hoe gaat het op kantoor?' vraag ik. 'Is dit een nieuwe uitdaging?'

Hij haalt zijn schouders op. 'Eerlijk gezegd is het van hetzelfde laken een pak. Behalve dat er geen Steven is die de hele dag loopt te bulderen.'

Ik dring aan. 'Je zei dat je aardige collega's had. Naast wie zit je?'

Hij kijkt me even aan. 'Naast een meisje.' Zijn blik is ernstig, maar zijn mondhoeken trillen. 'Ze is erg aardig en tamelijk onaantrekkelijk.'

Ik druk me lachend tegen hem aan. Dat hij mijn jaloezie zo makkelijk doorziet is zo grappig, dat het mijn gêne overschaduwt. 'Je kent me te goed.'

'Ik dacht al dat je het leuk zou vinden.' Hij drukt een kus op mijn kruin en trekt me dicht tegen zich aan. 'Alle gekheid op een stokje: het gaat wel goed op mijn werk, er komt alleen niet zoveel uit mijn handen. Ik zou wat minder met jou moeten sms'en.' Hij werpt me een vluchtig lachje toe, maar even zie ik de onrust in zijn ogen glinsteren. Het doet me denken aan het onwennige gevoel toen we een paar weken geleden afscheid van elkaar namen, het idee dat de boel uit de hand begon te lopen. Voor het eerst besef ik dat hij er hetzelfde over denkt. Niemand die hem vertelt hoe hij het moet aanpakken. We verkeren allebei op onze eigen manier op onbekend terrein.

'Nou, om Steven maar te citeren: een mens kan alles weerstaan, behalve verleiding,' zeg ik luchtig om mijn ongemak te verdrijven. 'Ik weet niet of het zijn eigen wijsheid is.'

We kopen uiteindelijk taco's bij een Mexicaans kraampje en wandelen naar het nabijgelegen park om ze daar op te eten. We laten ons in de volle zon op het gras zakken. Carl gaat languit liggen en ik vlij me tegen hem aan. Ik kan zijn hartslag horen waar mijn hoofd tegen zijn borst rust. 'Dit is fijn,' zeg ik na een poosje. 'Heerlijk om me niet te hoeven haasten.'

'Vind ik ook.' Zijn borst rijst en daalt als hij een zucht slaakt. 'Het zou leuk zijn als we ook een keer een avond samen thuis konden zijn. Om tv te kijken of zo. Afhaalmaaltijd. Heel gewoon.'

'Ja, dat zou leuk zijn.' Ik weet precies wat hij bedoelt, maar ik weet dat het er waarschijnlijk nooit van zal komen. De tijd die we hebben is te kort, te kostbaar. We brengen die meestal in bed door en dat voelt verre van gewoon.

Hij geeft geen antwoord, maar strijkt over mijn haar, trekt hier en daar aan een plukje en laat de strengen door zijn vingers spelen. 'Bij mij werkt een stelletje,' zegt hij na verloop van tijd. 'In de twintig, ik denk dat ze sinds een paar maanden verkering hebben. Grappig hoe ze op het werk amper tegen elkaar praten. Ze gaan niet eens vaak samen de deur uit voor de middagpauze. Het herinnerde me eraan dat ik nooit zo veel afstand van jou zou kunnen nemen.'

'Het lukte je anders aardig toen we samenwerkten,' zeg ik.

'Nou, niet echt,' pareert hij en hij grinnikt even. 'Op het laatst ging ik de mist in. Enfin, het doet er niet meer toe... Ik moest gewoon aan ons denken toen ik ze zag. Ik zou het zo niet kunnen opbrengen.'

Ik ga zachtjes met mijn nagels over zijn buik en denk na over zijn woorden. Ik beeld me de laatste tijd steeds vaker in hoe het zou zijn als we echt een relatie hadden. Samen naar de supermarkt, de alledaagse huishoudelijke beslommeringen, druilerige middagen waarop er niets te doen is. 'Het zou niet zo zijn als nu,' zeg ik. 'Dat weet je.'

Ik voel hem ademhalen, peinzen. 'Klopt,' zegt hij ten slotte. 'Ik heb geen idee hoe het zou zijn. Eerlijk gezegd hou ik me niet met dat soort denkbeeldige scenario's bezig, ik richt me vooral op de dingen die gebeuren. Je weet wel. Werk, familie, vrienden... mijn leven is niet zo complex.'

Ik zuig mijn wangen naar binnen en laat mijn hoofd op zijn borst rusten. 'Behalve ik.'

Hij laat een vaag, instemmend gegrom horen. 'Jazeker, onze situatie. Maar enfin, het heeft niet veel zin om te praten over hoe de dingen hadden kunnen zijn. Wat mij betreft ben je getrouwd, dus er is weinig te beslissen. Zo zijn de kaarten geschud en dat wist ik toen ik eraan begon.'

Hij klinkt totaal niet boos en zijn woorden zijn rationeel, maar toch kom ik ergens in verzet tegen het gemak waarmee hij alles van zich afschudt. Soms vraag ik me af of hij wel beseft hoe uitzonderlijk onze dynamiek is. Hij is midden twintig en heeft nog geen echt serieuze relatie gehad; soms was hij een paar maanden met een meisje, maar niets wat een blijvende indruk op hem gemaakt heeft. Ik zucht onwillekeurig. 'Nou, dat is makkelijk,' zeg ik.

'Nee,' zegt hij zacht. 'Dat is het niet.'

Er schuift een wolk voor de zon en ik druk mijn gezicht tegen zijn overhemd. Opeens heb ik het koud. 'Kom,' hoor ik hem na een poosje zeggen. 'We lopen een stukje.'

We wandelen door het park en praten wat tot het tijd is om naar de metro te gaan. Ik moet Eddie ophalen. Bij het station drukt hij me tegen de muur en kust me hartstochtelijk, zet zijn tanden stevig in mijn lip en perst zijn bekken tegen het mijne. Ons gesprek is vergeten en we denken alleen aan het hier en nu, niet bij machte verder te kijken. 'Drie uur,' mompelt hij. 'Ik weet niet of ik het zo lang uithou.'

'Je zal wel moeten,' zeg ik, maar ik weet niet of ik het zelf wel zo lang red, met de vlammende prikkelingen in mijn lendenen die me bijna de adem benemen. Ik laat mijn handen tastend en plagerig over zijn rug glijden en bedenk hoe het straks zal zijn, als we weer alleen zijn.

'Ik verlang zo naar je,' zeg ik. Ik krul mijn vingers om de riem in zijn broeksband en trek hem hard tegen me aan. Zalig om het hardop tegen hem te kunnen zeggen. Ik ben nog nooit zo eerlijk tegen iemand geweest. Het is schrikbarend verslavend, zo verslavend dat ik het liefst direct naar hem wil terugrennen als we afscheid hebben genomen, om het keer op keer op keer tegen hem te zeggen.

Eddie is uit zijn hum als ik hem ophaal bij de kinderopvang. Hij tuurt nors naar de grond als ik hem naar zijn dag vraag, in de bus doet hij om onnavolgbare redenen moeilijk en hij laat op het laatste stuk naar huis zijn voeten slepen. Vlak voor de voordeur valt hij plat op zijn gezicht en zet meteen een keel op, alsof hij levend wordt gevild. Ik draag hem naar binnen en inspecteer zijn gezicht, maar ik kan geen zichtbare verwondingen vinden, op een minuscuul rood vlekje na.

'Zoet maar,' zeg ik tegen hem. 'Rustig maar.' Mijn liefkozende woordjes hebben geen enkel effect en brullend stampt hij naar zijn kamer. Even later hoor ik hem zijn speelgoed tegen de muur gooien, gevolgd door een kreet van frustratie en dan mijn naam, keer op keer. Ik haast me naar de kamer, maar het haalt niets uit, want als ik hem op mijn schoot til, duwt hij mijn handen bijna grommend weg. Ik klem mijn kaken op elkaar en tel tot tien. Mijn incasseringsvermogen voor zijn driftbuien is beduidend minder geworden en aan het bonzen van mijn hart merk ik dat ik mijn geduld verlies.

Ik loop met ferme passen zijn kamer uit en zoek even de stilte van de huiskamer op. Francis zit zoals gewoonlijk voorovergebogen op de bank met zijn oordopjes in naar zijn laptop te turen. Hij kijkt amper op als ik binnenkom. Hij is er en toch ook weer niet. Zijn blik is glazig, zijn ogen zijn star en donker in de gloed van het computerscherm.

'Een goedenavond,' zeg ik sarcastisch, al weet ik dat hij me niet kan horen.

Met een overdreven vermoeid gebaar komt hij langzaam in beweging en trekt de dopjes uit zijn oren. 'Hè?'

'Leuk thuiskomen.' Prompt is mijn relaxte gevoel van vanmiddag in rook opgegaan. Ik kijk de kamer rond. Er slingert overal speelgoed, de vuile vaat staat nog op de tafel en de vloer is bezaaid met stofnesten. Ik weet dat Francis vandaag geen afspraken had staan. Hij is gewoon te midden van de rotzooi op zijn krent blijven zitten. 'Fijn thuiskomen is dit,' snauw ik.

'Niemand heeft je gevraagd om thuis te komen,' werpt hij tegen en hij zucht alsof hij me een gunst heeft gedaan door me te verwaardigen met een antwoord.

'Want als ik er niet ben, heb jij thuis alles onder controle. Ja hoor,' bijt ik terug en ik maak een gebaar naar het geschreeuw in de kinderkamer.

'Het komt door jou,' zegt Francis. 'Jij maakt het erger. Hij raakt overstuur door jou.' Met die woorden stopt hij de dopjes weer in zijn oren en richt zijn aandacht op het scherm. Met een diepe frons tussen zijn wenkbrauwen en prevelende lippen luistert hij naar muziek die zo hard staat, dat zijn trommelvliezen ervan moeten scheuren.

'Krijg de pest, niksnut,' sis ik. Ik draai me op mijn hakken om en de adrenaline ziedt door mijn lijf als ik de kamer uit loop. Het gaat nu zo snel bergafwaarts met ons, dat ik geen blad meer voor mijn mond neem. Mijn lelijke woorden galmen na in mijn hoofd, maar ze worden gevolgd door een venijnig stemmetje dat hij best wel eens gelijk kan hebben. Misschien projecteer ik mijn eigen stress wel op mijn omgeving en raakt daardoor alles ontregeld. Ik overzie de bende in mijn huis en voel hoe de wanhoop me naar de keel vliegt; het gezin dat we hebben proberen te stichten is verstoord en ontwricht, en ik weet niet hoe ik het moet oplossen.

Uiteindelijk weet ik Eddie te kalmeren en ik onderwerp hem aan de routine van bad, bed en boek. Voor het slapengaan zit hij op de bank tegen me aangekropen en lees ik hem zijn favoriete verhaaltje voor. Hij is nu heel lief en gehoorzaam, bekijkt de prenten aandachtig en houdt zijn hoofdje schuin om geen woord te missen. Het is alsof Francis niet eens in de kamer is. Met een rilling van afschuw besef ik dat Eddie hem in feite straal negeert; dat hij inmiddels doorheeft dat het geen zin heeft om zijn vader aan te spreken.

'Slaap lekker,' fluister ik als ik hem in bed stop en het blauwe nachtlampje aandoe. Ik blijf nog even in de deuropening staan. Hij laat zich op zijn zij rollen en ik zie zijn borstkasje omhoogkomen als hij een diepe zucht slaakt. Ik heb nooit getwijfeld aan Francis' liefde voor zijn zoon, maar ik kom niet alleen naar huis om ons kind te zien en naar bed te brengen: ik kan er niet honderd procent blind op varen dat zijn vader zich naar behoren van deze taak kwijt. Ik wil mijn jongen pas achterlaten als hij veilig en wel in slaap is gevallen. Het is een trieste conclusie.

Ik neem een snelle douche en ga dan in de badkuip zitten om mijn benen te scheren. Ik zeep ze in met aardbeiendouchegel en laat het scheermes over mijn huid glijden. Ik ben bijna klaar als Francis binnenkomt. Hij slaat zijn armen over elkaar en blijft staan kijken naar wat ik aan het doen ben. Zijn mond is vertrokken van afkeer. Als mijn blik de zijne ontmoet, weet ik dat hij haarfijn doorheeft wat er gaande is, waarom ik mijn benen gladscheer en een lekker geurtje gebruik. Hij weet in elk geval dat ik het niet voor hem doe.

'Ik hoop dat je vriendin Milly het kan waarderen,' zegt hij ten slotte.

Ik wil ertegen ingaan, maar ik weet niet hoe, dus ik doe er het zwijgen toe en na een poosje verlaat hij de badkamer. Met bevende handen ga ik door en het scheermes maakt een schram op mijn been. Het bloedt een beetje en licht duizelig leg ik mijn vinger op het wondje. Ik stap uit bad.

Drie kwartier later loop ik Carls straat in. Mijn nieuwe zijden onderbroekje voelt glad aan onder mijn kleren en ik heb mijn telefoon uitgezet. Hij doet de deur voor me open en hem zien bezorgt me een sterkere roes dan welke drug ook. Zielsgelukkig spring ik in zijn armen. Hij kust me intens en ik weet dat vanavond de avond is. Ik wil niet langer dralen of ik het wel of niet moet doen. Ik wil het gewoon en wil het tegen hem zeggen, maar onze blikken ontmoeten elkaar en dan weet ik dat woorden overbodig zijn.

Hij draagt me naar de slaapkamer en rukt ondertussen de kleren van mijn lichaam, gespt zijn riem los en worstelt zich uit zijn overhemd tot we samen naakt op zijn bed vallen, een kluwen van verhitte ledematen en zweet. Mijn adem strijkt heet langs zijn wang als ik mijn benen voor hem spreid en ze om zijn onderlichaam klem. Hij glijdt direct in me en ik heb amper de tijd om me te realiseren hoe goed dit voelt. Ongelooflijk dat we dit zo lang hebben uitgesteld. Ik klem me aan hem vast, hijgend kussen we elkaar, hittegolven trekken langs mijn huid. Zijn stoten gaan hard en snel en ik krom mijn rug, ik schreeuw het bijna uit omdat ik hier zo hevig naar heb verlangd, dat ik zelfs nu we er middenin zitten al hunker naar onze volgende keer.

Hij fluistert dingen in mijn oor, woordjes die me geheel buiten zinnen brengen en emoties in me oproepen die ik nooit eerder heb ervaren, we kijken elkaar diep in de ogen als hij in me klaarkomt en dan, zonder teken vooraf, komt de gedachte keihard bij me aan – ik hou van je, ik hou van je, ik hou van je.

Na afloop liggen we een poosje zwijgend naast elkaar op bed. Met zoete, milde bewegingen strijkt hij over mijn haar. Ik zou zó naast hem in slaap kunnen vallen, maar ik weet dat het niet kan. Tranen wellen op en rollen over mijn wangen.

'Niet doen,' zegt hij, maar als ik opkijk, zie ik dat hij ook moet huilen.

We blijven nog een paar minuten liggen. Ik kijk naar de tranen die natte sporen over zijn wangen trekken en steek mijn hand uit om ze met mijn vingertoppen aan te raken. Tegelijkertijd besef ik dat hij ook van mij moet houden, al weet hij het nog niet. Ik heb nog nooit zulke diepgaande gevoelens voor iemand gehad. Ik ben nog nooit ergens zo zeker van geweest.

'Mijn hemel,' zegt hij uiteindelijk. 'Wat is dit heerlijk.' En ondanks alles schieten we allebei in de lach.

We zeggen niet veel de rest van de avond. Als het elf uur is, trek ik mijn kleren aan en hij loopt met me mee naar de voordeur om me gedag te kussen. Buiten is het kouder dan ik had verwacht. Ik heb geen jas aan en rillend loop ik naar het metrostation. Bij elke stap die ik zet, denk ik: ik kan hem verlaten. Ik kan mijn huwelijk beëindigen. Het idee overdondert me. In al die tijd heb ik er nooit echt serieus over nagedacht. Maar de gedachte heeft nu stevig postgevat en als ik in de metro mijn gekreukte kleren gladstrijk en mijn lippenstift opnieuw aanbreng, kan ik aan niets anders meer denken. Ik ben vastberaden en ik weet dat ik dit kan doorzetten.

Ze heeft inmiddels door wie Amber is en overvoert me met berichten. Haar naam komt telkens terug op mijn scherm. Sommige berichten zijn kort en triest, vol machteloze vragen waar ze geen antwoord op verwacht te krijgen. Ik heb net koffiegedronken met je vriendin. Wat is dit voor gestoorde grap? *Andere zijn langer, wilde pogingen om een reactie aan me te ontlokken.* Als je ooit iets om me hebt gegeven, moet je me antwoord geven en uitleggen wat er speelt. Ik ben bang, ik weet niet meer wat ik moet doen. Toe, neem contact met me op en vertel me wat er gebeurt voor ik helemaal gek word... *In die geest gaat ze almaar door. Ze heeft ook een paar opmerkingen over Amber, dat ze erg knap is en zo – slecht verhulde smeekbedes om gerustgesteld te worden. Ze is haar zelfbeheersing kwijt, er is geen leidende gedachte meer. Wat er ook in haar hoofd omgaat, alles wordt te pas en te onpas op het scherm gesproeid in de hoop dat ik er orde in aanbreng.*

Als ik deze berichten lees, word ik kwaad, ik kan er niets aan doen. Ze uit al haar twijfels en verwarring, maar die zijn gebaseerd op haar eigen aannames en vooroordelen, zonder dat ze er echt bij stilstaat. Ze is zo zeker van haar zaak, zo gewend om de wereld door haar eigen vizier te bekijken, dat het niet eens in haar opkomt dat de dingen heel anders kunnen liggen.

Ik koester mijn boosheid tot ik dreig te ontploffen, dan pak ik een schaar en loop ermee naar de fotogalerij in de gang. Ik pak ze een voor een van de muur en haal ze uit hun lijstjes. Mijn handen beven en dit werkje moet heel precies worden gedaan, dus ik ga even zitten en wacht tot ik me heb vermand en al mijn aandacht kan richten op het stukje tapijt voor me waar ik de foto's naast elkaar heb neergelegd. Ik pak ze stuk voor stuk op, steek de punten van de schaar in haar gezicht en knip haar zorgvuldig uit elk kiekje.

Als ik klaar ben, stop ik ze allemaal weer terug in hun lijstjes en hang ze aan de muur. Ik doe een stap naar achteren om het eindresultaat te overzien. Ik ben tevreden. De reeks zwarte gaten in de foto's springen direct in het oog en benadrukken dat ze er niet meer op staat. Ze is weg. Het enige wat van haar over is, zijn de uitgeknipte rondjes aan mijn voeten. Ik overweeg om ze weg te gooien. Maar dan herinner ik me wat ze heeft gezegd, dat als iemand om je geeft, het hun plicht is om op de een of andere manier bij je te blijven, dus uiteindelijk laat ik het maar zo.

Weg

Caroline, mei 2015

Ik zit op een bankje aan de rand van de speeltuin en zie de kinderen als mieren over het blauwe ijzeren klimtoestel kruipen. Het is koud voor de tijd van het jaar en het gegil en gekrijs is oorverdovend, maar ik ken deze buurt niet en de enige andere plek die ik kon verzinnen was de koffiebar waar ik met Amber was en waar ik haar tegen het lijf zou kunnen lopen. Hier komen geen mensen zonder kinderen. Zo nu en dan zie ik een van de moeders een beetje vreemd naar me kijken, en zich natuurlijk afvragen welk kind bij mij hoort. Een paar andere moeders zitten met felle oogjes over me te kletsen, over die vreemde vrouw in hun midden. Meestal zou ik me daar reuze ongemakkelijk door voelen, maar vandaag kan het me niks schelen. Ik ben nog steeds van de kaart en alle andere dingen zijn achtergrondruis.

Ik lees nog een keer het berichtje dat Amber me een paar uur geleden heeft gestuurd. *Caroline, sorry dat ik je gisteren vroeg om weg te gaan. Het was voor mij net zo'n schok als voor jou. Het lijkt me allemaal wel erg toevallig. Eerlijk gezegd kan ik het nog steeds niet geloven. Bel me alsjeblieft.* Ik zie nog haar gezicht voor me toen we daar in de keuken stonden – strak, ongelovig, ongevoelig voor mijn tranen. Ze heeft niet gevraagd of ik wilde weggaan, ze zei dat ik moest oprotten.

Sinds ze dat berichtje heeft gestuurd, belt ze me om de haverklap, maar inmiddels gaat de telefoon maar een paar keer over omdat ze merkt dat ik toch niet opneem.

Ik weet dat ik haar terug moet bellen, dat ik uiteindelijk toch met haar zal moeten praten, maar ik kan het nog niet. Het is een te grote warboel in mijn hoofd. Ik kijk weer naar het sms'je en het woord 'toevallig' springt eruit. Ze begrijpt dat dit niet zomaar een of andere speling van het lot is, maar wat ze niet begrijpt is dat ik geen idee heb hoe dit is begonnen. Jij hebt dit allemaal bekokstoofd en je moet geweten hebben dat de kans bestond dat dit zou gebeuren – dat Amber en ik elkaar zouden tegenkomen. Ik weet niet of je vond dat je dat risico maar moest nemen, of dat het iets was wat je van meet af aan hebt gewild.

Die gedachte beneemt me de adem en doet me pijn. Ik weet niet waarom je zou willen dat ik haar ontmoette. Maar nu dat eenmaal is gebeurd, kan ik niet meer doen alsof het niet zo is en de beelden uit mijn hoofd krijgen die zich als een film afspelen: dat je haar vanuit je raam hebt gezien en de straat over zag steken, haar hebt bekeken en dat het je wel beviel wat je zag. De zorgvuldig voorbereide ontmoeting, de snelle flirterige, goedkeurende blikken. *Net hier komen wonen? Je zegt het maar als je iets nodig hebt…* De opwinding van de eerste afspraakjes, de spanning van jullie eerste kus. Ik spoel verder naar jullie tweeën op de bank, tv-kijkend of pratend over wat je die dag hebt meegemaakt. Samen aan de keukentafel eten met een glas wijn. Klusjes doen op zondagmorgen, de was ophangen, of de badkamer schoonmaken. Al die huislijke dingen die wij nooit hebben gedaan. En dan komt het deel dat het meeste pijn doet – jouw handen om haar slanke taille, jouw lippen die haar hals kussen, haar benen om je heen geslagen en het geluid van je stem die dezelfde dingen tegen haar fluistert die je tegen mij zei. Als ik wel eens aan je durfde te denken de afgelopen twee jaar, dan was je altijd alleen. De gedachte aan iemand anders naast je kon ik niet aan.

Ik weet nog dat ik je een brief stuurde, een paar dagen nadat ik je voor het laatst had gezien. Geschreven op een vel papier met gele lijntjes dat ik uit een notitieblok van kantoor had gescheurd, in een mallotige poging om nostalgische gevoelens bij je op te roepen. Ik schreef over de dingen die veel voor me hadden betekend en als laatste liet ik je weten dat ik hoopte dat je gelukkig zou worden, en dat ik ervan overtuigd was dat jij wilde dat ik ook gelukkig was. Nu weet ik zowel het een als het ander niet meer zo zeker. Bij de gedachte dat je gelukkig bent met haar, word ik helemaal beroerd, en het wordt steeds duidelijker dat jij helemaal niet wilt dat ik gelukkig ben. Dit voelt meer als een marteling, alsof je wilt dat ik word gestraft.

Dit is een verschrikkelijke gedachte. Ik herinner me de laatste keer dat ik je zag; dat ik me omdraaide en jou achterliet. Toen ik achteromkeek, stond je roerloos aan de kant van de weg. Ik ben nooit in staat geweest om het hele plaatje te zien, om me echt alles te herinneren. Ik liep weg en keek niet meer om. Uit pure wanhoop verdrong ik het schuldgevoel en de pijn. Ik weet dat jij niet hetzelfde kon doen. Jij moest ermee leven en ik heb geen idee hoe jou dat misschien heeft veranderd.

Het is half drie en ik ben al uren de deur uit. Met tegenzin sta ik op en loop terug door het park. Ik sla de straat in die naar het huis loopt, versnel mijn pas en trek mijn jas stevig om me heen. De kille lentewind doet me huiveren.

Ik ga zo op in mijn gedachten dat ik me slechts vaag bewust

ben van een geluid achter me – gezoef en gierende remmen. En dan een kleurige flits. Een auto die naast de stoeprand rakelings langs me heen rijdt. Ik deins snel achteruit en kom tegen een heg terecht. De auto is al verdwenen, maar nu pas realiseer ik me wat er gebeurde. Het had niet veel gescheeld. Ik zak door mijn knieën en ga naast de rijweg zitten met mijn hoofd tussen mijn benen en probeer te kalmeren.

Het duurt wel een minuut of vijf voordat ik in staat ben om op te staan en verder te lopen. Ik zeg tegen mezelf dat ik me niet zo moet aanstellen. Het had niks te betekenen.

Als ik bij Everdene Avenue kom, begint het te regenen en ik doe de kraag van mijn jas zo ver mogelijk omhoog. Maar mocht Amber uit het raam kijken dan herkent ze me natuurlijk meteen. Toch gaat er geen voordeur open en er wordt ook niet naar me geroepen. Ik steek snel de sleutel in het slot van nummer 21 en glip naar binnen.

Mijn hart maakt een sprongetje van opluchting als ik lees wat er op het briefje staat dat op de keukentafel ligt: *Ben naar de supermarkt voor wat boodschappen en ga op de terugweg even langs de bioscoop om te kijken of er vanavond iets draait wat we willen zien. Om vier uur terug. F.* In ieder geval heb ik nog een uur om mijn gedachten een beetje te ordenen. Maar het lukt me niet om rustig te blijven zitten. Voor ik er erg in heb, loop ik weer rusteloos door het huis, kamer in, kamer uit, en kijk naar de weinige spullen, op zoek naar een aanwijzing van hoe je leeft, hoe je bent, waar je nu om geeft. Hoe langer ik door die onpersoonlijke ruimtes loop, hoe hulpelozer ik me ga voelen. Dit heeft geen zin; nadat ik dat flesje aftershave had gevonden, heb ik echt alles doorzocht. Er is nog maar één plek waar ik nog niet heb gekeken: het kastje onder het bureau in de studeerkamer. Toen ik daar de eerste keer was, zat het op slot en heb ik het er maar bij gelaten, maar nu weet ik bijna zeker dat ik erin moet kijken. Ik ga naar de studeerkamer, loop naar het lege bureau en ga er op mijn knieën naast zitten. Ik trek aan het laatje, maar natuurlijk zit het nog steeds op slot. Ik kijk eronder en strijk met mijn hand over de vloer, op zoek naar een sleutel. Dan doorzoek ik de rest van de kamer, elke spleet en richel. Maar geen sleutel.

Gefrustreerd ga ik weer op mijn knieën zitten en trek aan het laatje. Ik voel weerstand, maar het is een goedkoop mechanisme en ik hoor het rammelen. Nu krijg ik er echt de pest in en voordat ik er zelf erg in heb, leg ik mijn ene hand boven op het kasje en trek met de andere hand keihard aan de hendel, en dan nog een keer. Het slotje begeeft het en de la glijdt moeiteloos open.

De inhoud bestaat uit een groene opbergmap zonder opschrift. Ik pak hem eruit en bekijk de inhoud. Diverse pagina's, uitgeprint van internet en voorzien van wat onleesbare aantekeningen met donkere inkt. Ik kijk op de pagina en mijn keel knijpt zich dicht. Het is een uitdraai van de website 192.com, met alle huishoudens in het Verenigd Koninkrijk die geregistreerd staan onder Francis' en mijn achternaam. Gemarkeerd met een gele viltstift staat daar ons volledige adres in Leeds.

Met bonzend hart leg ik de andere pagina's voor me neer. Een foto van het blok waarin we wonen, afkomstig van een makelaarswebsite met een advertentie voor een van de appartementen die te koop staan. De homepage van het bedrijf waar ik nu werk, inclusief de bedrijfsfoto's waar ik charmant lachend op sta. Een paar screenshots van mijn profiel op sociale media. Het is allemaal publieke informatie, maar het gaat om de combinatie van al deze gegevens, het feit dat je de moeite hebt genomen dit allemaal uit te pluizen. Het heeft iets bedreigends.

Op het laatste vel staat het profiel dat ik maanden geleden op de site voor huizenruil heb aangemaakt, met foto's van ons interieur, de beschrijving van de sfeervolle locatie en het verzoek om contact met me op te nemen. Ik heb me nooit afgevraagd hoe je me hebt gevonden op de site voor huizenruil, maar nu snap ik dat je een Google Alert of iets dergelijks hebt ingesteld om mijn naam en adres te vinden. Iedereen zou zoiets doen om iets te achterhalen. Maar zelfs als ik dit probeer te rationaliseren, ben ik me ervan bewust dat er een wereld van verschil bestaat tussen iets en iemand, en met name de iemand die ik voor jou ben. Een wereld van verschil tussen interesse en obsessie.

Lichtelijk verdwaasd maak ik een stapeltje van de pagina's, stop ze terug in de map en doe ze weer in de la, alsof ik betrapt zou kunnen worden. Ik leun tegen het bureau terwijl er van alles en nog wat door me heen gaat.

Het schermpje van mijn telefoon licht op. Een mailtje. Uit ongeloof en verwarring heb ik je gisteren ik weet niet hoeveel berichtjes gestuurd, en je hebt er niet eentje beantwoord. Maar nu dus wel.

Het is maar kort: *Maak je geen zorgen. Ik houd mezelf wel bezig.* Ik scrol naar beneden, en dan zie ik dat het een antwoord is op een van de boze mailtjes die ik je heb gestuurd: *Waar slaat dit op? Wat heb je in vredesnaam in mijn huis te zoeken? Wat ben je eigenlijk aan het doen?* Je reactie is cryptisch, kort en ik schiet er niets mee op. En dan zie ik de bijlage.

Ik open de bijlage. Het is een foto van de gang, in een beetje schemerig licht en genomen vanuit de keuken. Er is niets bijzonders op te zien. Tot ik de foto's aan de muur bekijk. Ze hangen daar nog precies zoals toen ik wegging, maar er is iets mee gebeurd. En dan zie ik het. Op de plaats van mijn gezicht zit een zwart gat.

Het is een enorme schok. Mijn gezicht is er systematisch en doelbewust uit geknipt. Hier is aandacht aan besteed. Sinistere precisie. Waarom zou je zoiets doen? Maar afgezien van het surrealistische aspect van deze daad, is er iets anders wat me dwarszit. En dan dringt het in een flits tot me door dat alleen míjn gezicht is verwijderd. Ergens diep vanbinnen geloofde ik nog steeds dat wat je ook bewogen heeft om dit te doen, de drijfveer liefde was. Als het gezicht van mijn man was weggehaald, kon ik dat nog opvatten als een symbolische verwijdering van hem, omdat je hem weg wilde hebben. Maar het gaat hier niet om iets wat met liefde te maken heeft, het gaat om het tegenovergestelde. Je vertelt me hiermee dat je me haat.

Thuis

Caroline, juni 2013

Zonder het expliciet af te spreken hebben Carl en ik in de afgelopen weken een soort routine ontwikkeld. Soms sturen we elkaar overdag een berichtje, over iets grappigs of over gedoe op de werkvloer, en 's avonds rond acht uur, als Eddie naar bed is, stuurt hij me een bericht dat we een half uurtje kunnen praten. Ik hunker naar dat bericht en kijk om de haverklap op mijn telefoon als ik in de keuken sta te koken en Francis' onvoorspelbare gedrag over me heen laat komen. Als Carl zich meldt, trek ik me in de slaapkamer terug. Tegen die tijd is Francis al buiten westen en zelfs al was hij nog bij zijn positieven, dan vraag ik me af of het hem nog zou deren. De onzichtbare levenslijnen tussen ons verpieteren in rap tempo. Ze sterven een voor een af, ze vallen weg en ik weet niet eens of hij het nog wel in de gaten heeft.

Ik zit achter mijn bureau, waar ik werktuiglijk kolommen met data en statistieken doorneem. Een taak waar ik mijn hersens niet voor nodig heb, dus ik kan mijn gedachten de vrije loop laten gaan. Ik denk aan de vorige avond, toen Francis en ik op de bank de plannen voor het weekend doornamen. Het zijn de zeldzame momenten waarop we een redelijk gesprek voeren en hij zich nog enigszins normaal kan opstellen, maar ze hebben geen invloed meer op me. Ik klamp me er niet meer aan vast, zoals voorheen, toen ik ze als laatste strohalm zag terwijl ik boven het ravijn bungelde. Ik weet inmiddels dat ze net zo snel weer voorbij zijn en dat die val onvermijdelijk is.

Het icoontje op mijn scherm begint te knipperen en ik glimlach, omdat ik weet wat de boodschap zal zijn. Het is inderdaad Carl, die zich verheugt op onze afspraak vanavond. Normaal gesproken zien we elkaar vrijdag en vandaag is het woensdag, maar ik heb gezegd dat ik moest overwerken en Carl zou na werktijd naar mijn kantoor komen. Het is een riskante actie, een primeur. Dat ik hem deze week twee keer zal zien, lijkt een aanwijzing te zijn dat er iets tussen ons is veranderd. Ik denk steeds vaker aan die ene avond dat ik bij hem wegging en voor het eerst de mogelijkheid overwoog van Francis te scheiden. Ik heb nog niets tegen hem gezegd, want ik ben er nog niet uit wat ik precies wil, maar altijd als ik bij hem ben, denk ik eraan; een geheim dat uit een klein zaadje is ontsproten. Ik kan het nog niet aan om Eddie in mijn overpeinzingen op te nemen, of de dag waarop ik tegenover mijn echtgenoot moet plaatsnemen om hem te vertellen dat ik hem verlaat op het moment dat hij me hard nodig heeft. Maar hij heeft me in feite doorlopend nodig gehad en hij staat er nooit bij stil wat mijn behoeftes zijn. Bij de gedachte alleen al word ik nijdig. Ik schud mijn hoofd en met een schok besef ik dat ik de getallen op het scherm verkeerd heb opgeteld. Ik was er echt niet met mijn gedachten bij.

Zie je om half zeven, typ ik naar Carl en ik verdring al het andere uit mijn hoofd. *Ik wacht op je…*

Dat is maar goed ook, luidt zijn antwoord.

Mijn vingers gaan over het toetsenbord en ik overweeg even

om een pikant berichtje te sturen, om een fractie eruit te gooien van de stormachtige gevoelens die in me omgaan als we een afspraakje hebben, maar ik beperk me tot een kus en sluit het scherm. Als ik mijn werk op tijd af wil krijgen, zal ik aan de bak moeten. Gek genoeg is juist Carl degene die deze mate van zelfbeheersing bij mij heeft aangewakkerd. Hij is er heel bedreven in om me in het gareel te houden en ervoor te zorgen dat we ons ondanks dit mijnenveld toch evenwichtig door de week heen slaan en niet al te vroeg pieken. Eerst had ik daar moeite mee, want het zit niet in mijn aard: eigenlijk wil ik altijd alles meteen. Dankzij hem ben ik het plezier van het uitgestelde genot gaan begrijpen en ik doe het nu zelf ook.

Om zes uur maken mijn collega's aanstalten om te vertrekken, zeggen elkaar gedag en pakken hun spullen. Even later zijn alleen Steven en ik nog aanwezig. Hij gaat vaak als laatste naar huis. Ik zie hem fronsend en met prevelende lippen aan een presentatie werken. Kennelijk is hij zich aan het voorbereiden. Bij tijd en wijle werp ik een blik in zijn richting. Misschien kan ik Carl beter vragen om elders op me te wachten.

'Zal ik vanavond afsluiten, of werk je tot laat door?' vraag ik ten slotte. Hij kijkt verbaasd op en ziet de lege bureaus.

'O, nee, ik maak het niet laat,' zegt hij afwezig. Hij schuift zijn papieren bij elkaar en doet zijn laptop dicht. 'Ga je ook naar buiten?'

'Nee, ik blijf nog even,' zeg ik snel. 'Ik wil dit afmaken.'

'Oké.' Hij trekt zijn jas aan, slingert zijn tas over zijn schouder en blijft naast mijn bureau staan. 'Gaat het wel?' vraagt hij.

Ik kijk glimlachend naar hem op. 'Ja hoor,' zeg ik opgewekt en ik kijk hem recht aan. 'Prima. Hoezo?'

Steven wrijft even over zijn kin. 'Ik weet het niet. Je komt ietwat... nerveus over. Zo ken ik je niet.' Het is vreemd om hem zoiets te horen zeggen en hij slaat gegeneerd zijn ogen neer. We hebben niet het soort werkrelatie dat we ook over persoonlijke dingen praten, en eerlijk gezegd vraag ik me af of hij me überhaupt 'kent' in die zin.

'Er is niks aan de hand,' herhaal ik. 'Ik ben gewoon een beetje moe. Stress. Niets bijzonders.'

'Oké.' Steven knikt en verlaat het kantoor, zichtbaar opgelucht dat hij er niet dieper op in hoefde te gaan. Ik blijf alleen achter. Mijn hart bonst in mijn keel en opeens heb ik het ontzettend warm, alsof ik flauw ga vallen.

Ik sta op en loop naar de toiletruimte, waar ik een blik in de kleine wandspiegel werp. Mijn wangen zijn blozend en verhit en mijn ogen fonkelen. Steven heeft gelijk. Ik ben mezelf niet. De vrouw in de spiegel heeft macht en invloed op een manier die ik al jaren niet meer heb ervaren. Jess moest vorige week twee keer kijken toen ze me zag en haar verbaasde blik sprak boekdelen. 'Dit lijkt goed bij je te passen, ik kan niet anders zeggen,' had ze opgemerkt. Woelend door mijn haar blijf ik naar mijn spiegelbeeld kijken. Mijn stemming schijnt in de afgelopen tijd in noodtempo en volkomen willekeurig van algehele malaise naar sprankelende opwinding te schieten. Als dit bij me past, dan vraag ik me af wat voor soort mens ik ben.

De deur wordt opengetrokken. Ik draai me vliegensvlug om en zie Carl naar binnen glippen, die hem stevig achter zich dichttrekt. Hij laat zijn blik over mijn witte blouse, korte zwarte rokje en blote benen glijden. We stormen op elkaar af en hij slaat zijn armen om me heen. Ik voel me direct ontspannen. Onze kus is lang en vurig. We staan voor het langwerpige raam in het volle zicht van de omliggende kantoren, maar er is niemand meer aanwezig.

'Wil je je jas niet uitdoen?' murmel ik na een poosje.

Hij kijkt omlaag en lacht. Hij heeft niet eens zijn tas van zijn schouder gedaan. 'Ja,' zegt hij. 'Sorry. Hoi.'

'Geeft niet.' We begeven ons naar het kantoor, waar ik zijn jas losknoop en op de vloer laat vallen. 'Wil je wat drinken?'

Hij schudt zijn hoofd en loopt langs de lege bureaus van zijn oude werkplek. 'Wat vreemd om hier weer te zijn. Weet je dat ik net bijna tegen Steven aan botste? Ik zag hem over straat lopen en ben snel een steeg in geschoten tot hij me voorbij was. Stel je voor. "O, hoi, eh... ik was... eh..."'

'Ik was in de buurt.' Ik maak giechelend zijn zin af. Eigenlijk zou ik me zorgen moeten maken dat het op het nippertje goed is gegaan, maar de gedachte om ontdekt te worden is opwindend. Ik zou dit het liefst van de daken willen schreeuwen, ik wil dat iedereen het weet, dat iedereen begrijpt dat dit waarachtig is.

'Hm.' Hij werpt me een bedachtzame blik toe. 'Zo te zien vind je het wel leuk.' Een tel later staat hij voor me en tilt me op, draagt me naar de vergaderkamer en legt me daar op de tafel. Hij blokkeert met zijn gestalte het licht als hij zich over me heen buigt. Zijn handen strelen mijn dijen en glijden onder mijn rok. 'Geen ondergoed,' mompelt hij. 'Stout meisje.' Hij houdt met zijn ene hand mijn polsen stevig vast op het tafelblad, met de andere friemelt hij ongeduldig aan zijn riem nu het wachten voorbij is en hij weet dat we allebei maar één ding willen. In een oogwenk zit hij in me en de kracht drukt me bijna door de houten tafel, mijn onderrug schaaft door het ritme van zijn stotende bewegingen – dat gaat pijn doen morgen. Zijn adem strijkt heet over mijn lippen, en als ik mijn ogen dichtdoe, zie ik sterretjes en het maakt me allemaal niet meer uit.

Later liggen we nog ongeveer een uur half ontkleed uit te rusten op een geïmproviseerd bed op de vloer. De zon staat laag en het licht is warm en zacht. Ik heb de tv boven het bureau aangezet, maar met het volume zo laag, dat we alleen een licht geruis horen; vanuit mijn ooghoek zie ik de beelden over het scherm buitelen, een aaneenschakeling van bewegend licht. Hij staart naar het plafond en heeft zijn hand boven op mijn hoofd gelegd, her en der aan mijn haar plukkend en met de strengen spelend, en ik besef dat dit ook een soort routine tussen ons is geworden. We hebben bepaalde gewoontes ontwikkeld zonder dat we erop aanstuurden.

'Weet je zeker dat de achtste oké is?' vraagt hij na een lange stilte.

Ik rol me op mijn zij, sla mijn arm om zijn borst en kijk hem aan. 'Die staat als een huis.' We zullen ergens samen de nacht doorbrengen – in De Zilverberken, een hotel ergens in een onbekend dorp, waar hij weken geleden een kamer heeft geboekt in de buurt van de plek waar een vriend van hem de volgende dag zijn dertigste verjaardag viert. Toen Carl opperde dat ik met hem mee moest gaan, was ik in eerste instantie zowel panisch als opgewonden. Al lijkt Francis geen enkele belangstelling meer voor mijn handel en wandel te hebben, ik vind het nog altijd bezwaarlijk zo'n stap te nemen. Stel dat iemand me ziet? Daar staat tegenover dat ik me dan ook niet 's avonds laat nog eens hoef aan te kleden en de koude nacht in te stappen. Het idee om een keer naast hem wakker te kunnen worden in plaats van er alleen over te dromen, vond ik zo aanlokkelijk dat ik uiteindelijk ben gezwicht.

'Nou, mooi,' zegt hij. 'Ik wil heel graag dat je meegaat, maar dan moet je het wel zeker weten. Ik wil je nergens toe dwingen.'

'Ik weet het zeker,' zeg ik. 'Ik kijk ernaar uit.' Volgens mij gebruikt hij deze woorden net zo vaak als ik. Het is alsof we in een permanente staat van verwachting verkeren tot op het moment waarop we eindelijk samen zijn, maar dat moment lijkt ook in een vloek en een zucht voorbij, waarna we weer reikhalzend uitzien naar onze volgende afspraak.

Hij gaat zuchtend verliggen. 'Maar daarna moeten we een beetje gaan afbouwen, zoals je weet. Zo kunnen we niet eeuwig doorgaan.'

'Ja, ik weet het,' zeg ik werktuiglijk. We hebben het er al vaker over gehad en 8 juli is een soort ijkpunt geworden. Een laatste halleluja waarna we onze band, waaraan we maanden hebben gewerkt, langzaam af zullen breken. Het lijkt nu meer dan ooit een zinloze actie. Ik wil het tegen hem zeggen, ik wil zeggen dat het zo niet hoeft te gaan, maar het lijkt er niet het juiste moment voor en ik doe er het zwijgen toe. 'Ik wil niet,' zeg ik alleen.

'Ik weet het,' zegt hij. 'Voor mij is het ook niet makkelijk. Maar we hebben niet veel keus, wel?' Het is niet echt een vraag. Hij heeft dit soort dingen al eerder gezegd. De laatste keer ging hij een stapje verder. 'Ik word over een paar jaar dertig en wat heb ik bereikt?' zei hij toen. 'Ik deel een flat, ik heb geen vriendin, maar wel een relatie met een getrouwde vrouw die een kind heeft. Als dit voorbij is, heb jij je zoon nog, maar ik heb dan niets meer. Ik moet mijn eigen leven gaan opbouwen. Ik moet eraan werken, en daarin is geen ruimte voor jou.' Ik was ontsteld teruggedeinsd en hij zag aan mijn gezicht hoezeer hij me had gekwetst. Hij had meteen mijn hand gepakt en sorry gezegd, maar hij had zijn woorden niet teruggenomen.

We liggen nog een poosje stil naast elkaar. De droefenis sijpelt als een rooksluier de kamer in. De ondefinieerbare melancholie dringt zich meer en meer op als we samen zijn en kleurt elke blik en elke aanraking. Eerst brachten we uren schaterend door, als een stel verliefde pubers, en we konden elkaar moeiteloos aan het lachen krijgen. Het is alsof we alles versneld vooruit hebben gespoeld. In vijf jaar tijd zijn we tien jaar verouderd en het spook van de naderende scheiding is opgedoemd.

Hij gaat op zijn zij liggen, kijkt me aan en brengt zijn gezicht naar het mijne. Zelfs terwijl het gebeurt, besef ik dat ik nog nooit zo behoedzaam ben gekust – met zo veel aandacht, alsof hij de afdruk van zijn lippen voor eeuwig in mijn geheugen wil griffen. Ik weet wat dat betekent. Ik wil dit niet kwijt. Het verlangen is een oergevoel en ik druk me zwijgend tegen hem aan in de hoop dat hij mijn gedachten kan lezen.

'We kunnen maar beter gaan,' zegt hij even later. Het is niet wat ik wilde horen, maar als ik op de klok kijk, zie ik dat hij gelijk heeft. Ik knik en pak mijn kleren.

Een half uur later ben ik thuis. Het is al bijna donker en ik weet dat ik langer ben weggebleven dan ik had bedacht. Dat ik moest overwerken, klinkt nu niet plausibel meer. Ik zet me schrap als ik de sleutel in het slot steek, maar zodra ik de hal betreed, hoor ik Francis luid en onregelmatig snurken in de huiskamer.

Ik ga eerst bij Eddie kijken, die diep weggedoken onder de dekens ligt te slapen als een roos. Ik strijk hem zacht over zijn haar, geplaagd door een licht schuldgevoel omdat ik hem deze week zo weinig heb gezien. Ik beloof mezelf morgen bijtijds naar huis te gaan en hem misschien wel mee te nemen naar de speeltuin. Zacht verlaat ik zijn kamer en doe de deur dicht.

Ik loop geruisloos door de gang en zie Francis in de huiskamer languit op de bank liggen. Tot mijn schrik heeft hij een lege strip met pillen achteloos laten slingeren. Ik weet niet meer hoeveel het er waren de laatste keer dat ik keek, maar de strip is verkreukeld en er zit geen pil meer in. Bij de aanblik voel ik een steek van woede, witheet en radeloos, in me oplaaien. Ik steek mijn hand uit en trek hem aan zijn schouder. Als hij geen sjoege geeft, rammel ik hem stevig door elkaar. Hij mompelt iets onverstaanbaars. Ik weet niet of hij me gedag zegt of vraagt hem met rust te laten. Zijn ogen gaan even open en vallen dan weer dicht.

'Godsamme, Francis,' zeg ik. Ik hoor de hysterische teneur van mijn eigen stem en ik weet dat ik op het punt sta om los te barsten. 'Wat doe je jezelf toch aan, stommeling? Weet je wel wat er gebeurt? Heb je ook maar enig idee?'

Zijn ogen gaan weer moeizaam open. Het is alsof hij ze met een tang open moet wrikken. Er zit weinig herkenning in de glazige blik die hij me toewerpt en wat ik zeg, gaat finaal aan hem voorbij. Ik sta in het midden van de kamer met mijn armen om mijn bovenlichaam geslagen. Ik kan Carl nog steeds overal op me ruiken. De moed zinkt me in de schoenen. Hoe heeft Francis ooit zo kunnen aftakelen? Tranen prikken achter mijn oogleden en met verstikte stem hoor ik mezelf zeggen: 'Ik heb hier genoeg van. Je had op onze zoon moeten letten, man. Stel dat hij wakker was geworden en je had geroepen? Kan ik er wel op vertrouwen dat je goed voor hem zorgt?' Het komt zowel door mijn eigen hypocrisie als door mijn angst dat ik een onbedaarlijke huilbui krijg. Ik heb geen idee wat er nog over is van het vertrouwen tussen mij en mijn man.

Francis komt met moeite overeind, wrijft over zijn gezicht en probeert bij zijn positieven te komen. 'Het gaat echt wel,' zegt hij. 'Ik weet wat ik moet doen. Ik let op hem.' Hij zegt het met vlakke stem, maar de bijtende ondertoon ontgaat me niet en zijn frons is dreigend.

'Nou, dat is goed om te weten,' snauw ik. 'Goed dat je er voor hem bent, maar...' Ik zwijg even, want ik weet niet zeker of ik mijn gedachten hardop wil uitspreken. 'Maar je bent er niet voor mij,' zeg ik ten slotte.

Hij fronst opnieuw, alsof hij mijn woorden niet kan plaatsen. Misschien klonk ik te emotioneel en er is de afgelopen tijd immers weinig sprake van emoties tussen ons. Ik weet zelf niet eens waarom ik nog moeite voor ons zou doen. Hij lijkt iets te willen zeggen, maar hij perst zijn lippen op elkaar, laat zich tegen de rugleuning zinken en doet zijn ogen weer dicht.

Ik ben nog steeds kwaad op hem, zo kwaad, dat ik alleen hortend kan ademhalen. 'Ik wil dit niet meer,' zeg ik duidelijk articulerend. Als zijn antwoord uitblijft, sla ik knarsetandend mijn armen steviger om mijn bovenlichaam. 'Ik wil niet meer met jou onder één dak wonen,' vervolg ik. 'Ik ben hier klaar mee.'

Zijn oogleden trillen even, maar er komt nog altijd geen reactie. Ik kijk naar zijn donkere wimpers, de vormen van zijn gezicht die me aan Eddie doen denken, de schaduw onder zijn jukbeenderen waar ik ooit mijn vingers langs liet glijden als hij lag te slapen en mijn liefde via zijn huid probeerde over te brengen.

'Ik ga bij je weg,' besluit ik. De woorden zijn sterk in al hun eenvoud, maar ik hoor een zweem van onzekerheid in mijn bevende stem en ik weet dat hij dat ook moet hebben opgemerkt, al verkeert hij in deze staat. Nu ik het heb gezegd, weten we allebei dat ik het niet echt meende. Maar dat zal binnenkort anders zijn, beloof ik mezelf. Weldra is het zover.

Ze zijn terug. Deze keer ben ik voorbereid. Zodra ik ze voor het gebouw beneden zie stilstaan, trek ik mijn schoenen aan en haast me naar de begane grond. Ik duw de deur van het voorportaal open, doe net alsof ik iets vergeten ben, doorzoek zogenaamd mijn zakken en werp dan een blik in hun richting. Ik doe een stap naar ze toe en veins een verraste glimlach.

Ik richt me direct tot de jongen. 'Jij bent toch Eddie?' Hij kijkt me met een lachje aan, stopt verlegen zijn duim in zijn mond en sabbelt er even op. Hij kijkt op naar zijn oma, die me met beleefde argwaan bestudeert. 'Ik pas op het huis van Caroline en Francis,' leg ik uit. 'Er hangen overal foto's van Eddie.'

'Aha, op die manier.' De moeder van Caroline kijkt opgelucht bij deze verklaring. 'We waren niet aan het spioneren, hoor,' zegt ze dan. 'Maar het huis ligt op weg naar zijn school, dus...'

Opeens roert Eddie zich. 'Paddy,' zegt hij met zijn heldere stem. Met zijn grote grijze ogen kijkt hij me verwachtingsvol aan. Even weet ik niet waar hij het over heeft, dan herinner ik me opeens de kleine zilvergrijze hamster, die me bij tijd en wijle aan zijn aanwezigheid herinnert door onstuimig in zijn loopwiel tekeer te gaan.

Caroline heeft een absurd gedetailleerde instructielijst voor zijn verzorging achtergelaten, maar ik werp af en toe wat te eten in zijn kooi en tot dusver is de catastrofe uitgebleven. Voor de meeste wezens kost het minder moeite ze in leven te houden dan je zou denken.

'Pardon,' zegt de moeder van Caroline opgewekt. 'Hij heeft het vaak over zijn hamster. We konden hem vanwege mijn allergie helaas deze week niet meenemen.'

'Nou,' hoor ik mezelf zeggen. 'Dan moet je maar mee naar boven om hem te zien. Zou je dat leuk vinden, Eddie?' Het kind knikt en straalt bij het vooruitzicht. 'Als je terugkomt uit school?'

Eddie huppelt kraaiend van plezier op en neer. Tegelijkertijd besef ik dat ik hem met geen mogelijkheid nu kan meenemen. Niet nu er overal spullen slingeren, niet met die verminkte foto's in de gang. 'Ik heb nu een afspraak,' zeg ik. 'Maar misschien morgen.'

Zijn oma glimlacht ietwat zuinigjes. 'Dat is erg aardig van u,' zegt ze. 'We zien wel hoe het morgen loopt. Enfin, we zullen u niet langer ophouden. Aangenaam kennis te maken, eh...'

Ze wacht tot ik me aan haar voorstel, maar met een glimlach draai ik me om en wuif even als ik wegloop. Mijn voetstappen galmen als pistoolschoten over de plavuizen. Ik weet niet wat ik zoeven heb gedaan, maar ik sta te tintelen van genoegen en ik ben helemaal licht in mijn hoofd. Wat stom om te denken dat je dicht bij iemand kan zijn door in hun huis te gaan zitten, te midden van hun spullen. Het zijn juist hun dierbaren die het meest over hun karakter prijsgeven.

Weg

Caroline, mei 2015

Ik lig klaarwakker in de donkere slaapkamer en kijk naar het dalen en rijzen van het dekbed naast me waar Francis diep ligt te slapen. Terwijl mijn ogen aan het duister wennen, zie ik langzaam de contouren van het meubilair verschijnen. Het heeft iets onwerkelijks om hier 's nachts te zijn. Alles lijkt mogelijk als mijn gedachten op hol slaan. Ik wil opstaan en het huis weer doorzoeken, kijken of ik nog een aanwijzing kan vinden.

Maar als ik denk aan de kale oppervlakken en lege kasten, weet ik dat er niks meer te ontdekken valt. Toch bestaat het niet dat dit alles is wat je bezit. Of dat je alleen voor deze week de hele inboedel met je hebt meegenomen. Je was nooit rommelig, maar dit gaat wel erg ver. Er moet meer zijn. Maar waar dan? Opeens bedenk ik iets. Ik schiet overeind, doe voorzichtig het dekbed opzij en sta op. Ik neem mijn telefoon mee en ga de overloop op. Ik ril, deels van de kou maar ook omdat ik het eng vind.

Ik kijk omhoog en zie meteen waar ik op had gehoopt. In het plafond zit een witgeverfd vierkant, met een koperen beugel aan de zijkant. Het luik van een vliering. Nu herinner ik me ook een lange ijzeren stok die in een kast in de gang staat. Ik loop snel naar beneden om die te halen en haak de stok in de beugel. Het luik gaat open en er komt een ladder uit die uitklapt als ik eraan trek. Er is geen licht op de vliering, maar ik zie wel dat zich tegen de balken verschillende contouren aftekenen, zwak verlicht door de straatlantaarns die door het dakraam naar binnen schijnen. Ik vind het doodeng om daar binnen te gaan, maar ik zet mijn tanden op elkaar, en zeg tegen mezelf dat er niemand is. Ik moet me niet bang laten maken door mijn eigen fantasie.

Ik pak de trap met beide handen vast en klim voorzichtig naar boven. Ik doe mijn best zo min mogelijk geluid te maken om Francis niet wakker te maken. Mijn hart bonst van de spanning. Ik kruip door de opening van het luik en zit even op handen en voeten op de houten planken van de vliering. Ik schijn met mijn telefoon over de vloer en zie dat er een dikke laag stof ligt. Maar als ik nog eens goed kijk, zie ik dat er een spoor door het stof loopt, alsof er zware voorwerpen over de vloer zijn gesleept. Voorzichtig kom ik overeind en ontdek dan een lichtschakelaar aan de muur. Ik doe het licht aan en er begint een peertje te branden dat in het midden van de zoldering hangt. Nu zie ik dat er wel een stuk of tien witte vuilniszakken in de hoek staan, met daarnaast een paar kartonnen dozen, helemaal nieuw, zonder stof of schimmel.

Gespannen houd ik mijn adem in en loop er op mijn tenen naartoe. De wildste beelden schieten door mijn hoofd: zakken met verminkte ledematen, druipend van het bloed. Ik moet rillen als ik de eerste zak pak en de sluiting openmaak.

Allemaal keukenspullen, theedoeken en serviesgoed, van alles en nog wat bij elkaar gekwakt. In de volgende zakken die ik inspecteer zit hetzelfde; haastig bij elkaar gepakte gebruiksvoorwerpen en snuisterijen, die zo te zien geen persoonlijke betekenis of waarde hebben. Er is geen reden om dit soort dingen te verbergen, de enige reden kan zijn dat je de alledaagse dingen uit je leven voor mij verborgen wilt houden. Ik maak zak na zak open en vind niets opmerkelijks. In een paar dozen zitten boeken, en ik kijk even naar de titels. Een aantal klassiekers, een paar biografieën en zelfs een populair wetenschappelijk boek over psychologie, waarvan ik me niet kan voorstellen dat je dit soort dingen leest.

Achter de dozen staan nog een paar zakken, lichter en zachter dan de andere, en mijn maag draait om als ik besef dat er waarschijnlijk kleren in zitten. Dit is veel intiemer. Ik doe mijn ogen dicht en herinner me hoe je kleren voelden, de geur van je aftershave die erin hing. Met bonzend hart maak ik de eerste zak open. Maar als ik er met mijn hand in ga, voel ik meteen dat het niet is wat ik dacht. Ik haal er een paar kleren uit en bekijk ze in het zwakke lamplicht. Het zijn truitjes in zachte pasteltinten. Ik tast nog wat dieper in de zak en schud dan de rest van de inhoud uit op de vloer. Het zijn de kleren van een vrouw, helemaal niet die van jou. Ze zijn allemaal maat 38 en er zitten een paar dure merken bij. Met een schok besef ik dat deze kleren van Amber moeten zijn. Ik doorzoek de andere zakken en daarvoor geldt hetzelfde. Het lijkt wel alsof haar hele garderobe hiernaartoe is verhuisd.

Ik moet even gaan zitten. Vanwaar die hoeveelheid kleren en waarom zijn die hier? Ik kieper de laatste zak om en dan valt er tussen al die zachte stoffen uit iets hards op de vloer. Ik pak het op en zie dat het een tinnen medaillon is. Ik maak het open en dan voel ik iets tegen mijn vingers: een haarlok, met rafeltjes aan het eind.

Ik trek snel mijn hand terug. Het lokje is te donker om van

Amber te kunnen zijn, tenzij ze haar haar flink heeft geverfd. Is het van jou? Het zou kunnen; het lokje heeft de kleur van jouw haar en het is ook van dezelfde dikte. Ik raak het nog een keer aan en terwijl ik mijn ogen dichtdoe, probeer ik me te herinneren hoe je haar tegen mijn huid voelde. Het lukt niet erg, en ik word een beetje draaierig. Ik stop het medaillon terug in de zak, samen met Ambers kleren. Ik voel me een indringer.

Huiverend in mijn hemdje en slipje hurk ik neer op de vloer van de zoldering. Allerlei gedachten schieten door mijn hoofd en schreeuwen om aandacht. Ik probeer me er niet door af te laten leiden en dan komt er iets in me op, iets wat al dagen aan me knaagt. Ik denk aan die dag in de koffiebar, Ambers ontwijkende antwoord toen ik haar vroeg of ze wist wie hier woonde. *Niet echt. Zo nu en dan zie ik daar mensen, maar dat is het wel zo ongeveer.* Waarom zou ze liegen? Vermoedde ze toen al wie ik was en wilde ze niet zeggen hoe het zat? Maar hoe langer ik hierover nadenk, des te onwaarschijnlijker komt het me voor. Ze gedroeg zich niet als iemand die zichzelf of haar minnaar wilde verbergen; ze wilde vrienden met me worden en deed er echt haar best voor. En dan herinner ik me nog iets anders: de manier waarop ze door dit huis scharrelde toen ze 's avonds op bezoek kwam. De gespannen uitdrukking op haar gezicht. Ik weet gewoon dat je je niet zo gedraagt in een huis dat je goed kent. Het was alsof ze alles in zich op wilde nemen, alsof ze het voor het eerst zag.

Er gaat een rilling door me heen en ik sla mijn armen om mijn knieën. Zou het kunnen dat Amber helemaal niet jouw vriendin is? Zou het kunnen dat ze geobsedeerd is geraakt door jou, en dat ze je stalkt vanaf de overkant van de straat? Maar als ik denk aan de foto op de koelkast en de vrouwenkleren hier in de zakken, dan ben ik weer helemaal terug bij af.

Ik druk mijn vingers tegen mijn slapen, en slaak een zucht. In een opwelling pak ik mijn telefoon en tik een berichtje in. *Sorry, dat ik je niet heb teruggebeld. Ik beloof dat ik dat snel zal doen. Zeg alleen of je wel of niet wist wie ik was en waarom je voor mij hebt verzwegen dat Carl hier woont. Alsjeblieft, wees eerlijk tegen me dan kunnen we met elkaar praten.*

Zodra ik op verzenden heb gedrukt slaat de twijfel toe. Maar nu is het te laat. Gespannen kijk ik naar het schermpje en wacht op antwoord. Gek genoeg heb ik het gevoel dat ze net zo wakker is als ik, en ja hoor, na ongeveer een minuut trilt mijn telefoon en staat er dat ik een bericht heb.

Caroline, we moeten hier inderdaad over praten. Ik ben niet naar je toe gekomen omdat ik weet dat dit een moeilijke situatie voor je is en ik Francis er niet bij wil betrekken. Maar ik blijf niet eeuwig wachten. Het is een soort verkapt dreigement. Het zou helemaal niet ondenkbaar zijn dat Amber in het holst van de nacht op de voordeur gaat bonken en schreeuwt dat ze met me wil praten. Ik weet dat ze daartoe in staat is, net als ik.

Ik beweeg langzaam met mijn vingers over het scherm. *Ik kom naar je toe. Over vijf minuten.* Dan ga ik de trap af en loop zachtjes terug naar de slaapkamer. Ik trek de kleren weer aan die ik een paar uur geleden over de rugleuning van een stoel heb gehangen en ga even met mijn vingers door mijn haar. Ik zou me ook wel op willen maken, maar ik wil het licht niet aandoen en eigenlijk doet het er niet toe hoe ik eruitzie. Ik wil dat ze me ziet zoals ik ben. Een vrouw van vijfendertig, getekend door de gebeurtenissen van de afgelopen twee jaar. Ik kijk nog even naar Francis, dan glip ik de slaapkamer uit, loop op mijn tenen de trap af, doe de voordeur open en sta buiten.

Het is zo stil op straat dat het lijkt alsof ik het enige ben dat beweegt in een verder verstarde wereld. Achter alle ramen is het donker en naast de huizen tekenen zich de contouren af van de keurig gesnoeide bomen, waarvan de toppen roerloos naar de hemel wijzen. De straatlantaarns staan op gelijke afstand van elkaar op het trottoir en werpen een gelig licht op de omgeving. Als ik naar nummer 14 loop, schrik ik van mijn eigen schaduw. Ik houd mezelf voor dat er weinig plekken veiliger zijn dan een doodlopende straat in een buitenwijk. In deze stilte zou elke schreeuw ervoor zorgen dat achter alle ramen de lichten worden aangedaan en de bewoners naar buiten gluren. Toch stelt deze gedachte me niet echt gerust, want ik moet juist zo stil mogelijk doen en ervoor zorgen dat niemand me ziet.

Ik wil net op de deurbel drukken als ik haar silhouet achter het matglazen ruitje zie. Ze laat me binnen. Achter in het huis brandt een lampje. Ik weet inmiddels dat daar jouw werkkamer is. Ze doet een stap opzij zodat ik erlangs kan. De uitdrukking op haar gezicht is ondoorgrondelijk. Als we naar het werkkamertje lopen, zie ik dat ze ook geen make-up opheeft. Ze lijkt net een marmeren madonna, van alle franje ontdaan en verontrustend puur. Haar blonde haar zit strak naar achteren tegen haar hoofdhuid, alsof het nat is van het zweet.

'Ik weet niet wat ik moet zeggen,' zegt ze uiteindelijk. We gaan allebei niet zitten en blijven op een afstand van een halve meter tegenover elkaar staan. Onze lichamen spiegelen de wederzijdse spanning. We zijn ongeveer even lang en hebben hetzelfde postuur. Het is me nu wel heel duidelijk dat ik ben vervangen. Vervangen door een jongere, mooiere versie van mezelf, iemand zonder mijn zonden en littekens.

Ik wil iets gewoons of iets aardigs zeggen om deze ongemakkelijke situatie enigszins te normaliseren, maar ik kan niets verzinnen.

'Hoe lang zijn jullie al samen?' vraag ik. Het is een van de vele vragen die door mijn hoofd spoken, maar deze vraag is voor mij wel het meest urgent.

Amber denkt even na. 'Achttien maanden,' zegt ze dan.

Ik reken het uit. November 2013, dat is vier maanden na de laatste keer dat ik je zag. Te snel. Voor jou ongelooflijk snel. Je zei altijd dat niemand je ooit zo had geraakt als ik, dat er niets bestond wat daaraan kon tippen.

Ze kijkt me aan met haar hoofd een tikje geheven, uitdagend. 'We zijn hier al na zeven maanden komen wonen,' zegt ze en nu kan ik duidelijk iets provocerends in haar stem horen. 'Dat was best snel, maar als het goed zit dan zit het goed, nietwaar?' Ze zegt het afgemeten, heftig, alsof ze me uitdaagt haar tegen te spreken.

'Ja, vast wel,' hoor ik mezelf zeggen.

Nu ze merkt dat ik niet van plan ben haar aan te vallen, ontspant ze een beetje en ze stapt in het licht waardoor ik de schaduwen op haar gezicht zie en hoe haar pupillen net speldenknopjes in haar donkergroene ogen lijken. Ik probeer me in haar te verplaatsen – ik als de huidige minnares die zich bedreigd voelt door een vrouw uit het verleden – maar het lukt me niet. Ze is voor mij nog steeds niet helemaal echt, niet als jouw vriendin. Haar huid glanst en het lamplicht schijnt door haar blonde haar. Onder de dunne stof van haar witte T-shirt zie ik de welving van haar borsten, de vage contouren van haar tepels. In een flits zie ik voor me hoe je het shirtje omhoog en over haar hoofd trekt.

'Zo,' zegt ze. 'Je weet vast wel waar het over gaat. Zeg eerlijk. Ben je hier gekomen om hem te zien?'

'Natuurlijk niet.' Ik zeg het zo stellig mogelijk. Ik weet dat ik in haar plaats hetzelfde had gedacht, maar toch vind ik het vervelend dat ze het vraagt.

'Oké,' zegt Amber. Ik weet niet of ze me gelooft of niet. 'Maar je zei dat jullie weer contact hadden.' Ze bijt op haar onderlip. 'Toen ik een paar dagen geleden naar je toe kwam, vertelde je dat hij je een berichtje had gestuurd. Je had het toch over Carl, hè?'

Het gemak waarmee ze je naam uitspreekt, alsof je haar bezit bent, zorgt ervoor dat ik haar niks meer wil vertellen. Zij staat aan jouw kant, niet aan de mijne. Ze zal me afschilderen als een fantast, ze gaat je straks meteen bellen, als ze dat al niet heeft gedaan. Bij dat idee slaat mijn hart een slag over. Ik wil het weten. 'Heb je tegen hem gezegd dat ik hier ben?' vraag ik gespannen.

Amber schudt haar hoofd. 'Ik wil hem niet overstuur maken. Het heeft geen zin om het verleden op te rakelen, tenzij ik daartoe gedwongen word.' Weer een verkapt dreigement. Ze is onzeker over wat ik ga doen.

'Ik snap het.' Ik bewonder haar discretie. In dit opzicht lijkt ze totaal niet op mij. Ik had deze ontwikkelingen niet langer dan een paar minuten voor me kunnen houden... Alhoewel, ik heb het nu al dagen voor Francis verzwegen. Ik weet niet wat het verschil is. Misschien komt het wel omdat ik gewend ben dingen voor hem te verzwijgen, om ons gezamenlijke leven in vakjes te verdelen. Om het gecompliceerde spel te spelen van sommige dingen wel naar buiten brengen en andere dingen ver weg te stoppen.

Amber kijkt me aan en wacht tot ik antwoord geef op haar vraag. 'Je zei dat hij contact met je had opgenomen,' zegt ze nog een keer. 'En dat je dacht dat hij in jouw huis was. Waarom zei je dat?'

Ik wil het haar uitleggen, maar ik weet niet waar ik moet beginnen. 'Ik kreeg onlangs een berichtje.' Terwijl ik het zeg, bedenk ik dat er een manier is om de waarheid te vertellen zonder al te veel los te laten. 'Het kwam niet van hem, of in ieder geval stond zijn naam er niet bij. Er stond iets in over mijn huis, en op een of andere manier deed me het aan hem denken. Ik dacht dat hij contact met me zocht. Maar ik kan het mis hebben.'

Er verschijnt een rimpeltje in haar voorhoofd. Dan gaat ze zitten en ze gebaart dat ik hetzelfde moet doen. Ze buigt zich voorover en strijkt met haar roze gelakte nagels over haar huid. Die beweging heeft iets hypnotiserends. 'Ik denk dat je je vergist,' zegt ze alsof ze heel zeker is van haar zaak. 'Als je Carl zou kennen,' gaat ze verder, 'dan zou je weten dat hij nooit van gedachten verandert. Wat hem betreft is dat een zwaktebod. En hij heeft echt definitief besloten om een punt achter jullie verhouding te zetten.' Ze kijkt me recht in de ogen en de directheid van haar blik is intimiderend. 'Hij heeft inmiddels een totaal ander leven.'

Dit komt hard aan, en het treft me diep. Maar dat duurt niet lang. Wat ze zegt slaat nergens op want ik heb het bewijs dat het anders ligt, en dat komt niet alleen door de dingen die ik haar niet heb verteld, maar ook door het onmiskenbare feit dat zij en ik zo op elkaar lijken. 'Vreemde manier om een totaal ander leven te leiden,' zeg ik en ik wijs naar haar en mezelf.

Ik zie iets van onzekerheid op haar gezicht als het tot haar doordringt wat ik bedoel, maar dan haalt ze haar schouders op en stopt een haarlok achter haar oor. 'Hij valt gewoon op een bepaald type,' zegt ze. 'Dat hebben zoveel mensen.'

Ik weet dat het meer is dan dat, maar ik ga er niet op in. 'Wat heeft hij je over mij verteld?' vraag ik dan. 'Over onze verhouding?'

Blijkbaar is dit voor haar veiliger terrein. Ze recht haar rug en kijkt me weer aan. 'Alles.' Het lijkt alsof ze hier nog iets aan wil toevoegen, maar dan knijpt ze haar lippen samen en schudt haar hoofd, alsof ze zich heeft bedacht.

Ongewild plaats ik dat ene woordje 'alles' in zijn context. Er flitsen allemaal beelden voorbij die zich samenballen in een laatste beeld: de weg voor hotel De Zilverberken, waar ik je voor het laatst heb gezien. Ik merk dat Amber naar me kijkt, en ik vraag me af of hetgeen er nu door me heen gaat van mijn gezicht te lezen valt, hoewel ik mijn best doe niets te laten merken. Ik ben er ook niet zeker van of ze het echt weet en het echt begrijpt. Ik heb al zo lang geloofd dat niemand behalve wij van onze geheimen afwist, alsof we een hecht, ellendig tweespan vormden, aan elkaar gesmeed door een band die zich over alles uitstrekt. Daardoor ben jij deel blijven uitmaken van mijn leven en ik van het jouwe, wat de feiten ook mogen zijn. De gedachte dat Amber hier nu ook deel van uitmaakt, vind ik enorm verwarrend.

'Luister,' zegt ze en ze onderbreekt hiermee mijn gedachten. 'Dat berichtje dat je me net hebt gestuurd.' Met een schok herinner ik me waarom ik haar iets heb gestuurd. 'Ik snap je vraag niet helemaal. Je vroeg toch waarom ik niet had gezegd dat Carl daar woonde?'

'Ja,' zeg ik. 'De eerste keer dat we koffiedronken, vroeg ik of jij de eigenaar kende van het huis waar ik logeerde en je zei nee. Waarom zei je niet dat hij het was?'

Ze kijkt verbaasd. 'Waarom zou ik?' zegt ze. 'Carl woont hier. In dit huis, samen met mij.'

Dit moet ik even verwerken. Ik snap het niet, maar toch lijkt het te kloppen. Het serviesgoed in de keuken, de kleurige muren, de opvallende zwart-witprenten in de gang. Dat is jouw smaak, niet die van haar. Ik kan me je wel enigszins voorstellen in dit huis. Dat lukt me niet bij nummer 21. Ik zie het nu duidelijk voor me en ik weet zeker dat ze niet liegt.

Het is alsof ik door stroop waad. Ik probeer te begrijpen hoe het dan wel in elkaar zit. Is nummer 21 soms van een van je andere vriendinnen, iemand die jou vertrouwt en je in haar huis laat? Iemand die weg is tijdens mijn verblijf hier? Of heb je buiten haar medeweten de gegevens op de website van de huizenruil gezet? Heb je haar ingeschreven, haar sleutels aangenomen en ook die van mij? Of zijn beide huizen van jou? Alles wat ik bedenk, vind ik onwaarschijnlijk.

'Wanneer komt hij terug?' vraag ik dan. Ik wil ons gesprek weer naar het nu trekken. Dat is het enige waar we op dit moment iets mee kunnen.

'Morgenmiddag,' zegt ze. Ik merk dat haar stem even omhoogschiet en haar gezicht blij oplicht bij de gedachte.

Ik ga pas over twee dagen terug naar Leeds en dat moet je weten, al begrijp ik nog niet hoe. Je hebt er dus voor gekozen om eerder terug te komen. Waarom? Toch alleen maar omdat je mij wilt zien?

'We moeten iets doen,' zegt Amber plompverloren. 'Eerlijk gezegd vind ik dat je hier niet kunt blijven. Het is nergens goed voor als je hem weer ziet. Niet voor jou en niet voor hem. En ook niet voor mij,' voegt ze eraan toe – min of meer terloops, maar ik weet dat dit haar het meeste bezighoudt.

Mijn eerste reactie is hiertegen in te gaan, maar ik ben zo verstandig om mijn mond te houden. 'Ik zal erover nadenken,' zeg ik dan. 'Ik stuur je morgenochtend een sms'je.'

Amber knikt en laat zich in haar stoel terugzakken alsof de intensiteit van ons gesprek haar heeft uitgeput. 'Oké.' Ze doet haar ogen half dicht.

Ik sta op en loop naar de deur, maar wanneer ik de kruk vastpak, draai ik me toch nog even om en stel haar de vraag die aan me knaagde vanaf het moment dat ik wist dat zij de enige was die me daar antwoord op kan geven. 'Hoe is het met hem?'

Langzaam richt ze haar hoofd op en kijkt me met toegeknepen ogen aan. 'Goed,' zegt ze. 'Prima. Hij is gelukkig.' Ze zegt het zacht, niet agressief, maar toch komt elk woord aan als een mokerslag, die elke volgende vraag bij voorbaat uitsluit. Toch klopt het niet met wat ze laatst zei over je afstandelijkheid, en dat je er vaak niet met je hoofd bij leek te zijn. Maar ik heb de energie niet om uit te vogelen wat ik liever zou willen of wat meer naar de waarheid neigt, dus knik ik even en sluit dan de deur zacht achter me.

Tijdens de paar uur dat ik heb geslapen sinds ik bij Amber vandaan kwam, ben ik in bed naar Francis' kant geschoven, en wanneer ik wakker word, lig ik met mijn gezicht tegen zijn hals en heeft hij zijn armen losjes om me heen geslagen. Hij slaapt nog en zijn rustige, gelijkmatige ademhaling doet de haren die over zijn voorhoofd vallen bewegen. Zoals ik hier lig met Francis' warme lijf tegen me aan lijkt de middernachtelijke ontmoeting met Amber net een droom.

Francis geeuwt en rekt zich uit. 'Hallo,' mompelt hij en hij slaat zijn armen wat steviger om me heen voor een knuffel. 'Fijn dat je hier bent.'

Ik druk mijn gezicht tegen zijn schouder omdat opeens de tranen in mijn ogen springen. 'Goeiemorgen,' zeg ik. Hij legt zijn hand even op mijn hoofd en dan strijkt hij over mijn haar waarbij hij licht druk uitoefent zodat ik hem moet aankijken. Ik knipper de tranen weg. 'Lekker geslapen?'

Hij fronst even. 'Ik heb goed geslapen,' zegt hij. 'Maar ik ben wel even wakker geworden en toen was je er niet. Wat heb je gedaan?'

'Ik kon niet slapen en ben even naar beneden gegaan,' zeg ik. Te laat besef ik dat ik niet weet of hij me is gaan zoeken en heeft gemerkt dat ik er niet was. Maar hij gaat er verder niet op in.

'Weet je,' zegt hij dan. 'Ik maak me echt zorgen om je. Al de hele week trouwens. Ik weet dat er af en toe spanningen waren, zeker toen in het museum en dat lag ook wel aan mij, maar dat is het niet alleen. Het lijkt wel alsof je iets dwarszit. Je bent zo...' Hij zoekt even naar het juiste woord. 'Afwezig.'

Dit woord doet me rillen. Afwezig, afstandelijk. Dat zijn gevaarlijke begrippen voor ons. Ik kwam vaak thuis en trof daar dan een man aan die eerder een robot leek dan een echtgenoot. Een hologram met Francis' gezicht en verder hol vanbinnen. In het begin werd ik daar woedend over, en stopte allerlei emoties in de lege ruimte die zijn verdwijning uit onze relatie had achtergelaten. Ik weet niet eens meer wanneer die woede veranderde in een onverschilligheid die me tot op het bot afstompte en al mijn liefde opslokte. Maar ik weet ook wat alles nog verhardde en verergerde: jij. En nu, na al die tijd doe je dat weer.

Ik sla mijn armen om Francis' nek en roep mezelf tot de orde. 'Ik weet het,' zeg ik. 'Sorry. Ik wilde alleen...' Ik laat hem los, ga op mijn rug liggen en kijk naar het warme, gedempte zonlicht dat over het plafond strijkt. 'Ik ben hier niet gelukkig,' zeg ik eerlijk. 'Ik weet dat we ons allebei hebben verheugd op een weekje weg, maar ik voel me raar. Ik mis Eddie, ons huis. Ik verlang naar huis.' Terwijl ik dit zeg, kom ik tot een besluit. Amber had gelijk. Ik heb de kans om een eind te maken aan deze ellende, voordat ik in de verleiding kom om weer contact met je op te nemen. 'We kunnen vandaag naar huis gaan,' zeg ik.

Francis haalt even diep adem, duidelijk verbaasd. 'Vandaag?' herhaalt hij. 'We gaan sowieso morgenavond terug, dus waarom nu al? Misschien ben je het vergeten, Caro, maar deze week zitten er net zo goed mensen in óns huis. En die willen er vast niet een dag eerder uit worden gegooid.'

'Dat ben ik heus niet vergeten,' zeg ik en ik ben me bewust van de bittere ironie van mijn antwoord. 'Maar...' Ik kan hem niet vertellen dat ik weet dat jij helemaal niet tot morgenavond in ons huis blijft; dat je waarschijnlijk op dit moment je spullen pakt en je klaarmaakt voor de lange rit hiernaartoe. 'Ik weet zeker dat het oké is,' zeg ik slapjes. 'We kunnen ook ergens anders naartoe gaan, op de terugweg ergens een hotelletje in de Midlands nemen om te overnachten.'

'Waarom zouden we dat doen?' vraagt Francis. 'Dat is alleen maar geldverspilling. Ik hoor wel wat je zegt. Maar ik denk dat we er wel iets aan kunnen doen. Zo erg was het nou toch ook weer niet? We kunnen vandaag iets leuks ondernemen. Ik moet bekennen dat ik qua toeristische uitstapjes niet veel meer in de aanbieding heb, maar ik weet zeker dat we wel iets kunnen verzinnen.'

Het ontbreekt me aan inspiratie om hiertegen in te gaan en ik kan geen enkele reden bedenken om te protesteren. Hij pakt mijn hand, drukt er bemoedigend een kus op en vat mijn zwijgen op als instemming. 'Oké,' zegt hij monter en hij springt uit bed. 'Ik ga douchen en dan bedenken we wat we vandaag gaan doen.'

Als hij in de badkamer is, trek ik het dekbed op tot mijn kin omdat ik het koud heb. Ik vraag me toch af of ik niet meer had moeten doorzetten. Maar het komt goed, houd ik mezelf voor.

Francis en ik gaan gewoon de hele dag weg en komen pas laat weer terug. Als ik dan het paadje op loop, kijk ik niet naar de overkant. Het maakt geen verschil of ik nou een paar meter van je vandaan ben of een paar honderd kilometer. Er is geen onzichtbaar aura dat krachtiger wordt naarmate je dichter bij me in de buurt bent.

Ik probeer mezelf hiervan te overtuigen, maar ik weet dat het geen zin heeft. Ondanks alles is er iets in me dat niet weg wil, en ook niet bij je uit de buurt wil blijven. Ik wil je zien.

Ik doe even mijn ogen dicht. Ik haat mezelf. Ik weet niet eens wat ik wil. Zoals ik je ken, zou je nooit een dergelijk spel hebben gespeeld, en je had zeker niet die sinistere foto gestuurd. Als ik daaraan denk, pak ik mijn telefoon en open mijn e-mail weer, om mezelf te overtuigen met dit bewijs. Ik schrik er opnieuw van. De mishandelde foto's, de ovale lege plekken waar mijn hoofd zat. Ik blijf er net zo lang naar kijken tot ik wazig begin te zien. En dan verschuift mijn blik, en op dezelfde manier waarop je naar een anagram kijkt en de letters zich plotseling herschikken tot een begrijpelijk woord, zie ik ook iets veranderen.

In een hoek van de foto is nog net de spiegel die in de gang hangt te zien. Het licht is gedempt en de flits van de camera weerspiegelt in het glas, maar toch zie ik net het profiel van degene die de camera vasthoudt. Het gezicht kan ik niet zien, maar wel de lengte van het haar, de smalle schouders en de lijn van de hals. Dit is het profiel van een vrouw. Niet van jou.

Thuis

Francis, juli 2013

Als je diep in de put zit, heb je maar één angst: dat je de bodem nog niet hebt bereikt. Het is me in de afgelopen paar maanden al een paar keer overkomen. Je zit in een donkere ruimte, een gevangeniscel zonder uitgang – een raamloos vertrek waar de stank van bederf en vernietiging hangt. En dan komen de raderen krakend in beweging om je nog een etage dieper te laten zakken en je komt met een schok tot het besef dat je nog maar in het voorgeborchte hebt gezeten. Je kunt nog altijd verder zakken. Dat is de les die ik aan het leren ben, elke keer weer, dagelijks zelfs.

Vandaag lijkt een nieuwe dag. Het is bijna acht uur 's morgens en de zomerzon sluimert door de openslaande ramen. Ik heb de hele nacht wakker gelegen. Geen onrustige hazenslaapjes, geen kortstondig verlies van bewustzijn voor het computerscherm dat eindigt in een wezenloos opspringen, alsof ik naar beneden stortte en bijna de grond raakte. Ik zit hier al tien uur achter elkaar klaarwakker te zijn. Niet dat ik me er veel van kan herinneren. Als ik de afgelopen nacht afspeur op herkenningspunten, is het als zoeken naar drijfhout in een kolkende zee. Het zonlicht doet pijn aan mijn ogen en ondanks de warmte lig ik te rillen.

Ik hoor geluiden uit een van de belendende kamers. Een kind dat kraait en brabbelt, een zingende woordenbrij. Eddie. Zijn naam roept geen emoties bij me op. Gevoelens van vaderliefde lijken een afgedragen, te grote jas die me niet meer zo goed past als vroeger. Op een gegeven moment zal de jas uit elkaar vallen, net als alle andere dingen.

Caroline komt de kamer binnen. Ze draagt een mouwloos jakje en een zwarte rok met doorkijkstof in de plooien over een onderrok van zwierig textiel dat om haar benen fladdert. Haar haar glanst en ruikt naar rozen. We hebben elkaar niets meer te zeggen. Het idee dat deze vrouw me ooit in de ogen keek en me met hartstochtelijk ongeduld toefluisterde hoeveel ze van me hield, dat ze ooit zo makkelijk bij me klaarkwam, is zo vreemd dat ik me ernstig afvraag of het soms allemaal een droom is geweest en ik in een heel ander leven wakker ben geworden.

Ze bekijkt zich van top tot teen in de spiegel en doet lippenstift op. 'We gaan over een minuut weg,' zegt ze.

'Waar ga je naartoe?' Ik weet niet waarom ik de moeite neem om het te vragen. Het leven speelt zich om me heen af, ik maak er geen deel meer van uit, maar oude gewoontes roesten niet en ik wil nog steeds weten waar ze naartoe gaat en met wie.

Ze draait zich naar me om. 'Naar mijn ouders, weet je wel?' Ze zegt het langzaam en nadrukkelijk, alsof ze het tegen een kind heeft. 'Ik ga dit weekend bij ze op bezoek en neem Eddie mee.'

'Dat was toch volgend weekend?' Ik kan me er vaag iets van herinneren. Hoe sneu dat ik even opkikker bij de gedachte dat er iets tot me is doorgedrongen. Maar we hebben het niet vandaag besproken, althans, ik denk het niet.

'Vandaag is het 8 juli, Francis,' zegt Caroline. 'Dit zit al een tijd in de pen. We gaan nu weg en we komen zondagochtend terug.

Dat is overmorgen.' Mijn hoofd komt met een ruk omhoog. Was dat sarcasme dat ze over mij, de idioot, uitgoot? Maar als ik haar blik zie, kijkt ze me recht aan. Haar blik is ernstig, alsof ze denkt dat ik haar niet meer kan volgen.

'Ja, dat weet ik wel, hoor,' zeg ik schouderophalend. 'Nou, mazzel dan. Fijn weekend. Bel me als je er bent.'

Ze pakt haar handtas en doet treuzelend de riem over haar schouder. Haar gedachten dwarrelen als vlinders over haar gezicht, de een nog duidelijker dan de andere. 'Als ik jou was,' zegt ze met afgewende blik, 'zou ik dit weekend benutten om na te denken over welke stappen je moet ondernemen. Want je weet inmiddels hoe ik erover denk. Op deze manier komen we nergens. Je laat op verdomd korte termijn veranderingen zien, anders weet je wat ik ga doen.' Ondanks de krachttermen is haar toon kalm en evenwichtig. Het lijkt wel alsof ze tegen zichzelf praat.

Op de een of andere vage manier stelt het me gerust. Als je me niet eens in de ogen durft te kijken, denk ik bij mezelf, hoef je me ook niet te vertellen wat ik moet doen of laten. Haar woorden zullen snel genoeg vergeten zijn.

Eddie galoppeert de kamer in. Rood shirtje, blauwe schoenen. Voor ik het weet neemt hij een snoekduik naar me toe en belandt met zijn hoofd in mijn maagstreek. Het doet zeer, zoals alles de laatste tijd zeer doet. Hij slaat zijn armpjes om mijn hals. 'Dag, papa.' Even ontmoet zijn heldere blik mijn vertroebelde. Hij is de enige op deze aarde die niet op me neerkijkt, maar dan alleen omdat hij de situatie nog niet goed kan inschatten. Hij is nog niet oud genoeg om beter te weten. Maar vroeg of laat zal ik de achterdochtige blik in zijn ogen zien en de grimas vol walging voor hij me de rug toekeert.

De deur valt in het slot en dan zijn ze weg. Ik probeer mijn gevoelens te peilen, maar het is als met een stok in een modderige rivierbedding peuren. Eenzaamheid. Opluchting. Een medaille met twee keerzijden. Ik heb er een hekel aan om alleen thuis te zijn en tegelijkertijd voelt het als normaal, onvermijdelijk zelfs. Twee dagen. Ik pak de strips met de pillen die ik bij de bank verstop en slik er een paar door. Ik wil tellen hoeveel ik er nog heb, maar het lukt me niet. Het is beter om het zekere voor het onzekere te nemen. Niet dat ze nog veel uitrichten, in tegenstelling tot de eerste paar keer – de roes die me maandenlang high hield, als de zoete herinnering aan een oude geliefde – maar toch heb ik ze nodig, al is het alleen maar om mijn ademhaling op gang te houden.

Ik stuur een sms'je naar een van mijn leveranciers en vraag of hij een paar strips wil klaarleggen. Niet dat ik er geld voor heb, maar dat maakt nu niets meer uit. Iets zegt me dat ik er niet meer zal zijn om de rommel op te ruimen. De laatste keer dat ik mijn saldo checkte, leek er idioot veel geld op te staan, tot ik zag dat het rode cijfers waren. Daar heb ik wel vaker last van als ik languit op de bank lig: cijfers roteren en circuleren als spinnewielen voor mijn ogen. Het is een parallelle wereld die steeds verder bij de werkelijkheid vandaan drijft.

Ik sta op, loop naar het raam en zuig mijn longen vol met zoete, frisse lucht. Ik heb vandaag een sessie. Een jong meisje dat al maanden bij me in behandeling is. In het begin kon ik haar helpen. Nu overweeg ik de sessie af te zeggen. Dat doe ik steeds vaker. Maar opeens voel ik een golf van energie opborrelen en ik meen dat ik het best aankan om de metro naar mijn werk te nemen. Heb er zelfs zin in. Misschien klopt het niet dat ik geen roes meer krijg. Misschien zijn ze er nog wel degelijk en kan ik ze niet meer duidelijk herkennen. Hoe dan ook, nu kan ik me net zo goed laten meevoeren door die golf.

Tegen de tijd dat ik op de kliniek ben, is het kortstondig geopende venster in mijn hoofd gesloten en stevig afgegrendeld met luiken. Het is binnen koud. Ik zie gele tapijten, vaal behang en verschoten lampenkappen. Ik zou hier niet moeten zijn. De muren komen op me af als waakhonden, lijken zich op te vouwen en het licht en de ruimte in mijn hoofd te versperren. Deze plek wil mij niet.

Maar nu is het te laat en ik loop naar de praktijkruimte waar alles, zoals gewoonlijk, keurig klaarligt. Doosje tissues op de lage tafel. Karaf water met twee glazen. Een schemerlamp in de hoek. Ik hoor het meisje achter me aan dribbelen. Ik herinner me haar naam niet. Ik werp een blik op het roze formulier dat uit de dossiermap steekt. Melody. Dat is niet echt een naam. Het betekent iets anders, alleen weet ik niet meer wat. Maakt ook niet uit.

'Goed,' zeg ik. 'Hoe gaat het met je?' Mijn stem klinkt anders in mijn oren. Gedempt, gefilterd door een aantal geluidslagen. Het meisje houdt haar hoofd schuin en ik moet mijn vraag herhalen.

'O,' zegt ze dan effen, alsof ik haar iets anders had gevraagd, iets zinnigers. 'Nou, wel oké. Maar ik heb geen fijne week achter de rug. Er was weer van alles aan de hand met mijn moeder.' Ze schiet uit de startblokken en rakelt de hele drassige mikmak weer op. Iets over een ruzie, nare woorden die zijn gevallen. Oude wonden werden opengereten en ze vraagt zich af of hun relatie zich ooit nog zal herstellen. Ik hoor haar praten, maar mijn geest wil haar verhaal niet opnemen – mijn hart bonst in mijn keel, mijn handen zijn klam, ik weet dat ik dit soort dingen ooit belangrijk vond, maar ik vind niets belangrijk meer.

Ze praat door, maar haar ogen vertellen een ander verhaal. Ze neemt me op alsof ze zich afvraagt wie die vent tegenover haar is en of ze hem wel haar geheimen wil toevertrouwen. Ik heb me al in geen weken geschoren, ik kan me niet herinneren wanneer ik voor het laatst een bad heb genomen en er zit een vlek zo groot als mijn hand op de voorkant van mijn overhemd.

Ik trommel met mijn vingers op het tafelblad. Stop. Nu is het alsof ik ongeduldig ben, dat ze me verveelt. 'Kun je dat laatste herhalen,' zeg ik, omdat er een stilte is gevallen en ik kennelijk ergens antwoord op moet geven, maar ik heb geen idee waar ze het over had.

'Ik zei dat ik het gevoel heb dat ik in het verkeerde gezin geboren ben.' Ze praat nu net zo nadrukkelijk langzaam als Caroline en articuleert haar woorden duidelijk.

'Interessant,' zeg ik. En in feite is het inderdaad interessant, mijn hersens beginnen opeens te werken, gedachten schieten op lichtsnelheid door mijn hoofd, als felgekleurde loterijballetjes die in willekeurige gaatjes vallen. 'Weet je?' zeg ik tegen haar. 'Misschien denkt je moeder er ook zo over. Dat je in het verkeerde gezin geboren bent. Dat ze een buitenaards wezen heeft gebaard. Een of andere demon.' Ik kom op stoom, maar het meisje deinst terug alsof ik haar een klap heb gegeven. Ze begint te huilen, staat op en stormt de kamer uit.

Ik blijf zitten. Dit is me nooit eerder overkomen. Er zijn heel wat primeurs vandaag. Buiten op de gang hoor ik de verre echo van haar stem, schril en verstikt door tranen, en de geruststellende stem van iemand die haar antwoordt. Het duurt een paar minuten. Dan loopt het meisje door de gang voorbij mijn kantoor, zonder naar binnen te kijken, en haast zich naar buiten.

'Francis.' Sara, met haar eeuwige rechthoekige hoornen bril, sprietige haar en wijde jurk, is in de deuropening verschenen. Ze is een hippie zonder hun passie voor de vrije liefde of de lol. Ik verkneukel me bij de gedachte en vraag me af of ik het haar moet zeggen. Voor ik de kans krijg, heeft ze het woord genomen. Haar stem is zacht, genadeloos en ze heeft haar armen stevig over elkaar geslagen. 'Ik weet niet precies wat je zo-even tegen Melody hebt gezegd, maar ze was behoorlijk overstuur.'

'O ja?' Ik probeer me te herinneren wat ik heb gezegd. Het was interessant en provocatief, voor zover ik weet. Niet persoonlijk bedoeld. Ik ben zelf een demon. Ik hoor nergens thuis. Niet bij mijn zelfingenomen, welgestelde familie en ook niet bij de zogenaamd perfecte bubbel waar mijn vrouw en kind in verkeren. Misschien had ik dat beter kunnen zeggen.

'Ja,' zegt Sara resoluut. 'Het was bovendien niet de eerste keer dat we klachten over je kregen in de afgelopen weken. Nog afgezien van je vele verzuim. Het is een precaire toestand, zoals je wel begrijpt. We zijn betrokken bij je situatie, maar je moet begrijpen dat je werk een vertrouwenskwestie is. We moeten zeker weten dat je ertegen opgewassen bent. Er is hulp beschikbaar, mocht je daar behoefte aan hebben. Jij weet als geen ander dat je je niet hoeft te schamen als...'

Op dat moment haak ik af, want het is duidelijk waar dit op uit zal draaien. Haar lippen bewegen nog steeds en er komt geluid uit. Scherpe ogen, milde woorden. Als ze denkt dat er met mij te praten valt, heeft ze het mis. Geef me een geladen revolver en ik haal de trekker over.

'Barst maar,' zeg ik en ik sta op. 'Ik ben weg hier.' Ik dring me langs haar heen en raak haar nauwelijks aan, maar toch uit ze een verbaasd 'o!' en grijpt naar haar zij alsof ik haar gestoken heb.

Het is alleen haar trots die gekrenkt is. Mensen die zo makkelijk gekwetst zijn, verdienen het niet om te leven.

Buiten op straat, in de metro, het laatste stukje lopen naar huis; mijn hoofd bonkt en mijn benen zijn stram en pijnlijk. Ik zie overal kleurige schichten en mensen die langs me heen glijden alsof ze schaatsen. Zo, dat is dan ook achter de rug. Ik hoef in elk geval niet meer dat masker op te zetten en te doen alsof ik iemand ben die je problemen kan oplossen of naar je kan luisteren. Ik trek mijn handen ervan af en ga me op iets anders richten, wat dat dan ook moge zijn.

Als ik thuis ben, zet ik de tv aan en doe een pizza in de oven. Binnen vijf minuten heb ik hem verslonden. De olie druipt van mijn vingers en de pizza laat een kunstmatig smaakje achter op mijn tong. Op tv is een programma over de Grand Canyon en als ik de spectaculaire vergezichten en ravijnen zie, besef ik dat er een hele wereld is waar ik geen toegang meer toe heb, waardoor ik van de weeromstuit weer in mijn eigen ravijn kukel, een plek die meer als mijn thuis voelt dan de kamer waar ik me bevind. Ik stuur Caroline een sms'je. *Vergeet niet dat ik je over het zwarte ravijn moet vertellen.* Een paar maanden geleden zou ze bij dit soort cryptische teksten alarm hebben geslagen. *Wat is er, Francis? Gaat het wel?* Soms offerde ze haar nachtrust op om mij bij te kunnen staan. Dat vond ik best leuk. Dan wist ik dat ze om me gaf. Maar nu geeft de telefoon taal noch teken en ligt hij als een baksteen naast me. Er is niemand anders die ik kan bellen.

Ik blijf nog een paar uur op de bank zitten en voel aan de strips van het nieuwe pakje pillen. Ik slik ze een voor een door en als ik vind dat ik ermee moet ophouden, neem ik er nog een paar, tot het voor mijn ogen gaat draaien en ik de weg kwijtraak. Maar het enige wat er gebeurt, is dat ik veertien uur later met een bonkende hoofdpijn wakker word en mijn botten aanvoelen als scherpe doornen die van binnenuit in mijn vel steken. De andere optie zou immers te makkelijk zijn. En het ziet ernaar uit dat de makkelijkste optie niet voor mij is weggelegd.

Ik had die foto niet moeten sturen. Het was een ondoordachte actie. Maar met die stortvloed aan e-mails was het wachten tot er eentje doel zou treffen en me uit mijn evenwicht brengen. Zet een aap achter een toetsenbord en uiteindelijk zal hij er, na een paar uur of een miljoen jaar, Macbeth *uit rammelen. Al met al heeft het haar niet lang gekost om mijn zwakke plek te vinden: het was die terloopse opmerking over mijn ledigheid – dat ik hier passief en machteloos zat af te wachten tot er iets zou gebeuren. Zoals altijd zijn de beledigingen die een grond van waarheid in zich hebben het ergst.*

Het duurde even voor ik doorhad waarom haar berichten anders van toon waren geworden – dringende vragen, verhulde dreigementen –, maar toen ik opnieuw naar de foto keek, ontdekte ik in de hoek van het beeld de schaduw die me had prijsgegeven. Een wazige vlek van reflecterend licht heeft haar beoogde sprookje over romantiek de das omgedaan. Het was vast een gevoelige klap voor haar eigendunk. Zolang ze in de veronderstelling verkeerde dat ik Carl was, kon ze zichzelf wijsmaken dat alleen iemand die niet zonder haar kon leven de enige persoon was die haar privédomein wilde binnendringen. Nu is ze een illusie armer. En ze begrijpt het nog steeds niet. Waaruit maar weer eens blijkt hoe zij haar verleden heeft schoongespoeld. Ze kan niet bevatten dat er veel meer is verloren dan alleen dat ene dingetje van haar dat ze op een voetstuk heeft gezet.

Dat betekent niet dat ik apathisch moet blijven toezien. Ik verwacht bezoek en de flat moet er perfect uitzien, althans, de plekken waar zij mogen komen. Ik heb alles afgestoft. Ik heb de foto's in de gang, waar zij op stond, weggehaald. Hopelijk merken ze niet dat er niet veel meer hangen. Nu ga ik de afwas doen en alles poetsen en boenen, en ondertussen denk ik aan het moment waarop ze over de drempel zullen stappen en we alleen in de flat zijn. In mijn hoofd klopt het beeld als een bus: een smetteloos tafereeltje in een langgerekte capsule in de tijd. Ik weet alleen nog niet wat mijn volgende stap zal worden. Maar naarmate het moment suprême nadert, denk ik dat die stap zich als vanzelf zal aandienen; ik denk dat er een soort goddelijke raad zal afdalen die mij laat inzien hoe ik alles recht kan zetten, hoe ik de laatste twee jaar kan wissen en een nieuwe start maken.

Weg

Caroline, mei 2015

Ik ben op de laatste plek waar ik wil wezen: een door neonbuizen verlicht gekkenhuis in de krochten van een betonnen winkelcentrum, waar de walm hangt van patat en het een enorme klereherrie is van bonkende bassen en gillende kinderen. Francis had besloten dat we een nostalgisch tripje moesten maken naar het bowlingcentrum waar we jaren geleden wel eens naartoe gingen toen we nog in Londen woonden, voordat Eddie er was. Toen Francis de slaapkamer binnenkwam en dit voorstelde, keek ik nog steeds naar de foto op mijn telefoon. Het bloed suisde in mijn hoofd en ik was niet in staat om nee te zeggen. Een krankzinnig moment dacht ik dat het goed voor me zou zijn, even eruit, mijn gedachten ordenen en deze wirwar van teleurstelling, opluchting, verwarring en angst ontrafelen. Maar in deze chaos krijg ik daar de kans niet voor. Het gebonk en gekrijs gaan me door merg en been.

'Okidoki.' Francis keurt de bowlingballen en vindt er een van de juiste maat. 'Ik begin. Bereid je maar voor op een pak slaag.' Hij loopt naar de baan en gooit de bal met meer kracht dan precisie, waardoor de bal in de goot terechtkomt met een geratel dat pijn doet aan mijn tanden. 'Nou ja...' zegt hij. Hij haalt zijn schouders op en kijkt spijtig achterom. 'Het is al een poosje geleden. Ik moet er weer een beetje inkomen.'

Ik doe mijn best om te glimlachen, maar mijn mond is helemaal verkrampt. Ondanks de hoeveelheid mensen in deze ruimte is het koud, de airconditioning staat blijkbaar op de hoogste stand en ik heb kippenvel. Ik pak een bal, loop naar de baan, geef de bal een zwiep en laat hem los. Ik kijk hem na, een feloranje bol op weg naar de roos, maar op het laatste moment zwenkt hij af, keilt een stuk of drie kegels om en is verdwenen.

'Je lijkt weinig geluk te hebben,' zegt Francis en hij geeft me een zogenaamd meelevend klopje op mijn arm.

'Meer geluk dan jij, in ieder geval,' reageer ik meteen. Ik word licht wanhopig als ik dat geklets van ons hoor. Ik weet dat ik me zou moeten ontspannen en plezier hebben met mijn man, zonder de schaduwen die over alles heen vallen en die afschuwelijke gedachten die zich tussen ons dringen. Ik pak zijn hand die nog op mijn mouw ligt en vlecht mijn vingers door de zijne. Dit is echt, en toch kan ik me niet onttrekken aan het gevoel dat het allemaal instort als ik het zeg, zelfs nu. Er is maar één onthulling nodig, één beslissing om alles wat we zo zorgvuldig opnieuw hebben opgebouwd, weer tot de grond toe af te breken. Wat je ook doet, alles is tevergeefs als iemand je de rug toekeert en wegloopt.

We gaan verder met bowlen en de hele tijd blijven allerlei gedachten me bestoken. Op de een of andere manier hebben die vrouw op de foto en jij iets met elkaar te maken. Dat kan niet anders. Hebben jullie dit samen bekokstoofd? Is ze verliefd op je, en wil zij het vuile werk wel opknappen? Maar dat zou niet kloppen – als jij in mijn huis wilde zijn, wilde zien waar ik woon, dan zou het nergens op slaan om iemand anders te sturen. Tenzij jullie daar samen zijn. Maar die foto's in de gang... Zoiets zou je volgens mij nooit doen of goedkeuren. Het is te subtiel voor jou, te dreigend. Zelfs als je me zou willen bezeren, dan zou je dat nooit op die manier doen. Je zou het niet verpakken in dit soort misleidingen en vreemde kronkels. Wat alleen maar kan betekenen... dat jij hier niet achter zit.

Maar dat is ook niet plausibel. Ik kan niet geloven dat het toeval is dat je tegenover het huis woont waar we verblijven. Hoe ik het ook bekijk, ik loop steeds in een kringetje en kom elke keer tot de constatering dat ik het niet snap. Wie is die vrouw? Waarom is ze in mijn huis en wat wil ze?

Er komt een gedachte bij me op, maar die onderdruk ik onmiddellijk. Alles om me heen begint te dansen en het verschoten, psychedelische patroon van de vloerbedekking rijst en deint als golven.

'Raak!' Francis staat aan het eind van de kegelbaan met zijn armen triomfantelijk in de lucht. 'Wat een mooie afsluiting.' Hij komt op een drafje naar me toe en geeft me een kus als troost. 'Geeft niet, hoor. Je hebt het helemaal niet slecht gedaan.'

Ik kijk naar het scorebord en merk dat ik geen idee heb hoe ons wedstrijdje is verlopen. Ik heb blijkbaar achtenzestig punten gescoord, maar ik kan me niet herinneren dat ik na die eerste bal er nog een heb geworpen. Ik ben weer heel ergens anders met mijn gedachten. Net als een verslaving lijkt deze zucht naar zelfvernietiging aan me te vreten met een gestage, niet-aflatende vastberadenheid, en dreigt nu eindelijk de overhand te krijgen.

Zo opgewekt mogelijk feliciteer ik Francis en ik geef hem een knuffel. Ik ruik de vertrouwde geur van zijn aftershave en klamp me vast aan zijn geruststellende aanwezigheid.

'Heb je honger?' vraagt hij. Ik knik, ook al moet ik niet aan eten denken. Ik ben misselijk van de walm van olie en vet die hier hangt. 'Oké,' zegt hij. 'Ik ga wel een paar hamburgers halen. Kan jij intussen voor een tafeltje zorgen?'

Hij loopt door de met neonbuizen verlichte gang naar de cafetaria. Op een afstandje loop ik achter hem aan en kijk naar de rijen gele tafeltjes. Ineens zie ik een plekje in het midden, ik stuif eropaf en ga op een van de harde plastic stoeltjes zitten. Naast me zit een gezin van vijf personen dat zich door de laatste portie patat worstelt. Aan de met ketchup besmeurde tafel zitten de kinderen te zeuren en tegen elkaar te gillen, de peuter in de kinderstoel is aan het krijsen en ramt met zijn vuistjes op het blad. Al die herrie krast over mijn toch al getergde zenuwen en ik kijk of ik een ander plekje zie, maar alle tafels zijn bezet. Ik geef het op.

Mijn telefoon trilt in mijn zak en ik voel weer dezelfde beklemming. Even denk ik dat het Amber is, om me te vertellen dat je weer terug bent – misschien heeft ze je wel alles verteld, en schrik je van het idee dat ik je heb achtervolgd naar hier. Maar dan zie ik de naam van Jess op het scherm. Geschrokken kijk ik ernaar. Het is een teken, een signaal, een witte vlag in de wildernis, om me eraan te herinneren dat er nog meer is dan waar ik me nu in bevind.

Ik open het bericht. *Hoi! Heb je een leuke week? Hoe gaat het tussen jou en F? Zag je profielfoto op FB – beetje raar?! Snap ik de grap niet? LOL. Spreek je later hoop ik. Xx.*

Ik probeer het me te herinneren. Mijn profielfoto op Facebook is een foto van afgelopen zomer – op het strand met Eddie toen we een dagje uit waren naar Margate. Die foto staat er al heel lang. Ik kom nauwelijks nog op Facebook, alleen maar om af en toe te gluren en uit nieuwsgierigheid naar vroegere kennissen.

Ik voel dat er iets niet in de haak is en ik huiver. Op mijn telefoon ga ik snel naar Facebook en ik klik door naar mijn profiel. In eerste instantie kan ik bijna niet zien wat op de foto staat. Het is een warboel van lijnen en vormen, donkere en kleurige vlekken. Ik vergroot de foto en kijk nog eens goed. En dan zie ik het. Een auto, gebutst en verwrongen, aan de kant van de weg achtergelaten als een kapot stuk speelgoed. De ruiten zijn aan gruzelementen, de vluchtstrook ligt bezaaid met glas en door het donkere gat in de voorruit is te zien dat de bekleding van de stoelen onder het bloed zit.

Ik tril over mijn hele lijf. Vanuit mijn ooghoek zie ik Francis aan komen. Hij laveert tussen de tafeltjes door met een dienblad met hamburgers en friet. Ik moet de telefoon wegleggen, maar mijn hand zit er muurvast omheen. Ik kan hem niet loslaten omdat ik me er nu niet meer voor kan afsluiten. Het kijkt me recht in het gezicht. Ik besef dat ik dit tot op bepaalde hoogte steeds heb geweten: ik word niet verlamd door de onbegrijpelijkheid van alles, maar door schuldgevoel. Ik weet nog niet wie dit heeft gedaan, wie er in mijn huis is. Maar ik weet wel waarom ze er is.

Thuis

Caroline, juli 2013

Na een leuke treinreis bereiken Eddie en ik onze bestemming. Mijn moeder komt aanrijden en wuift ons vrolijk toe. Eddie ziet haar meteen en trappelt enthousiast met zijn voetjes.

'Oma! Oma!' piept hij. Hij trekt aan mijn mouw en kijkt stralend naar me op. Zodra de auto stilstaat, rent hij op haar af, trekt het portier open en springt op de achterbank.

'Nou, de groeten dan maar,' zeg ik quasibeledigd en ik buig me naar voren om zijn gordel vast te doen.

Mijn moeder schiet in de lach en kijkt naar Eddie. 'Wil je niet even met ons mee?' vraagt ze aan mij.

'Nee, ik moet me haasten.' Ik vraag me licht nerveus af welk smoesje ik ook alweer had verzonnen. Volgens mij is mijn verhaal niet helemaal waterdicht. Francis kan bijvoorbeeld naar mijn ouders bellen en naar mij vragen, en als hij dat doet, dan heb ik geen pasklare uitleg. Maar ik denk niet dat hij dat zal doen en bovendien zou het niet eens zo erg zijn. In de afgelopen weken voel ik hoe een harde pit van spanning zich in mijn binnenste aan het vormen is, en vroeg of laat zal die tot uitbarsting komen.

'Wat je wilt, meis,' zegt mijn moeder opgewekt. Ze start de motor. 'Zeg maar dagdag, Eddie.'

Eddie kijkt me na door de achterruit, met onschuldige, vrolijke ogen en een brede glimlach. Hij werpt me een kushandje toe.

Even wil ik geen afscheid van hem nemen. Ik ren bijna achter de auto aan om ze tegen te houden. Misschien moet ik met ze meegaan en het hele weekend met een schoon geweten bij mijn zoon en mijn ouders doorbrengen. Het zou zo eenvoudig zijn. Het zou me goed doen. Maar terwijl ik sta te mijmeren, zijn ze al uit het zicht verdwenen en ik klem mijn weekendtas, volgepakt met kostbare nieuwe lingerie, bikini's en kleren die ik in beroerd verlichte pashokjes heb uitgeprobeerd, onderwijl denkend aan Carl die me in deze kleren zal bewonderen en er onzichtbare vingerafdrukken op zal achterlaten. En voor ik het weet is mijn sombere gemoed weer opgeklaard. Ik wil zo graag bij hem zijn, dat al het andere erbij in het niet valt.

Ik neem de trein naar King's Cross en begeef me snel naar de uitgang, waar ik de straat afspeur naar de auto die Carl gehuurd zou hebben. Het verjaarsfeest van zijn vriend is ergens in de provincie, dertig kilometer bij ons hotel vandaan. Ik kijk om me heen, maar ik zie hem nergens. Zou hij van gedachten zijn veranderd? Normaal gesproken houden we het erg ingetogen, zoals de avonden bij hem thuis of hier en daar een uurtje, en dit uitstapje is weliswaar kort, maar toch van een heel andere orde. Gelukkig hoor ik een auto achter me remmen en als ik me omdraai, zie ik zijn lachende gezicht voor het geopende raam. 'Stap gauw in,' zegt hij.

Mijn hart lijkt een sprongetje te maken en ik loop snel om de auto heen. Ik ga naast hem zitten en we kussen elkaar. Hij heeft zijn haar laten knippen en ik streel zijn kortgeschoren nek. De stoppels tintelen onder mijn vingers.

'En?' vraagt hij als hij de weg op keert.

'Het staat je goed.'

Hij stuurt met één hand, de andere ligt op mijn bovenbeen en streelt de dunne stof van mijn rokje. Hij werpt me een zijdelingse blik toe.

'Mooi zo,' zegt hij zacht en ik voel de spieren op mijn buik samentrekken van verlangen. Ik leg mijn handen op mijn knieën en boor mijn nagels in mijn huid om mezelf tot de orde te roepen. Ik werp hem een zijdelingse blik toe en zie dat hij me observeert – zijn blik gaat van de weg voor hem naar mij. 'Je hebt je ring afgedaan,' zegt hij. 'Je gaat ervoor, zie ik.'

'Misschien nemen we een duik in het zwembad. Dan verlies ik hem tenminste niet.' Dat is ten dele waar. Ik heb de ring in de trein afgedaan en het was flink trekken voor het lukte. Er zit een venijnige rode plek op mijn ringvinger. Ik heb hem in mijn portemonnee gestopt. Veilig uit het zicht. Waarom ik de ring afdeed, weet ik niet precies. Maar nu ik naar mijn kale vinger kijk, word ik bevangen door een bizar gevoel van vrijheid en opluchting.

'Juist,' zegt hij. Aan de glinstering in zijn ogen zie ik dat hij me niet gelooft.

'Maar ik ga er wel voor, hoor,' geef ik toe. 'Echt.' Ik leg mijn hand op zijn been en laat mijn vingers naar boven glijden, waar ik zijn hardheid voel en eraan kriebel tot hij met opeengeklemde kaken mijn hand zacht wegduwt.

'Hou je in,' zegt hij. 'Ik kom liever levend aan.' Hij zet de radio aan, de muziek stroomt uit de luidsprekers de auto in en we lachen allebei gelukzalig om de wulpse spanning die tussen ons in hangt. De zon schijnt goudgeel door de ramen en alle droefenis en complicaties verdwijnen als de spreekwoordelijke sneeuw voor de zon. Het is perfect.

Iets na tweeën komen we bij het hotel aan. Het is een klein, onopvallend, uit bakstenen opgetrokken gebouw met een donkergroene luifel. Het logo kan wel een verfje gebruiken en de naam De Zilverberken is in schuine letters op de witgeschilderde entreedeuren gekalkt. Ik sta naast Carl als hij incheckt bij de balie en bij de receptioniste informeert naar de openingstijden van het restaurant en het zwembad, speurend naar een achterdocht die er niet is. Want ze overhandigt hem glimlachend de sleutel van de kamer en ik besef dat we overkomen als een doorsnee stelletje. Het is een duizelingwekkende gedachte en als we ons door de gang naar onze kamer haasten, blijft het idee als een acrobaat door mijn hoofd tuimelen: wij samen, als een jong paar, op een reis zonder einde – een reis die ons ergens zal brengen, die ons allebei heel lang gelukkig zal maken.

'Niet slecht, hè?' zegt hij als hij de deur opendoet. Donkerrode muren. Een tweepersoonsbed met een sprei in dezelfde kleur, evenals de kussens, die met een wit randje zijn afgezet. Boven het hoofdeinde hangt een abstract schilderij van een papaverveld, met bloemen die als bloedspatten over het doek zijn uitgesmeerd. Het is er warm, de gordijnen zijn dicht en op het nachtkastje staat een brandende schemerlamp. Mijn hart bonst nog steeds in mijn keel door mijn gedachten van zo-even. Ik zet mijn tas op het bed en nestel me in zijn armen.

'Heel leuk.' Ik druk me tegen hem aan en pers mijn bekken tegen zijn hardheid. Zijn lippen beroeren de mijne, een keer, twee keer. 'Zullen we gaan zwemmen?' zeg ik.

'Natuurlijk. Als je daar zin in hebt.' Zijn handen glijden over mijn lichaam, kruipen achter de tailleband van mijn rok en dan verder in het bikinibroekje dat ik al had aangetrokken. Ik huiver, maar toch knik ik. Ik wil niet dat het te snel gaat, niet vandaag. Ik wil het zo lang mogelijk uitstellen.

Hij kijkt me aan en ik zie mijn spiegelbeeld in zijn donkere pupillen. Na een poosje zucht hij glimlachend. 'Goed zo, meisje.' Hij laat me los en knoopt traag zijn overhemd dicht. Ik had niet eens in de gaten dat ik de knoopjes had losgemaakt.

We gaan naar het zwembad op de begane grond, een wit betegelde ruimte waar overal sierlijke potten staan met groen glanzende planten erin. Het water vertoont blauwe schitteringen en het is fris. Voorzichtig loop ik erin om aan de temperatuur te wennen. Carl is er meteen helemaal in gedoken en laat het water hoog opspatten als hij een baantje trekt. Ik klem mijn kaken op elkaar en ga dan kopje-onder. Als ik weer bovenkom, moet ik grinniken om het heerlijke, losse gevoel dat ik altijd heb als ik in het water ben. Ik zwem naar hem toe. Hij neemt me in zijn armen, ik sla mijn benen om zijn heupen en strijk zijn haar uit zijn gezicht.

'Zalig,' zeg ik. 'Ik ben dol op zwemmen.'

'Ja, dat zie ik. Grappig. Ik wist dat niet van je.'

Zijn toon is luchtig, maar desondanks besef ik dat we eigenlijk zo weinig van elkaar weten. Ik kus hem vurig, half dobberend in het water, half tegen hem aangedrukt. Ik zou hem graag alles over mezelf willen vertellen, alle goede en alle slechte dingen – in één keer alles eruit gooien, dan hebben we het maar gehad, dan weet hij tenminste wie ik ben en kent hij me beter dan wie ook. Maar ik zou niet weten waar ik zou moeten beginnen en daarom zet ik mijn tanden maar in mijn onderlip en zwem weg.

We blijven bijna een half uur in het zwembad, we praten over de afgelopen werkweek en wat we op tv hebben gezien, daarna trakteren we ons op een paar minuten in de sauna. Het hout is zo warm, dat de planken wel strepen van herinnering aan deze dag in mijn rug lijken te willen schroeien. Hij kijkt naar me in het zachte, rode licht; hij heeft een donkere zweem van stoppels op zijn kaken en zijn ogen glanzen. Het zweet parelt op mijn huid en dan begin ik toch ongedurig te schuiven. Ik wil zijn lippen op mijn verhitte lichaam, zijn tong die de sporen van zweet op mijn vel volgt en me geeft waarnaar ik zo intens verlang. Ik ben licht in mijn hoofd en heb geen enkel verweer meer. Het is alsof de wanden van de kleine cabine heen en weer golven.

'Godsamme,' zeg ik en ik krabbel overeind. Mijn verlangen is te hevig, ik word er bijna bang van. 'Ik moet eruit.'

Buiten schijnt de zon, maar er waait een heerlijk briesje door het open raam en we maken een wandeling door de grote tuin. Er staat een bankje bij de rozenperken waar we op plaatsnemen. Hij slaat zijn armen om me heen en ik leun tegen zijn borst. Ik kijk over mijn schouder naar het hotel, bevangen door het vreemde gevoel dat dit moment zowel vergankelijk als blijvend is. Ik zal het hoe dan ook nooit vergeten.

'Kon je maar mee morgen,' zegt hij opeens. Het is voor het eerst dat hij zich zo uit. Ondanks onze sterke band lopen onze levens zeer uiteen. We hebben elkaars familie en vrienden niet ontmoet en onze relatie nooit bekend kunnen maken – we hebben nooit iets gedaan wat het in de ogen van anderen echt zou maken, noch voor onszelf.

'Ja, dat zou ik ook wel willen,' zeg ik. Er zit een prop in mijn keel. Ik weet dat hij het lachend zou wegwuiven als ik zou voorstellen om alsnog mee te gaan. Wat hem betreft besta ik alleen in de kleine ruimtes die we voor onszelf hebben gecreëerd. Hij weet hoe het werkt en hij heeft zich erbij neergelegd. Voor het eerst vraag ik me af wat onze relatie echt voor hem betekent, dit niemandsland dat we samen hebben gecreëerd. Zou hij 's nachts wakker liggen en zich afvragen waar hij in hemelsnaam mee bezig is, dat hij met mij zijn tijd verdoet? Ik vraag me af of hij soms zou willen dat hij me nooit had ontmoet.

'Hé,' zegt hij en hij strijkt over mijn haar. 'Kijk niet zo sip.'

'Ik ben sip.' Mijn stem is zo zacht dat ik bijna onverstaanbaar ben en ik dwing mezelf luider te praten. Ik kijk op en zie zijn ogen vlak bij de mijne. 'Ik wil niet dat hier ooit een eind aan komt.'

Hij zucht en blijft met werktuiglijke bewegingen mijn haar strelen. 'Ik ook niet, Caro,' zegt hij. 'Maar toch moet het ervan komen. Ik weet dat we hier al vaker over hebben gesproken en je weet ook dat ik voor je ga, maar toch heeft het geen zin. Dit is niet...' Hij denkt even na. 'Je moet begrijpen dat ik geen langdurige relatie kan hebben met een getrouwde vrouw.'

Ik haal diep adem en sta op het punt om open kaart te spelen. Dat ik niet meer weet waarom Francis en ik nog steeds samen zijn. Dat we eigenlijk als twee vreemdelingen onder hetzelfde dak wonen en lijdzaam toezien hoe ons huwelijk op de klippen loopt. En nu ik bij Carl ben, weet ik zeker dat ik oprecht van hem hou en dat ik er voor de rest van mijn leven spijt van zal hebben als ik hem verlies. Ik weet niet waarom al die woorden in mijn keel blijven steken.

Tranen schieten in mijn ogen en ik zie dat hij het ook moeilijk heeft. Ik voel zijn tranen als hij me kust.

'Kom,' zegt hij na een poosje en hij veegt zijn ogen af. 'Dit is stom. We zijn hier maar heel kort, we kunnen er beter van genieten. We gaan terug naar het hotel en dan eten we een hapje. Oké?'

'Oké.' Ik wis mijn tranen met mijn mouw en knipper met mijn ogen. Ik weet dat hij gelijk heeft. Dit is niet het juiste moment voor het gesprek dat we moeten voeren. Als we hand in hand samen over het tuinpad teruglopen, voel ik het geluk weer door me heen stromen en is het alsof de laatste paar minuten gewist zijn.

We dineren in het restaurant van het hotel, lachen om de malle plastic bloemen in de vaas op de tafel, kijken op de menukaart en geven onze bestelling op bij een serveerster op leeftijd. Als ze de wijn komt brengen, glimlacht ze toegeeflijk bij ons verliefde geknuffel. Ik had haar kunnen vertellen hoe de vork in de steel zat, dan had ze vast anders gekeken. Ik proef de wijn, die een koele, frisse smaak heeft. Het idee dat ik een overspelige vrouw ben, lijkt opeens erg geestig. Zo ben ik helemaal niet. Zo voelt het ook niet.

'Het is best te eten, hè?' zegt Carl halverwege en hij wijst naar zijn bord.

'Ja, zeker.' Ik ga erin mee en sper mijn ogen open. De gerechten zijn om eerlijk te zijn niet heel indrukwekkend, maar op dit moment lijkt alles tien keer beter dan het in feite is. 'Alhoewel jij veel beter kan koken.' Ik heb een paar keer pasta bij hem gegeten als we zo veel hadden gevreeën dat we te moe waren om buiten de deur te gaan eten. Hij knikt alsof hij het er roerend mee eens is.

'Zeg dat wel,' zegt hij zonder valse bescheidenheid. 'Ik kan wel wat. Ik ben in wel meer dingen goed.' Hij werpt me een ondeugende blik toe.

We staan abrupt op en lopen haastig door de eetzaal naar de deur. We blijven alleen even bij de serveerster staan om ons kamernummer door te geven voor de rekening. Met bonzend hart en knikkende knieën volg ik hem door de gang. Hij maakt de deur open en zodra ik binnen ben, drukt hij me al stevig tegen de muur. Hij doet mijn armen omhoog, houdt mijn polsen boven mijn hoofd vast en drukt zijn lippen hard op de mijne. Ik proef bloed en voel zijn tong.

'Zeg dat je me wilt,' fluistert hij in mijn oor en ik hoor mezelf dingen murmelen die ik nooit eerder heb gezegd. De woorden rollen uit mijn mond terwijl ik mijn bekken ongeduldig tegen hem aandruk en hij met zijn vrije hand mijn rok omhoogtrekt.

Hij tilt me op en even later liggen we op bed. Ik vang een glimp van ons op in de lange spiegel op de muur. Mijn handen woelen door zijn haar en ik zie zijn sterke, gespierde schouders als hij zijn overhemd uittrekt. De gordijnen zijn nog steeds dicht en het schijnsel van de lamp werpt schaduwen op de muur bij onze bewegingen. Ik hoor mijn ademhaling, hijgend en dringend, als ik mijn benen om de zijne sla en hij in me glijdt. Eerst doen we het langzaamaan en zijn handen gaan ontspannen over mijn lichaam. Hij zegt iets wat ik niet versta. Harder, zeg ik. Ja.

'Vraag het lief,' zegt hij met intens glinsterende ogen.

'Sorry,' fluister ik. 'Alsjeblieft,' en ik voel zijn lichaam verstrakken, en daarna doet hij wat ik wil zonder het te hoeven vragen, omdat hij weet wat hij met me moet doen, dat heeft hij altijd al geweten, zonder dat ik het hoefde aan te geven, want de chemie tussen ons is iets wat niet aangeleerd of verklaard kan worden. 'Ik kan geen genoeg van je krijgen,' hoor ik mezelf fluisteren en hij lacht zijn plagerige lachje dat me vertelt dat ik het niet hardop hoef te zeggen omdat het zo evident is dat een blinde het nog kan zien.

Na afloop liggen we naast elkaar te praten, en als het buiten begint te schemeren en ik de eerste regendruppels tegen het raam hoor tikken, vallen we weer in elkaars armen en ik ga boven op hem zitten, mijn loshangende haar strijkt over zijn borst, zijn handen voelen warm en sterk op mijn huid. Ik zeg dat ik het heerlijk vind om dit bij hem te doen en hij zegt hetzelfde tegen mij, en er zou zo weinig voor nodig zijn om over het randje te gaan en hem te zeggen wat er echt in mij omgaat, maar ik doe het nog steeds niet – en later, als hij naast me in slaap is gevallen en de regen is aangezwollen tot een echte zomerse plensbui, lig ik de halve nacht wakker, starend naar zijn gezicht in het donker en dan zeg ik het tegen hem, omdat hij me niet kan horen en ik geen antwoord van hem hoef te verwachten.

Als de bel gaat, kan ik het eerst bijna niet geloven. Ik heb de hele middag in de huiskamer gezeten. Ik kon me nergens langer dan een minuut op concentreren. Ik zat daar maar gewoon. Wachtend. Ademend. Die twee dingen vergden alle energie die ik had. In mijn achterhoofd had ik al geaccepteerd dat ze niet zouden opdagen. Maar nu snerpt het geluid van de bel opnieuw door mijn oren, ik loop naar de intercom en zeg: 'Hallo?' en hoor een stem die op de stem van Caroline lijkt, de vrouw put zich uit in verontschuldigingen terwijl ik ze nota bene zelf heb uitgenodigd.

Ik laat ze binnen en luister naar de voetstappen van Eddie die enthousiast de trap op rent, gevolgd door de langzamere van zijn grootmoeder. Ik heb geen tijd om me nog voor te bereiden. Ze verschijnen in de deuropening, de jongen kijkt even naar me op, verliest direct zijn belangstelling en dartelt naar de hoek van de kamer waar de kooi van de hamster staat.

'Dank u dat we op bezoek mochten komen,' zegt de moeder van Caroline. 'Hij heeft de hele dag op school nergens anders over kunnen praten. We zullen u niet te lang ophouden.' Ze klinkt beleefd, maar ondertussen nemen haar ogen de omgeving op en verraden

haar onzekerheid. Haar voelsprieten zeggen haar op haar hoede te zijn. En als ze één bij één optelt, weet ze dat ik daar de oorzaak van ben. De stilte houdt te lang aan, ik begrijp dat ik iets had moeten zeggen. 'Ik zal een kopje thee zetten,' zegt ze uiteindelijk. 'Ik weet hier de weg.'

Ik hoor haar scharrelen in de keuken, water koken, bekers uit het kastje pakken. Zonder het te beseffen ben ik dichter bij Eddie gaan staan. Hij zit op de vloer met de zilvergrijze hamster in zijn handen, waar hij in babytaal lieve woordjes tegen zegt. Een lok van zijn haar hangt over zijn voorhoofd.

'Hij is van mij,' zegt hij duidelijk verstaanbaar. Hij kijkt niet op maar verheft zijn stem, zodat ik weet dat hij het tegen mij heeft. 'Ik zorg voor hem.'

'Dat zie ik,' antwoord ik. Ik denk na over wat ik dan wil zeggen. De woorden hangen als deinende ballonnen in de lucht. 'En wie zorgt er voor jou?'

Hij haalt zijn schouders op, al zijn aandacht gaat uit naar het diertje in zijn handen. 'Een boel mensen,' zegt hij dan.

'Je mammie?' vraag ik en hij knikt. 'Wat zou je mammie allemaal voor je doen?' vraag ik. En dan kijkt hij wel op. Er staat verwarring in zijn grote grijze ogen te lezen, een zekere argwaan zelfs, die niet bij zijn leeftijd past. De intonatie van mijn stem heeft hem gealarmeerd, hij weet alleen niet wat er precies aan de hand is. Hij staart me aan zonder met zijn ogen te knipperen, zwijgend en waakzaam. Het bloed suist door mijn oren en maakt me duizelig.

'Zou ze voor je doden?' zeg ik.

Weg

Caroline, mei 2015

Op een of andere manier overleef ik de lunch, en weet ik het eten door mijn dichtgeknepen keel te krijgen. Ik denk voortdurend aan de vrouw die nu in mijn huis is. Iemand die me blijkbaar heel goed kent, al begrijp ik niet hoe het in elkaar zit.

Na de lunch sjok ik achter Francis aan door het winkelcentrum, daarna maken we een wandelingetje door het park en gaan dan met de trein terug naar Chiswick, terwijl Francis er opgewekt op los kletst. Inmiddels is het al tegen vijven. Als we het station uit komen, kijkt hij me aan en klopt dan met zijn vinger zachtjes tegen mijn voorhoofd. 'Hallo,' zegt hij. 'Is er iemand thuis?'

Het is onschuldig bedoeld, maar het irriteert me mateloos. 'Sorry hoor,' zeg ik. 'Ik weet dat ik een beetje stil ben. Ik ben moe.'

Francis haalt zijn schouders op. 'Dat zal wel.'

Wanneer ik de sleutel in het slot steek, kijk ik even achterom naar hem, en hij kijkt onbewogen terug. Hij weet dat ik lieg. Hij weet alleen niet waarover.

'Sorry,' mompel ik nog een keer. Ik weet dat ik niet op deze manier door kan gaan, ik beweeg me in een spiraal van angst. Ik moet iets ondernemen. Ik wil naar huis. Nu ik die profielfoto heb gezien, vind ik het eng om hier nog langer te blijven. Ik wil die vrouw niet in mijn huis. Ik heb geen idee waartoe ze in staat is.

'Francis,' begin ik, maar dan bedenk ik dat we dit gesprek al eerder hebben gevoerd en dat ik weinig kans heb om hem over te halen eerder naar huis te gaan. Trouwens, wat zou er in dat geval gebeuren? Ik zie Francis' gezicht al voor me als ik die vrouw de deur uit gooi zonder hem uit te leggen waarom. Ik kan het niet. Ik moet dit voor me houden, en dat kan alleen als die vrouw en Francis elkaar nooit ontmoeten.

Maar ik moet wel iets ondernemen. En ineens weet ik hoe ik het ga aanpakken en ik weet ook dat ik nu meteen actie moet ondernemen, voordat ik me bedenk en niet meer durf.

'Ik ga even in bad,' zeg ik. 'Daar knap ik vast van op. Ik ben helemaal plakkerig van die bowlinghal.' Dit is niet helemaal gelogen. Ik heb echt heel veel zin om in een gloeiend heet bad te stappen en mezelf te reinigen van alle dingen waar ik me niet van kan ontdoen – nu niet, nooit meer.

'Prima,' zegt Francis toeschietelijk. 'Als jij in bad gaat, dan maak ik iets te eten.'

Ik loop snel naar boven, laat het bad vollopen en trek mijn kleren uit. Ik ga naast het bad op de grond zitten, pak mijn telefoon en draai het nummer van mijn vaste telefoon. Met mijn mobiel tegen mijn oor tel ik hoe vaak hij overgaat. Zes keer. Zeven. Halverwege de achtste keer krijg ik de voicemail. Ik verbreek de verbinding, maar dan besluit ik om het nog een keer te proberen en wanneer hetzelfde gebeurt, nog een keer. De derde keer dat ik bel gaat de telefoon vier keer over en hoor ik een klik als er wordt opgenomen. Stilte, geen duidelijk geluid, alleen heel zacht ademen. Ik moet iets doen, iets zeggen. Nog steeds geen geluid aan de andere kant van de lijn, alleen het zachte gekraak van statische elektriciteit. Zij zal niet als eerste beginnen, maar ze luistert wel.

'Met Caroline,' zeg ik uiteindelijk.

Ik hoor iets bewegen aan de andere kant van de lijn, alsof iemand gaat verzitten of met de hand over het hoofd strijkt. 'Dat weet ik.'

Een zachte, lage stem. Vlak, zonder enig gevoel. Een stem die je niet bijblijft.

'Ik wil je niet in mijn huis hebben,' zeg ik. Nu pas weet ik hoe ik me zal opstellen: kil, een beetje uit de hoogte, als de diep verontwaardigde huisvrouw en moeder. 'Ik stel voor dat je onmiddellijk vertrekt en geen contact meer met me zoekt,' ga ik verder. 'Anders bel ik de politie.'

Ik hoor een soort zuchtje, alsof ze het grappig vindt. Dan besef ik wat voor iets stoms ik heb gezegd. Deze vrouw heeft nooit echt contact met me gezocht, ze heeft alleen op mijn berichtjes gereageerd. Reageren op huizenruil is niet verboden, en wanneer ik naar de feiten kijk die ik op tafel kan leggen, dan zijn die zo vaag dat zelfs ik daar nauwelijks iets zinnigs van kan maken. In bedekte termen geuite verwijzingen naar dingen die gebeurd zijn, die alleen voor mij iets betekenen. Geen bedreigingen of intimidatie. Trouwens, zij weet als geen ander dat ik hier nooit de politie bij zal betrekken, dat is wel het laatste wat ik wil. Zij weet niet dat ik nog steeds een droge mond krijg en op mijn benen sta te trillen als ik een politieagent in uniform op straat zie. Zij weet niet dat ik maandenlang heb gedroomd van kille gangen, van cellen met zware ijzeren deuren. Maar ze weet wel dat ik me verstop, dat mijn hele leven tegenwoordig bestaat uit mezelf voor de gek houden. Ze heeft me nog nooit ontmoet. Toch kent ze me.

'Sorry,' zeg ik gesmoord, en ik moet even slikken. 'Ik weet niet wat ik tegen je moet zeggen.' Stilte, doordringend, benauwend. Ze hangt niet op. 'Wie ben jij?' vraag ik.

'Het is onzin om die vraag te stellen als je het antwoord al weet,' zegt ze.

En dan dringt het tot me door dat ik het inderdaad weet. Er is maar één iemand die hiertoe in staat is, voor wie er alles aan gelegen is om hiermee door te gaan, om dit vol te houden. Ik denk aan Eddie, aan zijn heldere grijze ogen, de perfecte ronding van zijn wangetjes, hoe zijn gezichtje geleidelijk verandert naarmate hij ouder wordt. Als ik mijn ogen dichtdoe zie ik hem weer voor me, zoals hij een half jaar geleden was, of een jaar geleden, of als baby toen ik hem voor de eerste keer in mijn armen hield.

'Je bent haar moeder,' zeg ik.

Het blijft weer stil, maar ik heb het gevoel dat de spanning is doorbroken, en wat er nu rest is een nevel van verdriet en verlies die zich door mijn hart lijkt te verspreiden en het volledig vult waardoor het me de adem beneemt. De tranen stromen over mijn wangen. Ik ben de tel kwijtgeraakt van de keren dat ik moest huilen omdat ik me zo schuldig voelde en zo'n verdriet had, het aantal keren dat ik in mijn eentje was en probeerde die gedachten te verdringen. Maar ik zorg dat ze me niet hoort huilen, want ik kan me voorstellen dat ze absoluut geen behoefte heeft aan mijn zelfmedelijden.

'Je hebt die man nooit losgelaten,' zegt ze dan. 'Het is je gelukt al het andere weg te stoppen. Alsof het nooit heeft bestaan. Maar hem niet.'

Ik schaam me dood als ik aan de berichtjes denk die ik haar heb gestuurd, omdat ik dacht dat jij het was. De wanhoop en het verlangen naar contact die ervanaf dropen. Ik vraag me af of ze beseft dat een van de redenen dat ik je niet kon vergeten, gelegen was in het feit dat zolang jij mijn gedachten in beslag nam ik niet hoefde te denken aan de demonen die me achtervolgden. Ik heb jou en het verdriet omdat ik je kwijt was nodig gehad om al die andere dingen te blokkeren. Maar dit zeg ik natuurlijk niet tegen haar.

'Geloof jij in gerechtigheid, Caroline?' vraagt ze uiteindelijk.

'Ik...' Het voelt als een strikvraag. Elk antwoord dat ik nu geef, zal ze naar haar hand weten te zetten. 'Ik geloof in heel veel dingen,' zeg ik. 'Gerechtigheid, verlossing, berouw.' Vergeving, zeg ik bijna, maar ik weet het voor me te houden. 'Maar geloof is niet altijd hetzelfde als de werkelijkheid.' Ik heb mijn best gedaan.

Ze zwijgt weer, blijkbaar denkt ze erover na. 'Morgen is het allemaal voorbij,' zegt ze dan. 'Ik ben niet van plan hier met iemand over te praten. Ik wil je niet zien. Ik wil niet meer met je praten. Dit is de laatste keer dat we iets met elkaar te maken hebben.'

Dat zou een geruststelling moeten zijn, maar bij elk woord dat ze zegt, wordt mijn gevoel van onbehagen groter. Dit is niet in de haak, maar ik kan er mijn vinger niet op leggen. Maar voordat ik de kans krijg om te reageren, hangt ze op.

Ik leg de telefoon naast me neer en ga met mijn vingers door mijn vochtige haar. De damp van het badwater stijgt omhoog en de spiegel en het raam zijn beslagen. Ik ben bezweet. Ik wrijf met de rug van mijn hand over mijn ogen en die zit daarna vol zwarte strepen van de mascara en tranen. Het gesprek gaat weer door mijn hoofd: haar spaarzame woorden en de betekenisvolle stiltes ertussen. Ze weet precies wat er die avond is gebeurd. Hoe ze dat weet is me een raadsel, maar het is zo.

Het duizelt me en ik weet dat ik ga flauwvallen als ik geen frisse lucht krijg. Onvast kom ik overeind en doe het raam van de badkamer half open. Ik leun met over elkaar geslagen armen op de vensterbank en kijk naar de heldere hemel.

Na een paar minuten kom ik een beetje bij, maar ik blijf daar staan en kijk naar de doodstille straat, naar de strenge symmetrie van de huizen. Het zonlicht weerkaatst op de roodgeverfde daken, waardoor ze glimmend gepoetst lijken. Onder me strekken de tuintjes zich uit in een lint van keurige, rechthoekige gazonnetjes. Dan zie ik een schaduw over het gras vallen, die zich snel en doelbewust door de straat beweegt. Iets aan de manier van bewegen treft me nog voordat ik het goed en wel besef. Mijn hart gaat tekeer en een golf van hitte verspreidt zich door mijn naakte lijf. De gestalte loopt zonder aarzelen, en zonder om zich heen te kijken naar de voordeur van nummer 14.

De zon verdwijnt achter een wolk en ik leun naar voren met mijn vingers vastgeklampt aan de vensterbank. Ik had hierop voorbereid moeten zijn. Maar nu het gebeurt, weet ik dat ik me nooit had kunnen voorbereiden op deze heftige emotie waardoor de tranen over mijn wangen lopen. Jij bent het. Je bent thuis.

Thuis

Caroline, juli 2013

Carl staat voor de spiegel zijn das te strikken en ziet mij op het bed achter hem zitten. Hij is al te laat. Tien minuten geleden is hij pas opgestaan om zich aan te kleden. Hij heeft zijn zwarte blazer en witte overhemd al aan, maar nog niet zijn broek. Ik weet dat ik hem zou kunnen overhalen langer te blijven. Maar mijn lichaam voelt de uitputting van de vele vrijpartijen en bovendien is dit niet het afscheid dat hij denkt dat het is, dat weet ik.

'Hoe laat ga je weg?' vraagt hij. 'Verdomme.' Hij friemelt aan de das en trekt hem ongeduldig weer los. 'Het lukt me niet.'

Ik strek me uit op het bed. 'Last van concentratiestoornis?' Hij glimlacht. 'Over een uur of twee ga ik weg,' zeg ik, zonder mijn geheimpje te verklappen. Ik heb namelijk besloten op de hotelkamer te blijven om hem te verrassen als hij terugkomt. Ik hoef Eddie pas morgen weer na de lunch op te halen, dus ik heb geen enkele reden om al naar huis te gaan.

Hij trekt zijn broek en zijn schoenen aan en fatsoeneert zijn haar met zijn vingers voor de spiegel. 'Nou, dan ga ik maar,' zegt hij vlak. Zijn ogen staan zo treurig als hij naast me gaat zitten, dat ik bijna tegen hem vertel dat we nóg een nachtje samen hebben. Maar ik bijt op mijn tong. Ik wil zijn blije gezicht zien als hij straks de hotelkamer binnenkomt.

'Fijne dag,' zeg ik en ik laat mijn vingers over zijn jasje glijden. 'Mooi,' mompel ik. 'Je weet dat ik je hierin onweerstaanbaar vind?'

'Weet ik, Caro. Fijn,' zegt hij en hij maakt zich onwillig van me los. 'Misschien stuur ik je wel een foto als ik terugkom.'

'Doe dat.' Opnieuw heb ik zin mijn voornemen prijs te geven, maar ik hou me in en dan is hij al bij de deur, kijkt nog eenmaal om en loopt dan de gang op.

Als hij weg is, voelt de kamer leger dan ik had verwacht. Het is alsof hij alle energie heeft meegenomen. De muren zijn dik en geluidswerend en zelfs als ik mijn best doe, hoor ik hooguit een licht geruis van het water in de leidingen. De storm is gaan liggen en de zon is weer tevoorschijn gekomen. Er piepen een paar stralen door het rode gordijn en mijn naakte lichaam wordt warm op de plekken waar de lichtbanen vallen. Ik heb nog niet bedacht wat ik zou gaan doen in de komende tien à elf uur dat hij weg is. Ik heb geen auto en in de wijde omtrek zijn geen winkels. Ik heb niet eens een boek bij me.

Ik doe de tv aan en zap langs een paar kanalen, maar niets kan mijn aandacht vasthouden. Alhoewel Francis de laatste persoon is aan wie ik wil denken, zie ik hem in gedachten alleen thuis op de bank zitten, zonder zijn vrouw en zijn zoon in de buurt; zo zou zijn leven eruitzien als we niet samen waren. In zijn eentje heeft hij eigenlijk niets omhanden. Even bedenk ik het dwaze plan om hem te bellen, maar ik zou niet weten wat ik tegen hem zou moeten zeggen en ik laat het idee weer varen. Het geluid van mijn telefoon staat uit, want ik heb mezelf expres van hem afgesloten – ik wilde niet dat hij me zou storen tijdens dit tripje. Ik werp een aarzelende blik op het schermpje, half in de veronderstelling een lawine aan incoherente berichten aan te treffen, maar er is niets. Ik weet niet eens of ik me opgelucht, verbaasd, gekwetst of iets daartussenin moet voelen.

Hoofdschuddend dwing ik mezelf op te staan. Ik neem een duik in het zwembad, ga daarna in de sauna zitten en vraag bij de receptie of ze tijdschriften beschikbaar hebben voor gasten. De zelfopgelegde eenzaamheid voelt raar. Ooit zou ik er een lieve duit voor hebben overgehad om een dagje voor mezelf te hebben, nu wil ik alleen maar dat Carl terugkomt. In gedachten zie ik hem achter het stuur zitten en na een seconde van twijfel de auto keren om terug naar mij te rijden. Ik zie het beeld zo helder voor me, dat het me bijna verbaast als ik bij terugkomst een lege hotelkamer aantref.

De uren lijken voorbij te kruipen. Ik kijk telkens op de klok en kan dan amper geloven dat er hooguit tien minuten verstreken zijn. Ik gebruik de lunch in het restaurant, neem nog een duik in het zwembad en daarna zit er zo veel chloor in mijn haar, dat ik de sterke lucht er met shampoo uit moet wassen. Ik ga weer op bed liggen en knor van genoegen als ik terugdenk aan de avond ervoor. Ik streel mezelf met gelijkmatige, heftige bewegingen voor een tijdelijke ontlading. Daarna bestel ik een fles wijn en drink hem binnen een uur leeg. Ik wil het eigenlijk niet, maar ik doe het om de tijd te doden. Tegen negenen begint het donker te worden. Ik ben licht in mijn hoofd. Volgens mij lig ik al uren stil op bed.

Als ik voetstappen op de gang hoor, slaan bij mij de stoppen bijna door en ik schiet overeind. Opeens bedenk ik hoe het zal zijn als hij niet alleen is, als hij op het feest een meisje is tegengekomen op de dansvloer. Dat hij haar heeft gezoend in de donkere gang en haar heeft aangeboden bij hem te slapen. Ik heb hem nooit eerder gevraagd of hij in de afgelopen zes maanden met iemand anders naar bed is geweest, omdat ik weet dat ik er niets tegen in kan brengen als hij zijn handen op een ander lichaam zou leggen. Ik wil er niet mee geconfronteerd worden maar op dit moment, in de paar seconden dat ik het klikken van de kaartsleutel in het slot hoor, is het te laat om eronderuit te komen.

De deur gaat open en daar staat hij. Alleen. We kijken elkaar zwijgend aan. Eerst zie ik de schrik op zijn gezicht, die al snel overgaat in de glans van geluk die iemand niet kan veinzen: hij glimlacht breed en zijn ogen lichten op.

Hij loopt de kamer in, zet zijn tas op het dressoir en zegt: 'Kijk eens aan. Wat doe jij...' Hij krijgt de kans niet om zijn zin af te maken, want ik ben al opgesprongen en hem in de armen gevlogen. Ik merk aan zijn reactie dat zijn luchtigheid gespeeld was. Zijn stem klinkt gesmoord, maar ik meen dat hij zegt: 'Wat fijn je te zien.' Ik zeg het ook tegen hem. Ik laat mijn vingertoppen over zijn slapen glijden en wil dit moment voor eeuwig in mijn herinnering opslaan.

'Ik kan niet geloven dat je er bent,' zegt hij. 'Het feest was best aardig, maar ik moest de hele tijd aan jou denken, hoe leuk het zou zijn geweest als je mee was gegaan, en uiteindelijk besloot ik dat het geen zin had, ik kon net zo goed teruggaan naar mijn hotel om daar te gaan zitten balen.' Hij lacht met zelfspot. 'Was ik maar uren eerder teruggekomen. Waarom ben je gebleven?'

'Omdat ik daar zin in had,' zeg ik eenvoudig en opeens komen de woorden in me opborrelen. Ik besef dat ik alles tegen hem ga zeggen, dat ik nooit meer bij hem weg wil gaan en nooit meer midden in de nacht mijn kleren wil aantrekken om naar een andere man te gaan. Ik ga het hem deze avond vertellen.

'Gaat het?' vraagt hij, want de gedachten blijven in mijn keel steken en ik gaap hem alleen maar zwijgend aan. Ik probeer zijn gedachten te peilen.

'Ja hoor,' zeg ik. Ik voel me weer opkikkeren na een lange dag van wachten. Ik heb opeens zin om de deur uit te gaan en een frisse neus te halen voor ik mijn grote bekentenis aan hem zal doen. 'Kom,' zeg ik. 'We gaan op stap. Ik heb nog niet gegeten. We kunnen naar een pub rijden. Er is er vast een in de buurt. Dan gaan we lekker buiten zitten. Ergens bij een rivier of zo. Kom,' zeg ik geestdriftig en ik trek hem aan zijn mouw.

Hij glimlacht, wrijft in zijn ogen en laat zich half op bed zakken. 'Ik weet het niet. Ik ben behoorlijk moe. Ik heb er een flinke autorit op zitten en het was een lange dag. Bovendien kan ik me wel iets leukers voorstellen dan nu in een pub te gaan zitten...' Hij laat zijn hand onder mijn hemdje glijden en zoekt over mijn huid naar mijn beha. Zijn ogen zijn donker en glanzend van begeerte.

Ik kom in de verleiding, maar ik kan het gevoel niet van me afzetten dat ik eerst op pad moet, al is het maar voor even. Pas nu hij hier is, merk ik dat ik me opgesloten heb gevoeld. De lucht is dik en zwaar en ik wil de perfecte omstandigheden voor mijn plan: ik wil hem diep in de ogen kijken en hem vertellen dat ik van hem hou. Ik zou het wel willen uitschreeuwen, de kracht van de woorden zindert door me heen. Ik heb dit nooit eerder zo gevoeld – een wereld van licht en kleur, waar alles mogelijk is.

Ik spring van het bed en trek mijn schoenen aan. 'Ik rij wel,' zeg ik als ik mijn jas aantrek. 'Jij hoeft niets te doen, alleen maar naast me te zitten.'

Hij staat op en loopt naar me toe. Ik zie dat ik hem enthousiast heb gemaakt. Zijn ogen schitteren opgewonden en hij kijkt me aan alsof hij me voor het eerst ziet. 'Goed, als jij het zegt. Wat jij wilt, snoes.' Hij trekt me tegen zich aan en kust me vurig. 'Maar niet te lang,' voegt hij eraan toe. 'En als we terugkomen, gedraag je je, afgesproken? Jij bent niet de baas hier.'

'Dat ben jij,' zeg ik en we schieten in de lach. Dit soort spelletjes zijn onweerstaanbaar. Ik graai de autosleutels uit zijn zak als we naar het parkeerterrein lopen.

'Weet je het zeker?' vraagt hij als hij op de passagiersstoel plaatsneemt.

'Ja hoor, laat mij maar.' Als ik de sleutel in het contact steek, denk ik opeens aan de wijn die ik heb gedronken en ik aarzel even. Ik wil niet tegen hem zeggen dat ik een fles achter mijn kiezen heb en dat hij denkt dat mijn reactievermogen is aangetast. Ik voel me hartstikke nuchter – ik ben in jaren niet zo helder geweest. En op dit uur zullen de wegen praktisch verlaten zijn, vooral in deze contreien.

Er knaagt nog iets, maar ik schuif mijn onzekerheid resoluut terzijde en laat me overspoelen door dat krachtige gevoel, het idee dat alles goed gaat en dat er niets meer tussen kan komen. Ik doe de koplampen aan en de lichtbundels zetten de bochtige weg die voor ons ligt in een gelige gloed. Schaduwen spelen aan de horizon en de takken zwiepen heen en weer in de wind. Ik keer de weg op en meteen voel ik de tochtstroom door de kier van het open dak naar binnen komen. Ik krijg er kippenvel van.

'Laten we naar dat dorp gaan dat we onderweg naar het hotel zagen,' zeg ik. 'Daar is vast iets open.'

Carl leunt lachend tegen de hoofdsteun. 'Ik heb niets te vertellen, weet je nog? Ik ben als was in je handen.' Hij knijpt even in mijn knie en trekt mijn rok een stukje omhoog. 'We lijken wel gek,' mompelt hij. 'Zo laat nog op pad gaan terwijl ik je eigenlijk door het bed had moeten rammen.'

Zijn woorden zenden een golf van pure, vuige lust door mijn lichaam en even zie ik dubbel. Ik schud mijn hoofd en klem mijn handen om het stuur. Een blik op de snelheidsmeter doet me vaart minderen. Niet zo hard, dame. Aan de tintelingen in mijn ledematen merk ik dat ik mezelf niet helemaal onder controle heb. 'Niet doen,' zeg ik gesmoord en ik zuig de koele lucht diep in mijn longen.

Hij slaat me gade. Ik voel zijn brandende blikken op mijn lichaam. 'Heerlijk hoe jij hiervoor gaat,' zegt hij. 'En ik heb het niet alleen over de seks. Ook...' Zijn stem stokt en hij kijkt uit het raam.

Ik weet wat hij bedoelt, al weet hij het zelf niet, en opeens wil ik dat hij het zegt, ik wil dat hij als eerste zegt dat hij van me houdt. Ik draai mijn hoofd, om naar hem te kijken, en let niet meer op de weg. Dan verschijnt er iets aan de zijkant van mijn blikveld en ik besef dat er een bocht aan komt die niet door de lantaarns wordt verlicht.

Mijn ogen schieten terug naar de weg en de adrenaline bruist door mijn lijf. Ik weet dat ik bliksemsnel moet sturen en ik bereken in een fractie van een seconde dat ik een stuk stoep zal moeten meenemen voor we kunnen stoppen. Het zal lukken. Maar Carl is rechtop gaan zitten, roept iets wat ik niet kan verstaan, en tegelijkertijd zie ik haar lopen, met gebogen hoofd en haar handen diep in haar zakken gestopt, donker haar en een groene sjaal wapperend in de wind, en met een misselijkmakend, instinctief inzicht besef ik dat we te dicht bij haar zijn en dat ik haar met geen mogelijkheid kan ontwijken.

Ik trap op de rem en mijn geschreeuw klinkt door de auto, ik voel en hoor de klap op hetzelfde moment – de snelheid van de botsing, hoe ze tegen de voorruit smakt en terug stuitert, de bloedspatten die mijn zicht vertroebelen. De auto komt met een schok tot stilstand en dan zitten we opeens in een complete stilte en duisternis. Het is te laat.

Mijn handen beven en mijn wervelkolom doet van onder tot boven pijn. Mijn blik zit aan het stuur gekleefd. Ik kan niet opkijken. 'Godallemachtig,' hoor ik mezelf mompelen. 'Godverdomme.' Het klinkt niet als mijn eigen stem.

'We moeten eruit,' zegt hij en ik kijk naar hem. Ik zie dat hij bloedt, hij heeft zijn hand aan de gebarsten voorruit opengehaald. 'Misschien… misschien is ze…'

Ik doe mijn gordel los. Mijn handen beven zo hevig dat ik bijna het portier niet openkrijg. Zodra ik haar zie liggen, weet ik dat alle hoop verloren is, maar toch laat ik me op mijn knieën zakken en bekijk haar van dichtbij. Haar arm ligt in een vreemde hoek naast haar lichaam. De rechterkant van haar gezicht is een bloederige massa waar het bot bijna doorheen schemert. Ze is jong. Zestien, zeventien. Op de ongeschonden kant van haar gezicht zie ik een donkere streep mascara en er zitten rode strepen op haar groene sjaal. Door de klap zijn haar hooggehakte schoenen van haar voeten gevlogen. Ze ligt doodstil. Haar ogen zijn half open. Elk detail komt in flarden op me af, als brute snapshots waarmee ik word bckogeld.

Hij voelt haar pols en schudt zijn hoofd. Ik hoef het niet te vragen.

Even zitten we samen op onze hurken op de straat. Mijn hoofd is leeg. 'Wat moeten we doen?' vraag ik na een poosje. 'Wat moeten we in vredesnaam doen?'

Hij is wit weggetrokken. 'Ik weet het niet. Ik denk dat we de politie moeten bellen.'

Ik worstel om adem te kunnen halen. Mijn gedachten draaien opeens op lichtsnelheid om te kunnen bevatten wat er zo-even is gebeurd. Ik ben in het donker gaan rijden, iets te hard, kilometers bij mijn gezin vandaan, met een andere man. En nu dit meisje, dit meisje met de groene sjaal, het donkere haar en de make-up die ze even daarvoor waarschijnlijk zorgvuldig in haar slaapkamer had aangebracht, is nu dood. Ik heb haar gedood. Vermoord.

'Caro.' Hij klinkt streng, bijna boos. 'Je moet nu weggaan.'

Ik kijk hem aan. 'Hoe bedoel je?'

'Maak dat je hier zo snel mogelijk wegkomt. Ik bel de politie wel. Ik regel het allemaal. Begrijp je me?' Als ik geen antwoord geef, hapt hij hoorbaar naar adem. 'De auto is op mijn naam gehuurd,' vervolgt hij. 'De hotelkamer ook. Jij bent nergens in betrokken en je kunt overal buiten blijven.'

'Waar heb je het over?' schreeuw ik bijna naar hem en opeens stromen de tranen over mijn wangen. Ik voel gal in mijn keel branden. 'Dat kan ik niet maken,' zeg ik hortend. 'Het is mijn schuld, ik...'

'Godsamme, Caro!' We zijn overeind gekomen en staan tegenover elkaar, het dode meisje aan onze voeten, op de stille weg, waar een kille wind waait. 'Je bent niet gek,' zegt hij. 'Je weet waar dit op uit zal draaien. Je hebt gedronken. Ik wist het, stommeling die ik ben, en toch liet ik je achter het stuur kruipen. Dit gaat je de kop kosten. Misschien verdwijn je wel voor jaren achter de tralies. En je hebt een zoon. Je hebt een leven. Ik heb niks. Geen zak. En ik ben nuchter. Het was een ongeluk. Dat kan toch?' Hij staat met gebalde vuisten voor me en ziet er schrikbarend jong uit. 'Je weet hoe het gaat, dus je hoeft niet de martelaar uit te hangen. Maak dat je wegkomt, snel. Toe.'

'En dan?' weet ik nog net uit te brengen. De tranen lopen nog steeds over mijn wangen. Ze voelen koud aan en trekken natte sporen over mijn gezicht.

'En dan niks,' zegt hij. Even blijft het stil. 'Dit is het,' vervolgt hij. 'Het is voorbij. Tijd om afscheid te nemen en uit elkaar te gaan.'

De woorden blijven tussen ons hangen en slurpen de energie uit de lucht. Alles draait om me heen en even ben ik bang dat ik ga flauwvallen. 'Dat meen je niet,' fluister ik. 'We moeten dit samen oplossen. We kunnen niet zonder elkaar. We kunnen niet zomaar...'

Hij onderbreekt me. 'Ja, dat kunnen we wel,' zegt hij. Tot mijn afschuw hoor ik zijn granieten vastberadenheid. Het heeft geen zin om hem tegen te spreken. 'Het is de enige mogelijkheid,' zegt hij. 'Het hing al in de lucht. En nu moeten we er vaart achter zetten. Ik meen het. Einde verhaal. We bellen elkaar niet meer, we sms'en elkaar niet meer. Je moet afstand houden. Van mij.'

'Maar ik hou van je,' zeg ik. Zo had ik het me niet voorgesteld. Met een bittere smaak in mijn mond, met deze schok, de geur van heet bloed in de lucht, mijn lichaam bevend door de botsing. 'Ik hou van je.'

'Caro,' zegt hij zacht. Voor het eerst klinkt er weer tederheid in zijn stem door. 'Ik denk niet dat je dat nu moet zeggen. Het heeft... geen zin.' Hij wrijft fronsend over zijn voorhoofd. 'Ik weet het niet,' zegt hij dan. 'Ik denk dat ik ook van jou hou. Maar dat is deels de reden waarom dit nu zo moet gaan. En ik verander niet van gedachten.'

Langzaam dringt het tot me door. Ik voel me op een vreemde manier rustig worden. Ik besef dat ik niet tegen hem in kan gaan. Alles is tot stilstand gekomen. Mijn ogen dwalen naar de weg. Ze ligt daar, het bloed stroomt nog steeds uit haar hoofd en wordt door het asfalt opgezogen. Ik verwacht half dat ze haar hoofd zal oprichten en haar ogen zal openen. Maar het gebeurt niet en mijn tranenvloed is inmiddels opgedroogd. Misselijk en huiverend door de naschok doe ik een stap opzij.

Ik kijk hem recht in zijn ogen en zie hoe de pijn rauw en prominent op zijn gezicht staat afgetekend. Ik kan nauwelijks geloven dat dit gebeurt. Voor ik het weet, breng ik mijn gezicht dicht bij het zijne en onze lippen versmelten in een kus. Ik sluit mijn ogen. Zijn kus is traag en intens, en ik weet dat het de laatste zal zijn.

Als hij zich van me losmaakt, koester ik toch de bizarre hoop dat het allemaal anders zal aflopen, dat het meisje met magische woorden tot leven kan worden gewekt en dat onze toekomst, die zo dichtbij was dat ze bijna tastbaar was, alsnog kan doorgaan. Maar er is niets wat de situatie kan veranderen. Ik draai me om en loop de duisternis van de lege straat in, elke voetstap galmend als een donderslag in mijn oren.

Als ik bij de bocht ben, kijk ik om. Hij staat met zijn rug naar me toe en ik zie het schermpje van zijn telefoon oplichten. Ik probeer te bedenken hoe hij het zal formuleren, wat er gaat gebeuren als ze komen: het barse verhoor, de blikken van afkeer en achterdocht. Ik kan het niet bevatten. Ik zet werktuiglijk mijn ene voet voor de andere. Het dichtstbijzijnde treinstation is zeven kilometer hiervandaan. Een uur lopen. En als ik daar ben, kan ik nergens anders meer naartoe dan naar huis.

Ik loop nog steeds. Alleen. Ik weet nog niet hoe het zal aflopen. Ik weet nog niets van de talloze berichten die ik zal sturen waarop geen antwoord zal komen, over de dromen die me uit mijn slaap zullen halen, over het gevoel van machteloosheid en schuld dat me zo hard zal treffen, dat ik eraan onderdoor dreig te gaan. Ik weet dat sommige dingen je vanbinnen schroeien en littekens achterlaten. Geen herstel, geen uitweg. De enige manier is om de herinneringen zo diep weg te stoppen, dat het te veel moeite kost om erbij te komen. Ooit vind je een manier om de draad weer op te pakken. En met een schok besef ik dat het mogelijk zal zijn. Het is bijna griezelig gemakkelijk. De afgelopen tien minuten voelen nu al alsof ze eigenlijk een ander toebehoren. Die vrouw in de auto – ze is al weg. Ik was het niet. Ik was het niet. Ik heb haar daar bij hem achtergelaten en ze is voor altijd verdwenen.

'Zou ze voor je doden?' De jongen kijkt me aan en probeert me te begrijpen. Hij kent de woorden, maar nog niet in deze volgorde – en ik kan uit zijn ernstige blik opmaken dat hij beseft dat ze meer dan de som der delen betekenen. We blijven elkaar roerloos en zwijgend aanstaren, hij houdt zijn hamster voorzichtig in zijn handen. Zijn wimpers trillen als hij langzaam met zijn ogen knippert. De tapijtvezels knisperen op mijn knieën als ik me voor hem buk. Kleine geluidjes die de hele kamer vullen en geen ruimte overlaten om adem te halen.

Het is bijna een openbaring, alsof een gordijn wordt opengerukt en de lichtschakelaar omgezet. Mijn plotselinge inzicht doet me pijn. Ik besef waarom ik daar ben en waarom ik ze heb uitgenodigd. Het is me nu allemaal volkomen duidelijk. De boosdoener die verantwoordelijk is voor jouw ellende, wil jij op jouw beurt pijn doen. Dat heet rechtvaardigheid. Niet de steriele rechtszaal die ze wist te vermijden, met zijn ontoereikende vonnissen en straffen. Het is primitiever, het gaat dieper. Als een dier in het wild naar je uithaalt, zullen je gedachten bevriezen. Je vecht terug. Deze vrouw heeft met haar achteloosheid mijn leven aan stukken gereten. Ze liep zonder omkijken weg van haar daad. Jij neemt van mij af, ik neem van jou af.

Ik kom overeind en loop naar het balkon, doe de deur open en stap naar buiten. De lucht voelt koud in mijn longen. Ik kijk naar het verkeer en de mensen beneden, drie verdiepingen lager, en ik kan de zwaartekracht voelen – bijna zien – die de wereld naar zich toe trekt. En als ik het geluid van zijn voetstappen hoor, ben ik niet verbaasd dat hij naast me opduikt, alsof hij door die kracht werd aangetrokken. Met zijn hoofd schuin, zijn ogen groot en grijs, kijkt hij naar me op. Elke seconde lijkt een eeuwigheid te duren. Ik doe een stap naar hem toe. Het volgende deel zal vlug moeten gaan. Een ruk in de tijd, snel en onverbiddelijk, waarna alles zal veranderen.

Mijn handen zijn millimeters van zijn schouders vandaan als hij zich beweegt. Hij snapt niet helemaal wat er gaande is, maar hij trekt zich terug en zoekt de veiligheid van de huiskamer op. Ik blijf alleen op het balkon achter, waar de wind in mijn gezicht waait en de tranen zo plotseling losbreken, dat ik bijna geen adem meer krijg. Natuurlijk kan ik dit niet doen. Ik speel immers de rol van iemand die ik nooit zou kunnen zijn. Omdat de gedachte alleen al absurd is. Omdat er hier geen antwoorden te vinden zijn, en elders ook niet, en het idee om een leven te nemen vind ik weerzinwekkend, en de immensiteit van het besef dat ik niets kan doen om te herstellen wat is gebroken, treft me als een mokerslag, onherroepelijk en voor de eerste keer.

Weg

Caroline, mei 2015

Nadat je naar binnen bent gegaan, blijf ik nog een paar minuten voor het raam van de badkamer staan. Ik kijk naar je huis om te zien of ik iets van een beweging achter het raam zie. Ik beeld me in dat ik je door de woonkamer zie lopen om iets in te schenken en hoe je dan op de bank gaat zitten. Amber vlijt zich naast je, legt haar benen over je schoot en vraagt hoe je het de afgelopen week hebt gehad. Of misschien bewaren jullie dit gesprek voor later en gaan jullie zonder verder iets te zeggen meteen naar boven.

Ik merk dat ik kippenvel heb en als ik achter me naar het bad kijk, zie ik dat er geen damp meer van het water afkomt en het schuim verdwenen is. Min of meer op de automatische piloot laat ik het bad leeglopen en kleed me weer aan. Wanneer ik in de spiegel kijk, is aan mijn gezicht te zien hoe de zaken ervoor staan. Mijn make-up is uitgelopen en mijn foundation vlekkerig. Ik wil de vlekken afvegen, maar zelfs mijn hand optillen lijkt een hele opgave en ik laat het maar.

De stem van de vrouw klinkt door mijn hoofd, de vlakke, onaangedane toon waarop ze die laatste woorden uitsprak. Een stem door de telefoon, die honderden kilometers hiervandaan uit mijn eigen huis kwam. Zij is daar en ik ben hier, terwijl jij zo verwarrend en zo verontrustend dicht in de buurt bent... Alles is hier verkeerd aan. Ik wil niet dat zij daar is en ik wil niet hier zijn. Ik wil naar huis. Nu meteen. Er komt een gedachte bij me op, die me de stuipen op het lijf jaagt. Eddie. Hoewel hij veilig bij mijn moeder is, vind ik het heel onprettig dat die vrouw bij hem in de buurt is, nu ik weet wat er speelt.

Deze gedachte geeft me de trap onder mijn kont die ik nodig had. Ik gooi de deur van de badkamer open, ren naar de slaapkamer en haal de koffer onder het bed vandaan. Ik pak mijn kleren bij elkaar en prop ze in de koffer. Ik zal tegen Francis zeggen dat we echt weg moeten. Dat er iets heel dringends is dat onmiddellijk geregeld moet worden. Mijn hoofd is niet echt helder en ik weet nog niet precies hoe ik het verder zal inkleden, maar ik verzin wel wat. Terwijl ik bezig ben onze spulletjes bij elkaar te zoeken, hoor ik beneden de deurbel gaan.

Ik ga staan en hoor Francis' stem: 'Kan jij even opendoen, Caro? Ik ben aan het koken.'

Er liggen nog genoeg spullen van ons in de kamer. Ik kijk even wie er voor de deur staat en dan ga ik zo meteen wel weer verder. Ik ren de trap af en door het matglazen ruitje zie ik iemand staan: een slanke vrouw, met haar dat over haar schouders valt. Ik doe de deur open en zie dat het Amber is. Het lijkt alsof ze nachten niet heeft geslapen: diepliggende ogen met donkere kringen van vermoeidheid.

'Carl is terug,' zegt ze met haar gebruikelijke directheid. 'Ik heb hem verteld dat jij hier bent.'

Hoewel ik dit wel had verwacht, schrik ik er toch van. 'Wat zei hij? Hoe is het met hem?' vraag ik.

Ze spreidt haar handen. 'Hij is geschokt,' zegt ze dan. 'Hij snapt niet hoe dit heeft kunnen gebeuren. Net als wij.' Een flits van kilte in haar blik. 'Maar goed. Kunnen we even ergens heen?'

Ik aarzel. Ik zie weer die vrouw in mijn woning voor me. 'Ik moet naar huis,' zeg ik. 'Je had gelijk.'

'Dat kan wel zo zijn, maar ik moet eerst met je praten.' Ze klinkt heel gespannen en op een of andere manier klinkt het 'moet' van haar urgenter dan dat van mij. Ik kijk haar aan. Ik heb nog zo veel vragen waar ik geen antwoord op heb gekregen en die me met haar verbinden. En jij bent er ook nog, aan de overkant van de straat, slechts een paar meter van me verwijderd.

'Het duurt niet lang,' zegt ze wanneer ze merkt dat ik in dubio sta. 'We kunnen naar het park gaan of zoiets.' Ze kijkt over mijn schouder. 'Francis?' roept ze. Haar stem schiet vrolijk omhoog. 'Amber hier. Ik wil even Caroline een half uurtje van je lenen, is dat goed? Ik heb haar raad nodig over iets.'

Stilte en dan: 'Eh... oké,' roept hij enigszins beduusd terug.

Amber haalt haar schouders op. Er zit niets anders op dan dat ik mijn schoenen aandoe. Even later loop ik met haar mee de straat door en via nog wat andere straatjes naar het park aan de rivier. Ze zegt niets onder het lopen en ik vraag me af waar ze het eigenlijk over wil hebben. Ik weet dat ze nog steeds gelooft dat ik hier opzettelijk ben gekomen. Dat ik je achtervolgd heb als een of ander sneu figuur, omdat ik zo graag weer bij je wil zijn.

'Ik ben niet wat je van me denkt,' zeg ik met een klein stemmetje. Ik moet even blijven staan om op adem te komen en het trillen te onderdrukken. 'Ik probeer niet tussen jou en Carl te komen.'

Amber draait zich om en kijkt of ze een plekje ziet waar we kunnen zitten. 'Daar,' zegt ze en ze loopt naar een bankje in de schaduw van een treurwilg, aan de oever van de rivier. Ze gaat zitten en trekt haar benen op. Als ik ook zit, zegt ze: 'Ik weet niet of dat waar is of niet, Caroline. Maar dat is niet de reden dat ik je wil spreken.'

Ik zie geen haat in haar blik en ook niets wat op medelijden lijkt. De uitdrukking op haar gezicht heeft meer iets peinzends, alsof ze zich afvraagt of ik het laatste stukje van de puzzel ben die ze aan het leggen is.

'Wat is het dan?' vraag ik.

Ze strijkt het haar van haar voorhoofd en pakt dan een lok vast. Het gebaar komt me bekend voor, en ik ben benieuwd of ik dit ook wel eens zo doe. 'Ik was niet eerlijk tegen je toen we die keer koffie gingen drinken,' zegt ze. 'Ik zei toen dat ik Sandra niet kende.'

'Sandra?' Ik weet onmiddellijk wie ze bedoelt.

'Ja,' zegt Amber. 'De vrouw van nummer eenentwintig, de eigenares van het huis waarin je logeert.'

'Oké,' zeg ik en nu begint mijn hart om een andere reden sneller te slaan. 'Dus jij...' Ik weet niet wat ik verder moet zeggen.

Amber heeft een rimpeltje in haar voorhoofd en ze kijkt naar haar vingers. 'Ik ben me altijd van haar aanwezigheid bewust geweest,' zegt ze. 'Ze is hier kort na ons komen wonen. Ik zie natuurlijk de hele tijd mensen op straat, maar gek genoeg viel ze me steeds op. Wanneer ik de deur uit ging, kwam ik haar op een of andere manier altijd tegen. Ze liep voorbij of ze stond in haar voortuin. Aanvankelijk zeiden we niet veel tegen elkaar, maar ze leek me wel aardig. En als je nieuw bent in een buurt... Ik heb hier geen vrienden en vriendinnen of familie, en Carl was ook vaak weg voor zijn werk. Ik begon het idee te krijgen dat ik haar kende.' Ze haalt haar schouders op en kijkt me zijdelings aan om mijn reactie te peilen.

Ik denk aan de identieke, in het gelid staande huizen. In een dergelijke omgeving grijp je alles aan om je met iemand vertrouwd te voelen. 'Ja,' zeg ik. 'Ik snap het.'

'Toen Carl en ik hier net kwamen wonen, hadden we het niet makkelijk,' zegt ze. Ik zie iets van terughoudendheid in haar blik, wat me de indruk geeft dat ze me dit nooit zou vertellen als het niet ergens voor nodig was. 'Onze relatie verliep in het begin nogal stormachtig. Ik had het gevoel dat ik nog geen vat op hem had. Af en toe was het of ik met iemand samenwoonde die ik nauwelijks kende. En hij maakte het me niet altijd makkelijk.' Ze gaat steeds sneller en luider praten. 'Eerlijk gezegd denk ik dat hij nog niet over jou heen was, of wat er is gebeurd. Totaal niet. Hij heeft me alles al meteen verteld, toen we elkaar nog maar net kenden. Alsof hij het aan iemand wilde doorgeven. Volgens mij maakte het hem niet uit aan wie. Ik wil niet beweren dat hij niet van me houdt.' Ze zegt het met warmte. 'Maar toen... Ik weet het nog niet zo net. Het was een rare tijd.'

'Dat begrijp ik,' zeg ik, want ze kijkt me aan alsof ze een reactie van me verwacht. Maar ik kan alleen maar aan jou denken – beland in een huis met een vrouw bij wie je steun zocht omdat je anders gek werd, terwijl je dag en nacht bezig was met wat er allemaal was gebeurd. Ik weet niet waarom ik nooit op deze manier aan je heb gedacht. Ik heb je altijd gezien als iemand die zichzelf wel kon redden, iemand die onaantastbaar was. Ik hield mezelf voor dat je het wel aan zou kunnen, dat je je handen van me had afgetrokken en me nooit meer wilde zien. In mijn donkerste momenten dacht ik wel eens dat je blij was met de situatie omdat je de rol van slachtoffer kon spelen, waardoor je gevrijwaard was van alle schuld. Ik was degene die beschadigd was. En er was bij mij geen ruimte om te denken dat voor jou hetzelfde gold.

'Maar goed,' gaat Amber verder. 'Op een dag vroeg ik of ze koffie kwam drinken. We hebben een beetje gekletst. Niks bijzonders. Gewoon over koetjes en kalfjes, maar het brak tenminste mijn dag. En het werd min of meer een gewoonte als Carl een paar dagen weg was. Ze was een stuk ouder dan ik, maar dat vond ik wel prettig. Het klinkt misschien gek, maar het leek alsof ze me min of meer onder haar vleugels nam. Ik was eenzaam, snap je? Ik wilde gewoon iemand om mee te praten.'

Onder het praten spreidt ze voortdurend haar handen, alsof ze zich voor mij open wil stellen. 'En toen kregen Carl en ik een keer ruzie tijdens een telefoongesprek, hij was weg voor zijn werk, en ik zei tegen hem dat ik niet wist of we wel zo door moesten gaan. En dat ik betwijfelde of hij het verleden kon laten rusten. Hij gaf niet eens antwoord en hing gewoon op. Ik had net de telefoon neergelegd toen Sandra aanbelde. Ik was vergeten dat ik haar had uitgenodigd en ik was in tranen. Ze vroeg me wat er scheelde en ik...'

'Je hebt het haar verteld,' maak ik haar zin af, want plotseling begrijp ik hoe het in elkaar zit en vallen alle stukjes op hun plaats. Ik krijg kippenvel. 'Je hebt haar alles verteld.'

Amber knikt. 'Je weet niet wat ik heb doorgemaakt,' zegt ze. 'Alles wat hij zei bleef maar door mijn hoofd gaan. Wat hij over jullie verhouding vertelde en over het ongeluk... Het leek wel alsof hij een script voorlas. En net zoals hij moest ik het ook aan iemand kwijt.'

Ik probeer me in die vrouw te verplaatsen. Ik stel me voor dat ik als moeder tegenover Amber zit, die mij vertelt hoe mijn dochter is gestorven. En vervolgens kom ik erachter dat de man die bij mijn weten verantwoordelijk voor haar dood is, de schuld voor iemand anders op zich heeft genomen. Iemand die nergens voor heeft hoeven boeten. Het lukt me niet echt om helemaal in haar hoofd te kruipen, maar ik denk dat ik toch enig idee heb, en dat beneemt me de adem.

'Wat zei ze?' vraag ik. 'Hoe reageerde ze?'

Amber haalt haar schouders op. 'Daar kwam ik niet echt achter. Ze is heel... gereserveerd. Maar achteraf gezien ging ze zich vanaf dat moment anders gedragen.'

'Hoe bedoel je?' Ik merk dat mijn stem een beetje trilt en ik haal diep adem om mezelf te vermannen.

'Dat kan ik niet zo goed uitleggen,' zegt Amber. 'In ieder geval legde ze steeds meer beslag op me. Normaal gesproken zagen we elkaar één keer per week als Carl weg was, maar plotseling kwam ze steeds vaker, en op een gegeven moment zelfs bijna elke dag. Het werd me toen duidelijk dat we niet zoveel gemeen hadden. Op een gegeven moment hadden we elkaar niets meer te zeggen. Toch bleef ze maar komen. En... het klinkt misschien raar, maar ik merkte dat er spullen verdwenen. Mijn lievelingsparaplu, een truitje waaraan ik gehecht was, een flesje aftershave van Carl. Ik had geen bewijs dat zij dat allemaal had meegenomen, maar...'

'Ik snap het,' zeg ik. Ik herinner me de schok die door me heen ging toen ik dat flesje aftershave in mijn hand had, met nog een zweem van jouw geur. Dat was zorgvuldig gepland. Een subtiele schatkaart met aanwijzingen, zinspelingen en rode vlaggetjes, om mij te lokken.

'Het ging me tegenstaan,' zegt Amber die mijn gedachten onderbreekt. 'De laatste paar maanden heb ik geprobeerd een beetje afstand te bewaren. Ik ging de deur uit op de tijd dat ze meestal aanbelde, en hield de bezoekjes kort als ze langskwam. Dat heeft ze vast gevoeld, want we zien elkaar niet zoveel meer. Maar ze is er nog wel.' Ik zie dat ze huivert en een afwezige blik in haar ogen krijgt. En dan zegt ze als ze zichzelf blijkbaar tot de orde heeft geroepen: 'En toen kwam jij.'

'Heb je me daarom aangesproken?' vraag ik. 'Omdat je dacht dat ik haar kende?'

'Nou ja... ik wil niet zeggen dat dat de enige reden was,' zegt Amber aarzelend. 'Ik bedoel, onder andere omstandigheden hadden we best vriendinnen kunnen worden.'

We beseffen allebei tegelijkertijd dat het echt absurd is om een beetje beleefdheden uit te zitten wisselen onder deze omstandigheden, want ik zie dat ze even glimlacht voordat haar gezicht weer verstrakt. 'Maar het klopt wel,' gaat ze verder. 'Ik dacht dat ik via jou iets meer over haar te weten kon komen. Maar je zei dat je haar niet echt kende, en mij leek het toen beter om te zeggen dat ik haar ook niet kende. Ik wist namelijk niet of je wel eerlijk tegen me was. Op een gegeven moment dacht ik zelfs dat Sandra je had gestuurd om erachter te komen wat ik achter haar rug over haar vertelde.' Na deze bekentenis moet ze even op adem komen.

'Het was waar wat ik zei,' zeg ik. 'Ik heb haar nog nooit...' Bijna had ik gezegd dat ik zelfs nog nooit met haar gesproken heb, maar dan denk ik weer aan het telefoongesprek, die zachte, vlakke stem. 'Ik heb haar nog nooit gezien,' zeg ik dan.

Amber knikt. 'Ik zeg niet dat ik je niet geloof. Maar toch begrijp ik iets niet. Ik verbeeldde het me niet, dat weet ik zeker. Er is iets vreemds met haar. Toen ik een paar dagen geleden bij jullie aanbelde, kwam ik voor het eerst in haar huis. We spraken altijd bij mij af. Ik heb even snel rondgekeken en de meeste dingen die ik kwijt ben, heb ik niet gezien, maar wel de paraplu. Ze had hem opgehangen alsof het een soort talisman was. Waarom zou ze zoiets in vredesnaam doen? Ik weet, ik...' Ze stopt even. 'Het gaat niet om die paraplu, het is alles bij elkaar.'

Door haar fijne blonde haar zie ik de waakzame, onzekere blik in haar groene ogen en tussen haar wenkbrauwen verschijnt een rimpeltje dat steeds dieper wordt. Ik heb met haar te doen. Ze heeft zich in iets begeven wat ze niet begrijpt en dat ze niet kan veranderen. Ze weet dat er iets mis is, maar ze weet niet wat en ik ga het haar niet vertellen. Dat is jouw taak.

'Heb je het Carl verteld?' vraag ik. 'Kent hij Sandra ook?'

Amber schudt haar hoofd. 'Ik zei al dat ik alleen met haar afsprak als hij weg was. Misschien heb ik in het begin wel eens wat over haar gezegd tegen hem, maar niet onlangs. Ik wist dat hij me echt een malloot zou vinden dat ik zo over me heen liet lopen. Hij zegt altijd dat ik veel te lief ben.' Ze houdt meteen haar mond alsof ze beseft dat ik dit soort dingen niet wil horen. Ze heeft gelijk. Zelfs als ik eraan denk dat je haar een standje geeft en tegen haar zegt dat ze veel te goed is, vind ik dat pijnlijk.

Ze wordt zenuwachtig omdat ik niets zeg en kijkt me aan. 'Zij heeft hiermee te maken, hè? Met waarom jij hier bent. Met Carl en jou.' Als ik geen antwoord geef, verschuift ze ongemakkelijk op het bankje. 'Ik vind het eng. Ik wil niet het gevoel hebben dat ik in de gaten word gehouden.'

Dit maakt iets in me los, en ik begrijp dat het inderdaad hierom gaat. Die vrouw heeft jou hier opgespoord omdat ze je in de gaten wilde houden. Sommige mensen keren zich af van een tragedie en andere willen er juist mee geconfronteerd worden. Deze vrouw wilde het bij haar in de buurt houden. Misschien is dat de enige manier waarop ze ermee om kan gaan, door het gevoel te hebben dat ze nog ergens een beetje controle over heeft, zelfs als dat betekent dat ze zichzelf dag in dag uit kwelt met de herinnering aan wat er is gebeurd. Maar wat ze met mij heeft gedaan, gaat verder dan iemand in de gaten houden.

Amber wacht en bijt op haar lip.

'Jij wordt door niemand in de gaten gehouden,' zeg ik. Dichter bij de waarheid kan ik niet komen. Haar ogen zijn vochtig en opeens wil ik dat ze verdwijnt. 'Het is oké,' zeg ik. 'Echt waar.'

Ze fronst en schudt haar hoofd. 'Zo voelt het niet.'

'Echt, Amber. Dit zal heel gauw voorbij zijn. Dat beloof ik.' Gek genoeg geloof ik wat ik zeg. Het is alsof alles wordt samengebald, alsof er naar een bepaald punt wordt toegewerkt, ook al weet ik niet wat dat zal zijn.

Ze wil me tegenspreken, maar dan ziet ze er toch maar van af. Ze wil zo graag gerustgesteld worden dat ze er verder niks tegen in wil brengen. 'Ik hoop dat je gelijk hebt,' zegt ze zacht.

We blijven daar nog een poosje zitten, en dan zeg ik: 'Kom, we gaan.'

'Oké.' Ze staat op en we beginnen aan de terugweg. Onder het lopen zie ik dat haar schouders minder gespannen zijn, dat ze blijkbaar een beetje opgelucht is, ondanks het feit dat ons gesprek niet veel heeft opgeleverd. Ze heeft de last weer doorgegeven. Volgens mij draait ons leven om het feit dat we onze pijn heen en weer schuiven naar elkaar, net zo lang tot alle venijn eruit is verdwenen.

Als we Everdene Avenue in lopen, voel ik Amber naast me verstrakken en haar adem inhouden. Ze heeft het eerder gezien dan ik. Francis en jij staan ieder aan een kant van het trottoir en kijken naar elkaar. Het zonlicht valt op zo'n manier de straat in dat ik jullie gezichten niet kan zien. Geen van beiden maakt aanstalten om naar de ander toe te gaan, maar jullie lopen ook niet weg. De tijd lijkt stil te staan.

En dan kijkt Francis om, en ziet ons hier staan. Het volgende moment kijk jij ook onze kant op. Dan draai je je om en loopt snel het paadje naar je huis op. Francis loopt de andere kant op naar nummer 21. Een fractie van een seconde voel ik me in tweeen gescheurd. Maar dan dragen mijn voeten me naar Francis, en ik steek over naar zijn kant van de straat. Als ik achteromkijk, zie ik Amber naar jou toe rennen. Dan kruist jouw blik even de mijne, voordat je wegkijkt, je hand op haar schouder legt en haar mee naar binnen neemt.

Thuis

Francis, augustus 2014

Een nieuwe dag. Dag één, elke keer als ik mijn ogen opendoe. Een schone lei. Zestien uren die ik naar believen kan invullen. Ik kan gaan werken, wandelen, tv-kijken, muziek luisteren, tijd met vrienden of familie doorbrengen, de stad doorkruisen, musea bezoeken. Ik kan alles doen wat ik wil zolang ik maar van de pillen afblijf.

De zon voelt warm en zacht op mijn gezicht als ik in de badkamer sta. Ik neem een douche, poets mijn tanden en trek mijn kleren aan. In de spiegel zie ik de contouren van mijn jukbeenderen weer. Mijn huid is glad. Mijn ogen staan helder. Het is langzaam gegaan, maar nu, na elf maanden, herken ik mezelf weer. Ik zie er goed uit en daar ben ik blij om.

Als ik het raam opendoe, stroomt er een zomers briesje naar binnen en ik realiseer me dat dit een goede dag gaat worden. Het soort dag waarop ik de dingen volhoud en alles wat ik wil kan bereiken. Ik kan successen boeken en beschadigde relaties herstellen. Maar zo gaat het niet altijd. Soms is het alsof ik me nog steeds op glad ijs bevind en dat de breekbare eierschaal waar ik in zit niet bestand is tegen de hamerslagen in mijn hoofd. Er zijn dagen bij dat ik het gevoel heb dat ik een onmogelijke strijd lever en mijn bestaan alleen al een inktzwarte wolk is die me omlaag drukt en mijn stem smoort. Maar vandaag is het niet zo'n dag.

'Papa!' Ik hoor Eddie in zijn kamer roepen. Ik ga naar hem toe. Hij ligt in bed en lacht naar me, zijn warrige krullen over het kussen uitgespreid. Toen ik nog maar net uit de droom ontwaakte waarin ik jaren had verkeerd, was het een schok om hem te zien. Hij was er al die tijd geweest, maar ik zelf niet. Opeens zaten we in hetzelfde huis, vader en zoon, en ik besefte tot mijn verbazing dat het helemaal niet zo moeilijk was om aan zijn verwachtingen te voldoen. Ik stel me geduldig op. Ik stel duidelijke regels, maar alles binnen het redelijke. Ik neem hem mee naar de winkel of naar de speeltuin en hij dribbelt naast me mee, zijn kleine handje in de mijne. Als ik hem 's avonds instop, is zijn adem warm en zoet op mijn gezicht. Kleine dingen. Voorheen waren het dolken in mijn hart, als ik ze al doorhad – allemaal aanwijzingen voor een leven dat ik niet kon leiden en dat buiten mijn bereik lag. Nu bouw ik mijn wereld eromheen. Het is een kleinere wereld dan de meeste mensen hebben, maar wel een die bij mij past. Voor nu, althans.

'Mogge.' Caroline verschijnt op de drempel, loopt de kinderkamer in en leunt glimlachend tegen de muur. Ze draagt alleen een donkergroen vest en een zwart onderbroekje. Het beeld van de avond ervoor schiet door mijn hoofd: haar wang tegen het kussen gedrukt en haar benen stevig om de mijne heen geklemd. Ik voel een prikkeling van verlangen die ik stevig moet onderdrukken. Het lijkt wel alsof ik de laatste tijd nergens anders aan kan denken. Het was een van de eerste dingen die terugkwamen toen ik met de pillen stopte. Het duizelingwekkende besef dat ik nog steeds met mijn eigen vrouw naar bed kon – gek genoeg leek het alsof alles nieuw voor me was. Ze kijkt me aan alsof ze mijn gedachten kan lezen. 'Ga je zo?' vraagt ze.

Ik knik. 'Vroege sessie.' Ik heb een nieuwe patiënt voor wie ze me op de valreep hebben opgeroepen. Ik heb het weer voorzichtig opgebouwd. Nieuwe kliniek, nieuwe praktijkruimte. Alweer een schone lei. Ik neem niet meer op me dan ik aankan, ongeacht wat anderen ervan zeggen. Ik gun mezelf voldoende ruimte. Ik pak dit op de juiste manier aan. Het verloopt nog niet vlekkeloos, maar het gaat wel de goede kant op.

Ze loopt naar Eddie, geeft hem een hand en helpt hem opstaan. 'Ik ben hier als je thuiskomt,' zegt ze tegen mij. 'Ik heb vandaag vrij, weet je nog? Ik breng hem naar de opvang, misschien kunnen we straks samen lunchen.'

'Ja, leuk,' zeg ik. Ik voel opeens wat prikken bij mijn neusbrug. De eerste aanzet tot tranen. Mijn emoties zijn niet altijd voorspelbaar. Soms heb ik geen idee waar ze vandaan komen of wat ze betekenen. Ik heb geleerd om kalm af te wachten en ze te laten begaan, om ze daarna weer netjes in hun doosje te stoppen. Neem je gevoelens mee uit eten, heeft mijn coach me een poosje geleden verteld. Dus dat doe ik maar. Ik gun mezelf even een momentje om deze vreemde combinatie van tederheid en droefenis haar gang te laten gaan, dan herpak ik me weer.

Caroline loopt mee naar de voordeur om afscheid te nemen, slaat haar armen om me heen en drukt zich tegen me aan. Ze is erg aanhankelijk de laatste tijd, erg zinnelijk ook, maar dat vind ik bepaald niet erg. Het staat haaks op de duistere periode die achter ons ligt, toen ze ongrijpbaar was en mijn aanrakingen niet verdroeg. 'Tot straks,' mompelt ze.

'Ja, tot straks.' Ik kus haar gedag en kijk haar nog even aan. Er zitten lijnen in haar gezicht die er een paar jaar geleden nog niet waren en haar ogen staan ietwat vermoeid, maar ze is nog steeds erg mooi. Voor mij is ze nu nog mooier, omdat ze weer de mijne is.

De zon schijnt als ik naar het station loop. De bomen staan nog steeds dik in het blad en de hemel is onbewolkt. Een perfect plaatje, alsof ik me op een filmset bevind. Ik denk aan Caroline en de geur van haar parfum toen ze me omhelsde bij de deur. Toch zit er een donker randje aan het mooie plaatje en ik weet dat ik daar niet overheen moet stappen. Er zijn nog altijd herinneringen en die krijg je niet zomaar weg. Soms komen ze in een vlaag van verbittering terug: de wetenschap dat een andere man in haar heeft gezeten en haar heeft laten geloven dat ze verliefd op hem was. Het doet pijn, elke keer weer. Het zal ook niet overgaan. Ik moet ermee leren leven, net als met alle andere dingen die zijn gebeurd.

Ik denk aan die ene avond in juli, lang geleden, toen ze huilend thuiskwam en niet wilde vertellen waarom. Ze stond midden in de kamer terwijl de tranen over haar wangen stroomden. Ze zat met haar hoofd ergens anders en ik, omhuld door dichte mistbanken, kon haar met geen mogelijkheid bereiken. Het had voor mij een signaal moeten zijn om er voorgoed mee te stoppen, maar ik zakte er alleen maar dieper door weg. De daaropvolgende weken waren een aaneenschakeling van slechte nachtrust, beledigingen over en weer, mislukte pogingen elkaar te vinden, pillen en nog eens pillen, tot ik niet eens meer wist waar ik was.

En toen die ene avond in september waarop ze me vertelde dat ze bij me wegging. ‘Ik ga morgenochtend naar mijn ouders en ik neem Eddie mee. Ik heb er genoeg van.’

De opluchting staat me nog het meest bij. In haar bleke gezicht stond haar mond strak en haar kin was uitdagend geheven. Ze had haar besluit genomen en daar was ze in elk geval heel blij mee. Hoe vreemd dat ik toen pas inzag dat ik haar niet wilde laten gaan. Ik ben de hele nacht opgebleven en heb geen pillen meer genomen. Het was voor het eerst in weken dat ik het zonder deed. Ik zal nooit vergeten met welk surreëel en dromerig gevoel ik naar de oppervlakte leek te stijgen. Hoe de eerste luchtbellen in mijn lichaam knapten en ik als herboren tevoorschijn kwam.

Het kostte me uren om haar te overtuigen niet bij me weg te gaan. Uren tot aan het grijze ochtendlicht om haar te verzekeren dat ik zou veranderen. Ik kon wel aan haar zien dat haar besluit niet in graniet was gebeiteld. Ze had de banden nog niet resoluut doorgesneden, al had ze dat zelf nog niet echt door, en daarmee was voor mij de strijd al half gewonnen.

Tegen zessen had ik mezelf zo ver ik kon blootgegeven. Mijn hoofd bonsde en de voorwerpen in de kamer begonnen vaste vormen aan te nemen – de schaduw waarin ik al die tijd had verkeerd trok langzaam weg. En toen ik klaar was met mijn betoog, begon zij te praten. 'Als we deze kans willen grijpen, moet ik jou ook iets opbiechten.'

Het viel haar zwaar om eerlijk te zijn over Carl. Ik had nog nooit zo veel verdriet in haar ogen gezien. Kennelijk was hun affaire serieuzer dan ik had vermoed. Het was al maanden aan de gang en in haar verbeelding was hun relatie uitgegroeid tot een stormachtig liefdesverhaal. Ik wist niet – en nog altijd niet – in hoeverre dat waar was. Maar ik wist dat zij het zo ervoer en dat was genoeg. Ze hadden er uiteindelijk een streep onder gezet, al wilde ze niet vertellen hoe dat was gegaan, maar het was duidelijk dat ze er nog niet overheen was. Niet dat het ertoe deed. Er was geen pijn, geen boosheid. Die gevoelens kwamen later, maar op dat moment was het alleen maar fijn om alles te bekennen. We hadden in die paar uur meer met elkaar gepraat dan in alle voorafgaande jaren bij elkaar. Alle kaarten waren op tafel gelegd en ons huwelijk was een puinhoop. Maar de kou was uit de lucht, ik kon weer ademhalen en we waren allebei nog springlevend.

Ik loop zo te mijmeren, dat ik gedachteloos in de trein ben gestapt en ik schrik op als we plotseling wegrijden. Het zonlicht valt over mijn handen, die gevouwen op mijn schoot liggen. Mijn trouwring zit inmiddels te los, maar ik draag hem nog steeds. Voorlopig lijken we het samen te hebben gered.

De vrouw die de wachtkamer binnenkomt is eind veertig. Ze heeft donker haar in een boblijn, een tenger figuur en is netjes, maar onopvallend gekleed. Ik heb vluchtig de aantekeningen van haar intakegesprek doorgelezen. Het klinkt als de doorsnee depressie. Zodra ik haar zie, heb ik echter het idee dat het helemaal niet zo doorsnee zal blijken te zijn.

Misschien komt het door de manier waarop ze even in de deuropening blijft staan en mij en de kamer aandachtig opneemt. In de regel hebben onze patiënten geen aandacht voor zulk soort details. Ze zijn volkomen in beslag genomen door hun eigen sores, daarom zijn ze immers hier. Maar deze vrouw kijkt aandachtig om zich heen en haar blik dwaalt over mijn bureau waar een kleine plant met rode bloemen en de foto van Eddie en Caroline op staan. De foto is naar mij gekeerd dus ze ziet alleen de achterkant, maar het is alsof ze echt wil weten wie erop staan. Ze heeft haar handen stijf samengeknepen en ik zie haar verstrakte kaaklijn, alsof ze haar kiezen op elkaar klemt.

'Goedemorgen,' zeg ik. 'Jij bent toch Sandra? Kom binnen en neem plaats.'

Ze loopt de kamer in en ze kijkt naar de stoelen waaruit ze kan kiezen. Uiteindelijk neemt ze degene die het dichtst bij me staat, de stoel met de paarse grandfoulard naast het raam. Ze gaat zwijgend zitten. Haar irissen zijn donkerblauw en ze knippert niet met haar ogen.

'Als je het goed vindt, heb ik graag dat je begint met praten,' zeg ik. 'Vertel maar over jezelf.'

Ze knikt bijna onmerkbaar, alsof ze had verwacht dat ik dit zou zeggen. Als ze begint, moet ik eerst mijn uiterste best doen om haar te verstaan. Haar stem is vlak en zacht, bijna hypnotiserend. Ze schetst een beeld van een redelijk onopmerkelijk leven. Ze is een paar jaar geleden gescheiden, maar ze vertelt het zonder wroeging of spijt. Sindsdien woont ze alleen met haar dochter Robyn.

Het duurt even voor ik merk dat ze op een vreemde manier over haar dochter praat. Soms spreekt ze over haar in de verleden tijd, soms in het heden. Ze haalt de herinneringen door elkaar waardoor de jaren in elkaar overvloeien. Ten slotte vermeldt ze bijna tussen neus en lippen door dat Robyn al een jaar dood is. Ze lijkt het niet nodig te vinden dit te benadrukken. Het markeert elke seconde en elke ademtocht, alsof het in haar DNA zit.

'Wat erg voor je,' zeg ik om de nijpende stilte die erop volgt te vullen, maar ze reageert er niet op en vertelt hoe Robyn aan haar einde is gekomen. Terwijl ik naar haar luister, voel ik een lichte paniek in me opkomen en mijn spieren verstijven. Ik ben geen rouwconsulent. Mijn expertise ligt op het gebied van relaties en familieperikelen. Waarom is deze vrouw naar mij gestuurd? Ik weet zo goed als zeker dat hier niets over in de aantekeningen stond. En het is niet logisch dat ze er bij dat intakegesprek niets over heeft gezegd. Want het is duidelijk dat ze om die reden hier zit. Waarom heeft ze het verborgen gehouden?

'Ik ben lang bezig geweest met zoeken naar de ware toedracht,' zegt ze. Er klinkt geen pijn in haar stem door. 'Maar ik zocht naar iets wat er niet was. De auto had de bocht te snel genomen. Dat moet wel. Maar er was geen reden dat Robyn precies op dat moment daar was. Er was geen reden dat een kort moment van onoplettendheid zowel haar leven als het mijne heeft vernield. Zoeken naar zingeving is een weg zonder einde.'

Ik knik. Ik wil iets zeggen over aanvaarding en hoe het besef van die aanvaarding daar deel van kan uitmaken, maar ik voel instinctief aan dat ik nu mijn mond moet houden. Want wat deze vrouw ook voelt: het is geen acceptatie. Ik zie het aan haar houding, de manier waarop ze half voorovergebogen zit, klaar om elk moment van haar stoel te springen als het moet, en aan de gejaagde blik in haar ogen, alsof ze mijlenver bij me vandaan is, al kijkt ze me recht aan.

'Ik heb de man voor het hekje zien staan die er verantwoordelijk voor is,' zegt ze. 'Zijn leven was amper begonnen of hij had het mijne al geruïneerd. Klinkt dat niet oneerlijk?' Ik zeg niets en knik haar alleen bemoedigend toe. 'Hij was jong. Een en al wroeging en diep geschokt. Hij zag er niet uit als een wegpiraat. Ik wilde hem haten. In zekere zin haatte ik hem ook.'

Ze zwijgt even en kijkt uit het raam naar de wolken die voorbijdrijven aan het zwerk. Ze houdt haar blik erop gericht als ze haar betoog hervat, ze praat tegen de weidse hemel. 'Hij kreeg zes maanden, maar stond in drie maanden weer op straat. Geen verrassing. Het was een ongeluk. Maar dan nog. Het was lachwekkend weinig straf. Niet dat het iets goed had kunnen maken, maar dat... Vergeleken met de pijn die ik moest doorstaan was het een druppel op een gloeiende plaat.' Met ontwapenende eerlijkheid vervolgt ze: 'Ik raakte door hem geobsedeerd. Laten we zeggen dat ik bijhield wat hij daarna ging doen. Het heeft lang geduurd, maar ik meen te hebben ontdekt dat hij in het geheel niet gelukkig is. Totaal niet. Dat had ik ook niet kunnen verdragen. Ik begon te vermoeden dat ik de zaak beter kon laten rusten. Niet dat ik haar wilde vergeten of hem wilde vergeten. Maar het zag ernaar uit dat er niets meer was om over na te denken, niets meer om te voelen. Ik had het einde bereikt.'

'Kennelijk is er iets veranderd,' zeg ik dan, want ze kijkt me nu wel aan alsof ze verwacht dat ik een reactie geef.

Voor het eerst zie ik een half lachje om haar lippen spelen. Het lijkt niet bij haar te passen, maar haar gezicht verandert erdoor en ik kan zien dat ze vroeger knap moet zijn geweest, een charmante vrouw. 'Ja, dat klopt,' zegt ze. Er zit een bewonderende ondertoon in haar stem doordat ik dat detail uit haar verhaal heb opgepikt. Het is niet voor het eerst dat een patiënt me op die manier uittest, maar niet eerder zag ik daarna zo'n gretigheid bij iemand om nu alle geheimen prijs te geven. 'Zoals gezegd was hij er met een lichte straf vanaf gekomen, en toen ik het vonnis hoorde, dacht ik: het is tenminste iets. Maar later heb ik ontdekt dat schone schijn bedriegt. Nader onderzoek wees uit dat zijn hele verhaal op leugens was gebaseerd. De man die schuldig werd bevonden, was niet alleen. In feite was hij niet eens degene die achter het stuur had gezeten. Het was een vrouw. Zijn geliefde. Hij heeft gelogen om haar te beschermen, denk ik. Het kan me niet echt schelen waarom hij het heeft gedaan. Maar ik geef wel om rechtvaardigheid. En kennelijk is dat een begrip waar hij noch zij veel van weet. Met name zij niet.'

Ze is steeds luider gaan praten en ze klinkt nu hartstochtelijk, op het agressieve af – haar ogen branden en ze heeft haar handen tot vuisten gebald. 'Vind jij dit aanvaardbaar? Dat je alle ellende in een oogwenk de rug toekeert om daarna weer rimpelloos in je eigen leventje terug te glijden? Begrijp je wat ik bedoel? Begrijp je waarom dat verkeerd is?'

Dit zijn geen hypothetische vragen meer. Ze vuurt ze als kogels op mij af en ik begin me af te vragen in hoeverre ze gek is, een pathologische fantast, of in hoeverre ze de waarheid spreekt. 'Ik begrijp wat je bedoelt,' zeg ik uiteindelijk. 'En ik begrijp ook waarom je je zo voelt.'

Zodra ik dit heb gezegd, ontspant ze zichtbaar. De razernij die door haar heen ziedde, komt tot bedaren en verdwijnt. Ze laat zich tegen de rugleuning van de stoel zakken en slaakt een diepe zucht. 'Goed zo,' zegt ze. 'Ik wist dat je het zou inzien.' De blik die ze me nu toewerpt is akelig persoonlijk. 'Ik denk niet dat ze verdient wat ze nu heeft,' zegt ze. 'Deze vrouw. Deze Caroline.'

Er trekt een lichte huivering door me heen, wat begrijpelijk is als je de naam van iemand hoort vallen die zo sterk met je eigen leven is vervlochten. Zij spreekt hem vol bitterheid uit en hij blijft zwaar tussen ons in de lucht hangen als ze vervolgt: 'Ik denk vaak aan haar,' zegt ze. 'Aan haar en haar vriendje, Carl.'

Deze keer ben ik als door een mokerslag getroffen. Door de jaren heen heb ik geleerd mijn gezicht in de plooi te houden, hoe uitzinnig of woest de dingen ook waren die mijn patiënten me toeslingerden. Ik heb verhalen aangehoord van obsessies en bedrog, misleiding en gekte, en bleef daar uiterlijk altijd onaangedaan bij. Maar deze keer kan ik een rilling niet onderdrukken en de bezeten glinstering in haar ogen zegt me twee dingen. Ten eerste dat ze precies weet wie ik ben. En ten tweede dat ze niet liegt. Ze spreekt de waarheid.

Ik laat een paar seconden voorbijgaan voor ik een reactie geef en ondertussen buitelen de gedachten door mijn hoofd. Ik denk aan de maanden na die avond dat Caroline huilend was thuisgekomen, dat ze vaak midden in de nacht was opgestaan en naar de gang gelopen, waar ik haar starend in het niets aantrof. Ik denk aan de zweetaanvallen en het koortsachtige trekken van haar ledematen als ze wakker werd en niet wilde vertellen wat ze had gedroomd. Ik denk aan de keer dat ze per se de auto wilde verkopen. Ze wilde er niet meer in rijden, was haar enige – botte – verklaring. En ja, alles klopt. Maar ik kan dit alles nog niet goed plaatsen. Ik weet wel dat ik een eind aan deze sessie moet maken.

'Het is tijd,' zeg ik. Ze heeft nog twintig minuten te gaan, maar we weten allebei wat ik bedoel. Ik sta op en loop naar de deur. 'Je kunt een nieuwe afspraak maken bij de receptie. Maar ik vrees dat ik niet meer beschikbaar ben. Ik ben volledig volgeboekt.'

Ze staat langzaam en beheerst op. 'Ik hoef geen nieuwe afspraak,' zegt ze. 'Ik heb gedaan waarvoor ik ben gekomen.' Er zit geen wrok meer in haar stem, alleen een lichte droefenis, alsof het tot haar is doorgedrongen dat ook deze ontmoeting niet aan haar verwachtingen heeft voldaan. Dat het nooit genoeg zal zijn.

Ze strijkt haar donkere haar achter haar oren en begeeft zich naar de deur. Als ze langs me loopt, kijkt ze naar de foto op het bureau en neemt het beeld in zich op. Het laatste wat ik van haar zie, is het profiel van haar bleke gezicht met de uitstekende jukbeenderen voor ze uit mijn blikveld verdwijnt.

Ik draai de sleutel om in het slot en laat me op een stoel zakken. Ik blijf zo een hele tijd zitten, peinzend over mijn vrouw en de geheimen die ze voor me verborgen heeft gehouden. De geheimen die ze al die tijd heeft verzwegen, die ze me niet wilde toevertrouwen; peinzend of onze levens een ander verloop hadden gekregen als ze die avond niet achter het stuur had gezeten en of ze dan misschien rechtstreeks uit mijn leven zou zijn weggereden.

Ik wil boosheid voelen, maar het lukt me niet. Ik voel wel verdriet en medelijden. En uit de diepste diepten komt nog iets anders naar boven: de wetenschap dat deze vrouw ons niet zal kunnen breken, mocht ze dat willen proberen. Ik ben inmiddels sterk genoeg. Ik kan een beproeving verdragen zonder eraan onderdoor te gaan. Ik kan mijn vrouw beter begrijpen dan ze denkt. En ik kan wachten tot ze eerlijk tegen me is. Hoe lang het ook zal duren.

De moeder van Caroline is terug in de kamer en opeens lijkt alles in een stroomversnelling te gaan – de beelden spelen zich schokkerig voor mijn ogen af. Ze haast zich naar Eddie, pakt hem bij zijn hand en tilt de hamsterkooi op. Ze blijft nog even in de deuropening staan, met opengesperde ogen van verbazing. Ik denk dat ze vraagt of ze nog iets kan doen. De tranen stromen over mijn wangen en ik kan geen woord meer uitbrengen. Ze trekt Eddie snel mee de gang op en samen lopen ze haastig naar beneden. Beneden trekt ze de deur zacht achter zich dicht, alsof ze zo stilletjes mogelijk probeert te ontkomen.

Ik blijf even wachten. Misschien belt ze de politie wel om me daar weg te halen. Gek genoeg word ik rustig bij de gedachte. Want in dat geval zal een ander het roer van me overnemen en zich over de rest ontfermen. Ik denk aan de dag dat Robyn en ik op haar vierde verjaardag naar de politieagenten voor Buckingham Palace gingen kijken. 'Wie zijn dat?' vraagt ze en ik leg uit dat deze bobby's de boel bewaken. De ernst straalt van haar gezichtje, ze knikt met haar wollen mutsje op haar hoofd en haar adem maakt vrieswolkjes in de koude lucht.

Ik wilde dat ik haar kon vergeten. Ik wil gereinigd worden en met een leeg hoofd als nieuw ontwaken. In plaats daarvan heb ik mensen de afgelopen jaren bespied en fantasieën bedacht die nooit uit zullen komen. Ik zag hoe Carl een nieuwe vriendin kreeg en zijn leven leidde. Ik heb tegenover de man van Caroline in zijn praktijkruimte gezeten, in eerste instantie in de hoop dat ik de dingen kon veranderen door daar te zijn. Gewoon om dicht bij deze mensen te zijn. Maar mijn hoop bleek ijdel, zelfs toen ik een doelloze handgranaat in hun gezinnetje gooide. Ik kan de dingen niet veranderen.

Opeens merk ik dat ik voor het stapeltje uitgeknipte fotosnippers geknield zit en naar haar gezicht kijk. Ik steek mijn hand in mijn zak en haal de vergeelde brief eruit die ik al maanden bij me draag. Ik kijk van haar lachende gezicht naar de woorden op het papier en probeer een verband te vinden. Ik denk elke dag aan wat er is gebeurd, *schreef ze,* en ik kan het nauwelijks verdragen, en zonder jou weet ik niet of ik het wel red.

Ze is maar een gewone vrouw. Niet de meedogenloze, berekenende duivelin die ik van haar heb gemaakt. De waarheid is zo veel moeilijker te verteren. Ik kijk naar haar ogen en denk aan alles wat ik tegen haar had willen zeggen als ik haar zou ontmoeten, de snijdende woorden, gedrenkt in vitriool, woorden die ze nooit meer zou kunnen vergeten. Maar ik besef nu dat ik niet eens zeker weet of ik ze ooit zou kunnen uitspreken als ik tegenover haar stond. Misschien zou ik helemaal niets tegen haar kunnen zeggen.

Het licht in dit huis is erg scherp en vreemd. De zon schijnt door de dunne gordijnen en zet alles in een helder licht. Ik heb hoofdpijn, maar mijn lichaam voelt ontspannen, alsof ik eindelijk tot rust ben gekomen, doordat ik inzie dat ik het al die tijd verkeerd heb gedaan, en nu eindelijk weet wat mij te doen staat.

Weg

Caroline, mei 2015

Vlak voordat ik bij de voordeur ben, slaat Francis hem voor mijn neus dicht. Ik pak de sleutel, steek hem in het slot en loop dan snel de gang door om te kijken waar hij is gebleven. Ik tref hem aan in de keuken. Hij staat met zijn rug naar de deur en steunt met gebalde vuisten op het aanrecht.

'Francis,' zeg ik. Mijn hart klopt in mijn keel.

Hij draait zich om en zijn gezicht is vertrokken van woede. Ik heb hem nog nooit zo kwaad gezien. 'Wat is dit?' bijt hij me toe. 'Ga je me nou eindelijk eens vertellen wat er verdomme aan de hand is?'

De vage hoop die ik had dat hij de man aan de overkant van de straat niet zou herkennen, is vervlogen. Hij heeft je gezien en ik kan hier niet onderuit. 'Francis,' zeg ik weer. 'Ik weet dat het een vreselijke schok voor je moet zijn, maar ik zweer je dat dit niet is om jou te kwetsen.'

'Wat doet hij hier, Caro?' Hij schudt zijn hoofd. 'Nee, ik zeg het verkeerd. Wat doen wij hier eigenlijk? Dat wil ik nu wel eens weten. Is dit een of ander ziek spelletje? Een weekje vakantie tegenover het huis van je minnaar? De deur uit glippen voor een snelle wip wanneer ik even weg ben? Geil je daar soms op?'

'Natuurlijk niet,' zeg ik hakkelend. Ik krijg het heet en ik word licht in mijn hoofd. 'Hij is mijn minnaar niet meer. En ik zweer je dat ik dit niet heb geregeld. Ik had geen idee dat hij hier woonde en…'

'Goh,' valt Francis me schamper in de rede. Ondanks alles klinkt hij beheerst. Ik had liever gewild dat hij me uitschold en zijn zelfbeheersing verloor, maar dat is niet zijn manier van doen. 'Dus het is puur toeval dat ik hem tegenkom wanneer ik de vuilnisbak buitenzet. Van alle beschikbare huizen in het hele land, zijn we zomaar terechtgekomen in een huis op een paar meter afstand van dat van hem. Merkwaardig. Door dit soort dingen ga je gewoon in het lot geloven, toch? Alsof het in de sterren geschreven staat dat…'

'Hou op, alsjeblieft.' Ik haal diep adem en wil iets zeggen, maar het lukt me niet als ik bedenk dat ik Francis dan ook moet vertellen over die afgrijselijke nacht in De Zilverberken, en alles wat daar het gevolg van is geweest, inclusief ons verblijf hier. Ik doe mijn ogen dicht.

Als ik ze weer opendoe, zie ik dat alle spot en minachting uit Francis' gezicht is verdwenen en plaats heeft gemaakt voor bezorgdheid en verwarring. Blijkbaar weet hij niet meer of hij kwaad is of gekwetst, of misschien wel iets heel anders. Het is pijnlijk hem zo te zien.

'Ik begrijp er niets van, Caro,' zegt hij, iets minder bits om me de gelegenheid te geven iets terug te zeggen.

Ik dwing mezelf hem in de ogen te kijken. Hoewel ik weet dat ik hem alles moet vertellen, kan ik dat nu niet omdat hij toch al zo overstuur is.

'Ik begrijp het ook niet,' zeg ik zonder met mijn ogen te knipperen.

'Dan heeft hij dit dus op een of andere manier voor elkaar gekregen.'

Ik schud mijn hoofd. 'Nee.'

'Anders kan ik het niet verklaren.'

'Nee,' zeg ik weer. 'Dat bestaat gewoon niet. Hij wil helemaal niet dat ik hier ben. Ik zag hem net, hij wil niet met me praten. Hij draaide zich om en liep weg.' Het doet me pijn, en Francis ziet het blijkbaar aan me want zijn gezicht vertrekt.

'Hou je nog van hem?' vraagt hij.

Deze vraag had ik min of meer verwacht. Dit heb ik mezelf de afgelopen dagen ook afgevraagd, als ik terugdacht aan die tijd en probeerde te voelen hoe hevig de pijn was en ik me mee liet slepen. Ik zou willen zeggen dat ik niet meer van hem hou, maar dat kan ik niet. Francis heeft gelijk, ik moet eerlijk tegen hem zijn, zelfs als ik niet weet welk antwoord ik hierop moet geven.

'Ik mis hem nog steeds. Ik weet niet of daar enig verschil tussen is,' zeg ik na een lange stilte. Francis luistert gespannen. 'Ik ken hem niet meer,' zeg ik. 'Maar er is toch iets wat ik niet los kan laten.'

Dit wil Francis natuurlijk niet horen, maar toch wordt hij niet boos. Ik zie zelfs iets van medelijden in zijn blik. Ik loop naar hem toe en pak zijn hand vast. Dan leg ik mijn hoofd tegen zijn borst en fluister: 'Ik hou nog wel van jou. Dat weet je toch?'

Hij deinst achteruit. 'Dat is het 'm nou juist, Caroline. Het valt niet mee om te bepalen wanneer je liegt.'

Ik bijt op mijn lip. Ik moet mijn mond houden. Hij kijkt naar het fornuis en dan zie ik dat de saus voor de pasta staat te walmen en is ingedikt tot een stroperige, hete brij. Francis geeft een klap tegen zijn voorhoofd en zet het gas uit.

'Ik stop er maar mee om na te denken over hoe alles in elkaar zit,' zegt hij met een zucht. 'Ik ga naar bed.'

Ik herinner me dat ik de koffer aan het inpakken was en hoe graag ik weg wilde omdat Sandra in ons huis zit. Ik weet nu al dat ik Francis niet zover kan krijgen om vanavond naar Leeds terug te rijden, na alles wat er is gebeurd. 'Oké,' zeg ik en ik besluit me erbij neer te leggen. Nog één nacht. Ik tel de uren af. 'Ik kom zo.'

Hij knikt en loopt naar de trap.

De nacht kruipt voorbij en ik slaap licht en onrustig. Ik kijk naar de schaduwen achter het raam, en zie uiteindelijk het daglicht door de gordijnen schemeren.

In deze stilte is het net alsof er niets is gebeurd. Jij, Francis, Amber... iedereen is verdwenen en het enige wat mij rest, zijn de beelden in mijn hoofd die ik jarenlang heb verdrongen en die zich nu aan me opdringen. Wanneer ik ook maar heel even wegdoezel, zie ik het meisje voor me, en beweegt ze zich door de kamer, op de dunne lijn tussen droom en werkelijkheid. Haar donkere haren wapperen achter haar aan, haar groene sjaal heeft ze over haar schouder geslagen. Het begint steeds weer van voren af aan, en dan volgt de fractie van een seconde waarvan ik niet weet of ik me die heb verbeeld of niet: haar opengesperde ogen waarmee ze me aankijkt als ze zich omdraait, vlak voor de klap, vlak voor alles explodeert in een regen van glassplinters. Door de klap schrik ik op uit mijn gedachten en ben ik weer in de slaapkamer, tot de volgende droom. Steeds weer opnieuw.

Op een gegeven moment heb ik blijkbaar langer dan een kwartier geslapen, want als ik mijn ogen opendoe, is het al dag en Francis is al uit bed. Op zijn hoofdkussen ligt een briefje: *Ik ga even wandelen om mijn zinnen te verzetten. Ik blijf een paar uurtjes weg. Ik moet even alleen zijn. Tot straks.* Ik heb het niet meer. Ik heb geen idee wat hij denkt of hoe hij zich voelt, in hoeverre ons gesprek van gisteravond door de lange nacht is vertroebeld en is verdraaid.

Met tegenzin sta ik op, kleed me aan en loop naar de keuken. Daar blijf ik even staan zonder te weten wat ik moet doen. Het is waanzinnig stil en er valt een zonnestraal door het raam waarin kleine stofjes dansen. Ik schrik me rot als mijn telefoon gaat. Ik pak hem op en kijk naar het scherm. Het bericht komt van een nummer dat niet in mijn adressenlijst staat, maar zodra ik de cijfers zie, herken ik ze.

Als je met me wilt praten, dan kan dat. Ik ben nu op weg naar het Garden Café in Castle Street. Kom maar als je zin hebt.

Gek genoeg ben ik niet verrast. Misschien omdat het bericht zo typisch jij is, zo vertrouwd qua toon dat het niet onverwacht komt. Je bent niet veranderd. Je gaat nog steeds uit van wat ik wil, alsof wat jij wilt niet belangrijk is, of misschien wel niet bestaat. Vroeger vond ik dat aantrekkelijk en attent, later frustrerend en onecht. Ik wist nooit echt – nog steeds niet – of wat jij wilde wel overeenkwam met wat ik wilde, of dat het er voor jou iets toe deed.

Maar ik ben al de deur uit, loop snel door en sla de straat in die uitkomt op de straat die jij noemde. Een paar dagen geleden ben ik langs dit café gelopen, en ik herinner me vaag donkergroene muren en gedempte verlichting. Ik meen me ook te herinneren dat er twee leren banken achter in een hoek stonden, afgescheiden van de rest van de ruimte, en ik weet dat ik je daar zal aantreffen.

Pas wanneer ik door Castle Street loop en het café aan het eind van de straat zie, dringt het tot me door dat ik hier helemaal niet naartoe had hoeven gaan – niet naartoe had móéten gaan. Ik had een beleefd berichtje moeten sturen met de opmerking dat we elkaar niets meer hadden te zeggen, of ik had het kunnen negeren. Die mogelijkheden waren er, en toch ook weer niet.

Als ik de deur van het café opendoe en naar de banken achterin kijk, zie ik je meteen zitten, gebogen over een krant, met je blik aandachtig op een pagina gericht, maar ik weet dat je niet leest. Ik word overvallen door een gevoel van onvermijdelijkheid. Nu valt alles op zijn plaats, omdat ik wist dat dit ooit een keer zou gebeuren, en waarom niet vandaag?

Ik blijf even in de deuropening naar je staan kijken. Je bent iets groter dan ik me herinner en je gezicht is smaller. Je bent iets ouder geworden in je gezicht, je trekken zijn wat scherper. Je haar is korter dan toen ik je de laatste keer zag. Je draagt een donkergroen jasje dat ik nooit heb gezien. Maar ondanks alle verschillen pas je naadloos in het door de jaren vertroebelde beeld dat ik van je in mijn hoofd had. Het valt op zijn plek met een soort vanzelfsprekendheid alsof je nooit weg bent geweest.

Ik ben nog maar een paar meter van je verwijderd als je opkijkt en je donkere ogen de mijne ontmoeten. Onwillekeurig glimlach ik en jij lacht terug. Het gebeurt als vanzelf. En heel even is het alsof de afgelopen twee jaar niet hebben bestaan en we weer zijn waar we gebleven waren, in juni 2013. Een periode toen alles even mooi en bijzonder was als we samen waren.

Blijkbaar zie je aan mijn gezicht dat ik een beetje geëmotioneerd ben, want je zegt snel 'hoi' en gebaart naar de stoel tegenover je. Stom genoeg voel ik tranen achter mijn ogen prikken omdat je stem nog precies zo is als ik me herinner.

Ik laat me in de stoel zakken. We zitten recht tegenover elkaar en in het gedimde licht valt de nadruk op je jukbeenderen en kaaklijn. Ik schrik van het verlangen dat in me wakker wordt, de drang om niets van dit samenzijn te missen, omdat ik hier al zo lang op heb gewacht. Ik tril van de spanning en kan mijn ogen niet van je afhouden.

We laten de stilte even voortduren en dan zucht je en laat je je handen over de tafel in mijn richting glijden. Het is een gebaar van machteloosheid, bijna een smeekbede. 'Dit is echt heel raar,' zeg je. 'Ik weet absoluut niet wat er aan de hand is. Zeg eerlijk, ben je hier gekomen omdat ik hier woon?'

'Nee, ik snap waarom je dat denkt, maar nee, Carl. Beslist niet. Al had ik geweten waar je woonde dan zou ik dat nog niet doen. Zeker niet na al die tijd.' Dat is niet waar, maar dat zeg ik niet. Je weet namelijk net zo goed als ik dat ik destijds tot alles in staat was, omdat ik gek werd dat je er niet meer was en dat die allesomvattende angst het enige was dat me tegenhield.

Je kijkt me aan. Ik ben nooit het object geweest van je koele, taxerende blik, die ik je zo vaak op anderen heb zien richten. Ik vind het akelig. 'Oké,' zeg je uiteindelijk. 'Dan is het dus een krankzinnig soort toeval.'

'Ik heb niet gezegd dat het toeval is.' Ik ben hier niet tegen opgewassen en ik weet gewoon niet hoe ik hem dit moet vertellen. 'Weet jij wie er in het huis woont waar ik logeer? Nummer eenentwintig?'

Je fronst. 'Nee,' zeg je meteen. 'Ik ken eigenlijk niemand in deze straat. Hoezo?'

Ik besef dat het geen zin heeft eromheen te draaien en dat de waarheid nu het enige is dat ertoe doet. 'Dat zal ik je vertellen,' zeg ik en vrijwel meteen valt er een last van mijn schouders.

Ik vertel je over het berichtje waarin mij werd aangeboden van huis te ruilen. Dat zodra ik in dat huis was er allerlei dingen gebeurden die met het verleden te maken hadden. De e-mails, en vervolgens het besef dat ik het bij het verkeerde eind had. Ik vertel over de vrouw in mijn huis, en waarom ze daar is. Ik vertel je dat we ons allebei hebben vergist om te denken dat we het verleden achter ons konden laten, want we hebben niet alleen met ons eigen verleden te maken, en het is niet alleen aan ons om daar een punt achter te zetten.

Je luistert zonder me in de rede te vallen. Ik zie wel dat je af en toe ongelovig of zelfs geschrokken kijkt, maar je laat me geduldig uitpraten en het hele verhaal vertellen, en als ik klaar ben, wacht je een poosje met reageren.

'Dat is nogal wat,' zeg je dan. Je krabt aan de stoppeltjes op je kin. Ik weet precies hoe die voelen. 'Wat nog zacht is uitgedrukt.'

Ik probeer me in jouw situatie te verplaatsen. Hoe het voelt om de dingen waar ik tergend langzaam achter ben gekomen, zo ineens op je bord te krijgen. 'Dat begrijp ik,' zeg ik.

'Ik weet niet wat ik hieraan moet doen.' Je zegt het alsof je het tegen jezelf hebt. 'Ik kan niet...' Je zucht. 'Ik kan er nu niet over nadenken. Ik heb me hier al in geen maanden, nee, in geen jaren meer mee beziggehouden.'

'Dat geloof ik niet,' zeg ik, maar op hetzelfde moment weet ik dat het zo is. Jij kunt iets volkomen uitschakelen en wegstoppen. Dat is een gave.

'Ik wil niet zeggen dat het me niets deed wat er is gebeurd,' zeg je met klem. 'Ik heb drie maanden in de gevangenis gezeten. Dus tijd genoeg om erover na te denken. En ik kan je vertellen dat ik dat ook heb gedaan. Het was...' Je zwijgt even. 'Dag in dag uit hetzelfde geestdodende patroon. Dus bleef er weinig anders om over na te denken. Ik droomde er zelfs van, de botsing, het bloed. Dat meisje dat op de grond lag. Toen ik vrijkwam, nam ik mezelf voor dat ik mijn leven niet liet verwoesten door iets waar ik niets meer aan kon doen. Maar dat wil niet zeggen dat het me niets deed,' herhaal je nog een keer, en je kijkt me in de ogen. 'Of dat jij me niets meer deed.' Het klinkt alsof het niet je bedoeling was om dit te zeggen.

'Je hebt nooit mijn berichten beantwoord,' zeg ik. Ik herinner me nog de laatste lange liefdesbrief die ik je heb geschreven, en alle e-mails die ik wekenlang daarna stuurde toen ik besefte dat ik nooit te weten zou komen of je die brief wel of niet had gelezen. Ik zorgde ervoor dat ik kon zien of je mijn mailtjes had gelezen, en dat was zo. Je las ze allemaal. Maar je gaf nooit antwoord.

'Dat komt omdat ik meende wat ik zei,' zeg je met enige nadruk. 'Het moest toen afgelopen zijn. Dat weet je. Ik weet dat jij dacht dat ik me wel weer zou bedenken, maar daar kon ik niets aan doen. Ik wist dat ik niet van gedachten zou veranderen. En dat heb ik ook niet gedaan.'

Het klinkt alsof je jezelf verdedigt, maar ik hoor ook iets van trots in je stem. Trots dat je in staat was je aan je woord te houden, voet bij stuk te houden. Dit heb je altijd als een van je meest bewonderenswaardige kwaliteiten beschouwd. Dat het niet altijd de juiste keuze is om hoe dan ook voet bij stuk te houden, heeft niemand je ooit verteld. Of misschien heb je nooit geluisterd als iemand dat zei.

Mijn ogen prikken, maar ik doe mijn best niet te knipperen want anders komen de tranen. Ik zie mezelf nog zitten aan de tafel midden in de nacht terwijl ik het verhaal van onze verhouding opschreef op de bladzijden met gele lijntjes en wanhopig op zoek was naar de woorden die jou ertoe zouden aanzetten om te antwoorden. Dat je daardoor weer naar me zou gaan verlangen. Dan bedenk ik iets. 'Heb je de brief bewaard die ik je heb gestuurd?' fluister ik.

Je gezicht betrekt. 'Die heb ik nog, ja,' antwoord je een beetje opgelaten. 'Ik heb hem meegenomen toen ik hiernaartoe verhuisde. Ik weet eigenlijk niet waarom. Maar ik heb geen idee waar hij nu is. Ik heb er al in geen maanden meer naar gekeken. Hij zal wel ergens tussen liggen.'

Ik weet niet zeker of je het mis hebt, maar ik voel het gewoon. Al die kleine details die niemand anders dan wij tweeën konden weten. De lichtroze rozen in de badkamer, het liedje op de cd, de foto van het park waar we samen in het gras hadden gelegen. Toen Amber vertelde dat er dingen uit huis waren verdwenen, somde ze alleen de dingen op waar zij het bestaan van wist. Het lijkt alsof er iets klikt en alles naadloos op zijn plek valt. Ik zie Sandra voor me met die geel gelinieerde pagina's in haar handen, en dan kan ik niets anders dan medelijden met haar hebben.

'Ik heb het mezelf nooit vergeven dat ik zo stom was om achter het stuur te willen kruipen terwijl ik gedronken had,' zeg ik. 'En dat ik toen ook nog ben weggelopen. Ik had onder ogen moeten zien wat ik had gedaan. Dat was ik dat meisje verschuldigd. Ik liep weg, ik liep weg alsof ze er niet toe deed.' Het is de eerste keer dat ik dit tegen iemand zeg.

Je schudt je hoofd. 'Niet doen,' zeg je. 'Dat heeft geen zin. Je kunt het niet ongedaan maken. Je hebt gelijk, het was stom van je en ook van mij omdat ik je niet tegen heb gehouden. Ik kan er niet voor zorgen dat je je beter gaat voelen. Maar voor wat er daarna gebeurde… Misschien helpt het als ik zeg dat het juist goed was dat je bent weggelopen. Ik wil niet beweren dat ik nooit kwaad ben geweest of geen wrok heb gekoesterd. Maar ik heb er nooit aan getwijfeld dat ik beter de schuld op me kon nemen dan jij.' Je zegt het met heel veel overtuiging. Ik heb je er altijd om benijd dat je nooit twijfelde aan je beslissingen. Het leek alsof je nooit last had van onzekerheid, terwijl die vrijwel altijd aan mij knaagde en waardoor ik voortdurend mijn gedachten en intenties moest wikken en wegen.

‘Ik ben blij dat je er zo over denkt.’ Ik weet niet of ik dit wel meen. Eigenlijk wil ik dat je je net zo voelt als ik. Die zelfgenoegzaamheid van je biedt geen ruimte voor twijfels of verlangens. En dan moet ik aan Amber denken, en wat ze tegen me zei voordat ze wist wie ik was. Hoe ze je beschreef als iemand tot wie ze niet echt kon doordringen, iemand die een muur om zichzelf had opgetrokken. Ik vraag me af of je diep vanbinnen wel echt zo over alles denkt als je me nu voorschotelt.

‘Ben je gelukkig?’ vraag ik. Ik heb geen zin om eromheen te draaien, ik wil het gewoon weten.

Ik bespeur iets van ergernis als je je schouders ophaalt. En wanneer je je hand verplaatst en daarbij toevallig even de mijne aanraakt, trek je hem terug alsof je je hebt gebrand. Ik schrik ervan. Ooit heb je naakt naast me gelegen en me zo stevig omhelsd dat onze lichamen leken te versmelten en nu vind je het onverdraaglijk om ook maar een stukje van mij aan te raken.

‘Zeker wel,’ zeg je. ‘Behoorlijk gelukkig.’

‘Met Amber?’

Je kijkt geërgerd. Je vindt het niet prettig als ik haar naam uitspreek. Ze hoort niet in dit plaatje. Het is ik of zij.

‘Ja,’ zeg je. ‘We zijn gelukkig.’ Je kijkt me aan alsof je mijn reactie wilt peilen, alsof er nog iets achter zit. En dan gebeurt er iets. Het is alsof er een dam doorbreekt, en alsof we allebei tegelijk denken aan hoe het tussen ons was. Ik zie het aan je blik. ‘Het is anders dan met jou,’ zeg je zacht. ‘Eh… reëler, minder…’ Je aarzelt. ‘Ik weet niet, minder iets anders.’

Ik knik en kan het ook niet echt onder woorden brengen,

maar wat ik wel kan, is me herinneren hoe fijn het was als je me omhelsde en je lippen op de mijne drukte, en ik weet zeker dat wat dat 'anders' ook mag zijn, wij dat nooit meer zullen meemaken, wat of wie er ook voor in de plaats komt.

'Dus Francis en jij hebben het weer voor elkaar,' zeg je, alsof het een voldongen feit is, maar we weten allebei dat dit niet zo is en ik hoor ook iets van sarcasme in je stem.

'Het gaat goed, maar we zijn er nog niet,' zeg ik voorzichtig. Het liefst zou ik tegen je zeggen dat ik heel gelukkig ben met mijn man. Ik zou je willen vertellen hoe Francis is veranderd, hoe hard hij daaraan heeft gewerkt na alles wat we hebben meegemaakt. Ik wil bewijzen dat hij het waard is. Maar ik weet niet of het je wel iets kan schelen. Waarom zou het ook?

'Het is niet makkelijk,' zeg ik en dat is ook waar. 'Het is op en af.' Er zijn dagen dat ik wakker word en ik een vreemde man, die eruitziet als mijn echtgenoot, in de huiskamer aantref, iemand die angstig en nerveus is en daar nauwelijks over kan praten. Iemand met eigenaardige stemmingswisselingen, onvoorspelbaar en onbeheersbaar. Iemand die weet dat elke dag een nieuwe dag is, en dat hij nog steeds niet weet hoe die zal verlopen. Als ik hieraan denk krijg ik een brok in mijn keel. Het duizelt me en ik doe even mijn ogen dicht.

Als ik die weer opendoe, zie ik dat je me aandachtig opneemt. 'Je bent een volwassen vrouw, Caro. Je kunt voor jezelf beslissen.'

Ik knik. Ik weet niet precies wat ik hierop moet zeggen, en bovendien is het niet meer jouw zaak.

Je strijkt met je hand door je haar. Het is alsof de lampen boven ons hoofd nog meer gedimd worden, en ik ben me ervan bewust nu we zo dicht bij elkaar zitten dat ik zonder enige moeite je gezicht zou kunnen aanraken. 'Ik heb echt van je gehouden,' zeg je dan. 'Ik wil dat je dat weet.'

'Ik weet het,' zeg ik zacht. En nu lijken al die weken en maanden dat ik me dat heb afgevraagd totaal verspild, want ik heb het altijd geweten, misschien zelfs wel beter dan jij.

Je staat op en met een schok dringt het tot me door dat ons gesprek is afgelopen en dat je weg wilt. Trillend ga ik naast je staan. Je glimlacht en dan leg je je handen op mijn schouders en trekt me tegen je aan. Ik ruik je aftershave en ik voel je huid tegen de mijne. Het is tegelijkertijd zo vertrouwd maar ook zo vreemd dat ik mijn tranen niet kan bedwingen, omdat ik weet dat dit het definitieve afscheid is.

'Ik ben blij dat we dit hebben gedaan.' Je stem klinkt gedempt in mijn haar.

'Ik ook,' zeg ik en we houden elkaar stevig vast. Onze monden zijn slechts centimeters van elkaar verwijderd. Ik weet nog alsof het gisteren was hoe het voelde om je te kussen en ik word draaierig als ik besef dat het nu weer kan gebeuren. Maar dan voel ik je armen verstrakken en je haalt gejaagd adem. Plotseling laten we elkaar los, en ik weet niet wie van ons tweeën daartoe de aanzet deed.

'Pas goed op jezelf,' zeg je en je loopt snel weg.

Ik wil je niet zien vertrekken. Met mijn ogen vol tranen staar ik naar de tafel. Dan kijk ik toch op, maar het is te laat.

Je bent weg en het gevoel van sereniteit dat even bezit van me nam, ebt al weg. Want zo gaat het dus. Er zijn geen woorden om dit verhaal tot een einde te brengen. We zouden elkaar dagelijks kunnen zien en tot diep in de nacht met elkaar praten en dan zou ik het nog niet begrijpen. Ik heb er genoeg van om naar antwoorden te zoeken die er niet zijn. Of te bepalen wat voor soort liefde ik voor je voelde of nog voel en hoeveel dat betekent. Het maakt niet uit. Het is wat het is.

Naar huis

Caroline, mei 2015

Ik blijf nog een minuut of vijf in het café zitten nadat je bent weggegaan. Als ik mezelf dwing op te staan en de deur uit te lopen, merk ik hoe fel het daglicht is. Er waait een milde wind.

Ik ben nog steeds een beetje rillerig en mijn botten zijn gevoelig. Ik ben er bijna blij mee. Het zijn de naweeën van een fikse griepaanval, die me flink heeft gevloerd. Ik word bijna euforisch als ik over de laatste paar minuten nadenk. Er malen zo veel gedachten door mijn hoofd dat ze elkaar verdrukken en niets anders dan een witte ruis achterlaten.

Ik neem de hoofdstraat en als ik een zijstraat insla om naar Everdene Avenue te gaan, hoor ik mijn telefoon. Op het scherm staat aangegeven dat er tien minuten geleden een boodschap is ingesproken. Ik luister mijn voicemail af. Even is er een stilte, iemand haalt gefrustreerd adem, dan hoor ik de stem van mijn moeder. 'Hallo, Caroline.'

Ik weet meteen dat er iets mis is. Ik blijf als aan de grond genageld op het trottoir staan. In eerste instantie denk ik direct aan Eddie. Er is iets met hem gebeurd. Mijn moeder belt om te zeggen dat mijn zoon is overleden. Het is een allesoverheersende gedachte die mijn hersenen schroeit en ik zoek houvast bij de muur.

'Ik wil je geen angst aanjagen,' vervolgt ze, alhoewel haar toon allesbehalve ontspannen is. Ik haal diep adem en zuig de lucht in mijn longen alsof ik op het punt sta een diepe duik te maken. 'Eddie en ik waren vanmiddag bij jou thuis – lang verhaal, enfin, maar we hebben de vrouw gezien die daar oppast, en eerlijk gezegd komt ze tamelijk gestoord over. Ik weet niet precies wat er aan de hand is, maar het voelde heel raar, Caroline. Dat wilde ik je even vertellen. Met ons is niets aan de hand, maar geef me toch maar even een belletje.'

Mijn hart bonst in mijn keel als ik haar nummer kies. Ze neemt bijna direct op en ik val met de deur in huis. 'Wat is er gebeurd?'

Mijn moeder zucht. 'Ik weet niet goed hoe ik het moet omschrijven,' zegt ze. 'Die vrouw... We liepen haar tegen het lijf en ze vroeg of we Paddy wilden zien. Ze deed weliswaar aardig, maar toen we bij haar waren, stortte ze gewoon in. Ze huilde en ik kon geen wijs uit haar woorden. Ik weet echt niet wat haar bezielde. Misschien is het gek, maar ik vind het toch niet pluis dat ze in je huis zit. Ik weet dat je vanavond terugkomt en vond dat je dit moest weten.'

'Ik kom meteen terug,' zeg ik. 'Ik pak mijn koffer en we vertrekken zodra we klaar zijn. Over een uur of vier zijn we er.'

'Misschien is dat beter, ja,' zegt mijn moeder, duidelijk opgelucht. 'Sorry, ik wilde je vakantie niet verpesten. Hebben jullie het leuk?'

Ik krijg een brok in mijn keel en kan geen woord meer uitbrengen. Mijn tranen zijn nog niet gedroogd of er vloeien alweer nieuwe. Ik klem de telefoon stevig vast en luister naar de zacht zoemende toon. Voor ik antwoord kan geven, hoor ik wat gestommel en dan de stem van mijn zoon. 'Mama!' Ik slik mijn tranen weg en met heldere stem zeg ik zijn naam.

'Ik mis je,' zegt hij.

'Ik kom terug,' zeg ik. 'Papa en mama komen vandaag thuis.'

'Fijn.' Hij klinkt te volwassen voor zijn leeftijd, te bedachtzaam. 'Want dan kun je me in bed stoppen.'

'Zo is het.' Ik wil hem nog iets onvergetelijks toefluisteren, zodat hij weet hoe belangrijk hij voor me is, ook al was ik zo vaak afwezig. 'Ik hou van je,' begin ik, maar dan heeft hij al op het verkeerde knopje gedrukt en is de verbinding verbroken.

Ik overweeg even om terug te bellen, maar ik stop de telefoon in mijn zak en zet het op een lopen. Mijn voetstappen galmen door in mijn hoofd. Ik kan niet langer wachten. Ik ren naar nummer 21 en zoek gejaagd naar de sleutels van de voordeur. Zodra ik binnenkom, zie ik Francis in de huiskamer staan, die net zijn koffer dichtritst. Hij hoort me binnenkomen, klopt zijn handen af aan zijn broek en kijkt me recht aan. Ik huiver even als ik zie dat we op dezelfde golflengte zitten.

'We moeten terug,' zegt hij en ik knik verstomd. Twee zielen, één gedachte, denk ik, terwijl we los van elkaar tot dezelfde conclusie zijn gekomen.

Ik kijk om me heen in de minimalistisch ingerichte kamer met de kale oppervlakken. Ik hoef niets in mijn geheugen te prenten. Ik weet dat ik dit zal onthouden. Ik vraag me af of ik een bericht of teken moet achterlaten voor de vrouw in wier huis ik heb gezeten, maar ik zou niet weten wat. Dus ik reik naar mijn handtas en volg mijn man door de gang naar buiten, zonder om te kijken.

Francis loopt over de oprit naar de auto en wil achter het stuur plaatsnemen. Zonder het van tevoren te hebben bedacht, zeg ik plompverloren: 'Nee, ik rij wel.'

Hij blijft met zijn hand op de grendel staan. 'Zeker weten?'

'Ja.'

Ik loop naar hem toe en pak de sleutels van hem aan. Ze voelen koel en glad in mijn handpalm. Ik ga in de auto zitten, steek de sleutels in het contact en leg mijn handen om het stuur. Voor me ligt de weg.

Langzaam trek ik op. Het gaat makkelijk. Het is vreemd, maar het gaat makkelijk.

Aanvankelijk rij ik langzaam en ik concentreer me uitsluitend op de weg. Het is voor het eerst in twee jaar dat ik weer achter het stuur zit, behalve in mijn dromen dan. Het waren nachtmerries waarin het angstzweet in mijn handen stond en mijn hoofd bonsde, omdat ik wist dat het verkeerd zou aflopen. Deze keer is het anders. Ik bestuur de auto en alles is overzichtelijk en rustig, alsof het altijd zo is geweest.

Pas als we op de snelweg zitten, zeggen we iets tegen elkaar. Onderwijl houd ik mijn ogen strak op de weg gericht, ook omdat ik zijn blik wil vermijden. 'Ik moet je nog iets vertellen.' Ik heb geen idee hoe ik moet beginnen. 'Er is iets gebeurd toen Carl en ik er een streep onder zetten,' zeg ik. Ik haal diep adem en klem mijn handen om het stuur. Voor me is het luchtruim weids en gelardeerd met grijze, voortrazende wolken.

'Je hoeft het niet te zeggen, Caro.' Dan kijk ik wel naar hem, een snelle, zijdelingse blik waarna ik mijn aandacht weer op de weg richt. Ik zag de droefenis en de tederheid in zijn ogen. 'Ik weet het al,' zegt hij. 'Van het ongeluk.'

Ik schud mijn hoofd, niet in staat zijn woorden te bevatten. 'Nee… Hoe kan dat?'

'Ik weet het al een poosje. Luister, het is nu van belang dat we snel thuiskomen. Dit kunnen we beter later bespreken. Maar een paar maanden geleden had ik een nieuwe patiënte. Het meisje was...'

'Haar dochter,' zeg ik, omdat ik ter plekke besef dat er slechts drie mensen op de wereld zijn die de waarheid hebben ontdekt, en dat zij de enige kan zijn die Francis kan hebben benaderd, de enige die zoiets zou doen.

Ik klem mijn handen nog vaster om het stuur. 'We moeten dit bespreken,' zeg ik. 'We moeten...'

Hij valt me in de rede. 'Ik weet het. Het komt nog wel. Vertrouw me maar.'

Ik bijt hard in mijn onderlip, worstelend met mijn antwoord, en opeens voel ik me weer rustig worden, omdat ik besef dat er geen haast bij is. Het enige wat ik nu moet doen, is autorijden.

Vertrouw me maar. De echo klinkt na in mijn hoofd als ik me licht naar voren buig. Vertrouwen is er of het is er niet. En nu is het er – het sijpelt door de stilte heen en verwarmt de kleine, intieme ruimte van de auto. We hebben elkaar in de afgelopen twee jaar bijna dagelijks gezien en pas nu voel ik een diepe intimiteit.

Het inzicht komt aan als een dreun. Nog geen uur geleden had een andere man zijn armen om me heen en ik weet dat het geen zin heeft me vast te klampen aan een droom als degene die vlak bij me is degene is die ik wil behouden. Ik weet niet hoe ik er over vijf jaar in sta, of zelfs over vijf weken, maar ik wil in het heden leven en ik wil bij mijn gezin zijn. Ik ben het beu om als een schim door mijn eigen leven te dolen en er alleen lichamelijk te zijn terwijl mijn geest elders is.

We zeggen de rest van de rit niets meer. De kilometers en uren vloeien in elkaar over. Het is tegen drieën als we thuiskomen. Ik parkeer de auto voorzichtig op zijn plek en zet de motor uit. Mijn handen beven. Ik heb het 'm gelapt, maar het is nog lang niet voorbij. Ik kijk op naar de ramen op de derde verdieping van het gebouw en vraag me af of ze er nog is.

Bij de gedachte alleen al word ik onpasselijk, maar er is geen weg meer terug. Ik wend me tot Francis en pak zijn hand. 'Ik moet als eerste naar binnen,' zeg ik. 'Wacht je hier op me?'

Hij wil tegen me ingaan, maar hij knikt zwijgend. Hij laat zijn hoofd op de steun rusten en heeft een bedachtzame blik. We weten allebei dat hier iets afgerond moet worden. Dat we daarna pas een nieuwe start kunnen maken en dat ons leven anders zal zijn, maar wel zeer de moeite waard.

Ik stap uit en doe het portier achter me dicht. Met mijn armen voor mijn borst gevouwen betreed ik het gebouw. Ik beklim de drie trappen naar onze etage en hoor mijn voetstappen door het trappenhuis galmen. Ik verwacht haar half op de gang aan te treffen, in afwachting van mij, maar de deur is dicht. Ik haal mijn sleutels uit mijn zak en doe voorzichtig open.

Zodra ik de gang op loop, voel ik het – het is alsof er iemand is, ongrijpbaar en vreemd, en toch is die niet echt aanwezig. De lucht is zwaar en dik, alsof er rookwolken hangen.

De deur naar de huiskamer staat op een kier. Ik sluip ernaartoe. Mijn lippen vormen een vraag. Ben je er? Maar voor ik een woord kan uiten vang ik door de kier ergens een glimp van op – een groene deining, iets wat heen en weer zwaait – en dan duw ik de deur wagenwijd open.

Ze hangt aan de plafondlamp, wiegend in de windvlaag die door de open balkondeuren waait. De sjaal die ik de laatste keer in het licht van mijn koplampen zag, wapperend in de wind, zit stevig om haar hals gewikkeld.

Ze is ongeveer vijftig jaar, met schouderlang haar en ranke ledematen. Ze draagt een ingetogen, elegante jurk in dezelfde kleur als haar geopende ogen.

Ik blijf een volle minuut roerloos staan, dan laat ik me op het tapijt zakken en kijk naar haar. Ik wacht af of ik haar vingertoppen zie bewegen of haar oogleden zie trillen, als teken dat ze nog niet weg is. Er gebeurt niets. Ze heeft haar laatste bericht aan mij achtergelaten.

Ik zeg het voor haar.

'Het spijt me zo.'

Het zijn kleine, eenvoudige woorden in de stilte. Niet dat het genoeg is, maar ze moesten uitgesproken worden. Ik blijf een poosje voor haar zitten en starend naar de trieste groeven om haar mond vraag ik me af wat voor vrouw ze ooit is geweest. Voordat ze de moeder werd die haar kind verloor. Ik weet niet wat ik had gedaan als ik in haar schoenen had gestaan. Ik heb geen idee waartoe het me had aangezet.

Uiteindelijk sta ik op en loop naar het raam. Ik zie beneden onze auto staan. Ik zou Francis moeten bellen, mijn moeder, de politie. Ik weet dat er dan een abrupt eind komt aan de stilte en aan mijn huidige kalmte bij deze schokkende aanblik. Alles zal veranderen. Ik weet alleen nog niet hoe. Het enige wat ik kan voorzien zijn mistbanken en schaduwen en ik loop de duisternis in, met de vreemde vrijheid die ermee gepaard gaat – ik laat het op me afkomen en geef me vol vertrouwen over aan de toekomst.

Weg van huis

Caroline, september 2015

De makelaar komt stipt om twaalf uur, strak in het pak, het haar achterovergekamd met flink veel gel. Hij lijkt niet ouder dan twintig, en achter hem aan komt een jong stel, verlegen lachend. De vrouw met haar hand op haar zwangere buik.

'Mogen we even rondkijken?' De makelaar loopt verder en laat met een breed gebaar de woonkamer zien, alsof hij de eigenaar van het huis is.

'Ja natuurlijk. Als jullie iets willen weten dan vraag je het maar,' zeg ik tegen het jonge stel.

Ik blijf in de gang staan en luister naar het verkooppraatje: kamer op het zuiden, originele accenten, prima fundering. Ik weet niet of hij wel op de hoogte is van wat hier is gebeurd, in ieder geval laat hij daar niets van merken. Een zelfmoord is nou niet direct een pluspunt bij de verkoop van een huis, ook al is die door de politie en andere instanties keurig netjes en discreet afgehandeld. Er is geen enkele reden om nog verder onderzoek te doen. Dus hier valt niets meer te zien.

Vanaf de plek waar ik sta, zie ik het stel de kamers in en uit lopen. De vrouw kijkt aandachtig, en volgens mij ziet ze al voor zich hoe de spullen die erin staan vervangen zijn door haar eigen dingen.

Ze eindigen weer in de woonkamer en de makelaar trekt zich even terug om een telefoontje te plegen, waarbij hij een collega die waarschijnlijk nog jonger is dan hij de mantel uitveegt. Het jonge stel praat zacht met elkaar, ze maken gebaren en wachten elkaars reactie af. De vrouw loopt naar de balkondeuren en als ze onder het plafondlicht staat, vertrekt haar gezicht en huivert ze.

'Ik zou deze kant van de kamer in een lichtere tint schilderen,' zegt ze. 'Dan is het iets minder somber.' Ze kijkt naar de deuropening en als ze mij in de gang ziet staan, krijgt ze een rood hoofd, alsof ik haar heb betrapt op kritiek. 'Het is een beeldig huis,' zegt ze iets luider en ze glimlacht aarzelend naar me.

'Dank je.' Ik loop een stukje de kamer in en sla mijn armen om mezelf heen.

'Blijven jullie in de stad wonen?' vraagt ze.

Ik knik. 'Voorlopig gaan we hier ergens iets huren,' zeg ik. 'We kijken wel hoe het loopt.'

Buiten klinken voetstappen en ik hoor ook Eddies opgewonden stemmetje. Hij bonst op de voordeur. Francis steekt de sleutel in het slot, en Eddie komt binnengerend om me te omhelzen. Ik buk me en til hem op. Ik voel zijn stevige, warme lijfje tegen me aan en zijn sluike, zachte haartjes strijken langs mijn wang.

De makelaar stommelt de kamer weer binnen en stopt zijn telefoon weg. 'Sorry, ik moest dit even regelen,' zegt hij. 'Alles in orde?'

Het stel beaamt dat en neemt afscheid. Als ze weg zijn, kijkt Francis me met opgetrokken wenkbrauwen aan. 'Wat denk je?' vraagt hij. 'Vonden ze het wat?'

'Volgens mij wel,' zeg ik. 'Maar ik weet het niet zeker.'

'We zien het wel.' Hij aarzelt maar dan trekt hij me tegen zich aan en geeft me een kus op mijn wang als begroeting. Ik geef hem ook een kus, maar onze lippen raken elkaar nauwelijks. We zijn nu drie maanden verder, maar doen nog steeds erg voorzichtig met elkaar. Zo voorzichtig dat het bijna ongemakkelijk is. We passen nog niet naadloos in elkaar hoewel de ruwe kantjes er inmiddels zijn afgeschuurd.

Nog een korte stilte en dan knikt hij naar mijn telefoon die uit het zakje van mijn shirt steekt. 'Nog iets gehoord vandaag?' vraagt hij luchtig.

Ik schud mijn hoofd. 'Nee. Al bijna een week niet.' Ik denk aan alle berichtjes die Amber me de afgelopen paar maanden heeft gestuurd; tientallen, misschien wel honderden. In het begin dacht ik dat ze het principe huldigde dat je je vijanden bij je in de buurt moet houden, maar de laatste tijd ben ik eerder geneigd te denken dat ze zo graag contact met me wil houden omdat zij iets van zichzelf in mij terugziet, net als ik mezelf in haar herkende. Ik ben de enige andere vrouw die intiem is geweest met de man van wie ze houdt, en het wordt haar langzaam maar zeker duidelijk dat ze geen gemakkelijke taak op zich heeft genomen. Ik geef nooit antwoord op haar berichtjes, maar ik heb haar ook niet geblokkeerd, en ik weet precies waarom niet. Ik denk dat ik op een dag sterk genoeg zal zijn. Dat ik deze band niet meer zal willen.

Francis onthoudt zich van commentaar. 'Ik ga de lunch klaarmaken,' zegt hij en hij houdt een boodschappentas omhoog. 'Eddie, kom je me helpen?'

Eddie drentelt achter hem aan naar de keuken en babbelt over de film die ze hebben gezien. Ik voel een glimlach om mijn mond komen. Ik hou zo oneindig veel van hem, en toch word ik nog steeds geplaagd door schuldgevoel, en de angst dat wat ik heb zo veel meer is dan ik verdien, alsof ik op een strakgespannen koord van geluk balanceer. Ik ben daar inmiddels aan gewend. Ik sluit mijn ogen en haal diep adem. En wacht tot het gevoel wegzakt.

Dan loop ik naar de balkondeuren en kijk naar buiten. Het jonge stel staat nog te wachten bij de bushalte. Ze praten geanimeerd met elkaar. De vrouw tekent met haar handen figuren en vormen in de lucht, alsof ze puzzelstukjes in elkaar past.

Ik zie nog haar gezicht voor me toen ze hier stond, de huivering die door haar heen ging. Het kan toeval zijn, maar toch geloof ik diep vanbinnen dat er nog een spoor is achtergebleven, een residu dat niet verwijderd kan worden door een nieuwe laag verf of sfeervolle verlichting. Dit krachtveld voel ik vaak 's nachts. Dan trekt de aanwezigheid van de vrouw die hier ooit was me als een magneet uit bed en naar het balkon. En soms vraag ik me af of dat ook zo is in dat andere huis, honderden kilometers hiervandaan, aan de overkant van de straat waar jij nu bent. Of er nog iets is blijven hangen van de paar dagen dat ik daar heb gelogeerd, een soort geest van mij die degene die daar nu woont wekt uit onrustige dromen, vol liefde en gemis.

Dankwoord

Het schrijven van *De huizenruil* was voor mij een sprong in het onbekende en ik had het geluk dat ik tijdens de aanloop daarvan voldoende mensen trof die bereid waren die sprong samen met mij te wagen. Allereerst mijn briljante agent Caroline Wood van Felicity Bryan Agency, die onmiddellijk de potentie van het boek zag en me heeft geholpen het bij te schaven en te polijsten. Intussen zorgde ze er met veel schwung en kennis van zaken voor dat het boek op de juiste plekken terechtkwam. Ook wil ik het geweldige team van Transworld bedanken dat het boek met gezamenlijke inspanning, veel energie en passie vanaf het begin heeft begeleid. Hierbij wil ik met name mijn redacteur Frankie Gray noemen, die een uitzonderlijk deskundige redactionele inbreng paarde aan een scherp inzicht ten opzichte van mijn bedoeling met deze roman. *De Huizenruil* heeft zijn weg gevonden naar diverse landen over de hele wereld, en daarvoor dank ik in het bijzonder Pam Dorman en Jeramie Orton in de VS voor hun redactionele bijdragen. Dichter bij huis zijn er de vrienden en de familie, die me hebben gesteund en geholpen steeds positief te blijven wat betreft het schrijven, dat nu eenmaal met ups en downs gepaard gaat. Een bijzondere vermelding verdient Charlotte Duckworth voor het proeflezen en haar inlevingsvermogen; Jenny Duggin voor haar support en onwankelbare geloof; de Book Frisbees voor hun deskundigheid en gezonde verstand; mijn ouders Nigel en Elaine als rotsen in de branding; en mijn man Daniel die ervoor zorgde dat ik nooit uit het oog verloor wat ertoe deed; en als laatste dank ik jou, Saskia, omdat je me eraan herinnerde dat leven net zo belangrijk is als schrijven.